푸시아핑크 찾기

# 푸시아핑크 찾기

선주경 소설

문학공감

# 차례

푸시아핑크

화장실에 애인의 시체가 있다.

인조 가죽 소파에 앉아서 눈을 감고 있던 남자는 화장실 앞 탁자에 놓인 열쇠와 지폐, 만년필을 챙겼다. 그는 왼발에 검은 스트랩 구두를 신고, 오른발은 청록색 나이키 운동화를 신었다. 멀리서 그를 본 사람들이 그에 대해서 "170센티미터 정도 되는 사람을 보았다."라고 했다가, "180센티미터 정도 되는 사람을 보았다."고도 했다. 경찰은 두 가지 주장 중 어느 것도 받아들이지 않았다. "183센티미터였다."라는 것은 지금으로부터 세 달이 지난 시점이 돼서야 비로소 알 수 있었다.

그의 집에서 자그마치 '492킬로미터'나 떨어져 있는 곳에서 그들이 그를 발견했다는 것만 빼면 말이다.

*

「다른 누나들 마음 그만 흔들고 내 마음 헤집어요」
사랑은 없는 사람에게서 사랑이 담긴 문자가 왔다.

대수롭지 않은 내용이라 내일쯤 답장하고 싶다. 단추를 반만 잠근 셔츠를 입고, 팬티는 미니바 냉장고 앞에 아무렇게나 벗어놓은 채로 싸늘하게 식은 침대 보에 다리를 찔러 넣고 있다. 아직 조금 전에의 섹스의 여운이 가시지 않았다. 살짝 열린 창틈으로 바깥 도로의 경적이 들린다. 나는 지금 을지로3가역 5번 출구 앞에 있는 모텔 3층의 복도 끝 방, 냄새나는 침대 왼쪽 가장자리에 비스듬히 걸터앉아 있다.

오른쪽 자리는 170 후반의 여자가 누워 있다가 나간 그대로 구겨져 있다. 저녁으로 먹은 복분자주가 슬슬 깨려는 것인지 머리가 지끈 아프다. 이럴 때면 영원치 않을 목마름을 느낀다. 수도꼭지의 물을 손으로 막고는 손가락 사이로 흐르는 그것들을 멍하니 바라보는 것처럼. 채워질 수 없는 감정의 웅덩이가 센티미터만큼 늘어나 버렸기 때문이다.

나를 아는 누군가는 '웨이스트'라고 부를 만한 관계를 몇 년째 이어가고 있다. 이 때를 '낭비'라고 해야 할지 '쓰레기'라고 해야 할지? 어쩌면 둘 다일 수도 있다. 헤아려봤는데 나는 보통 일 년에 여섯 명 정도의 여자를 만난다. 묘한 우월감이다. 동시일 때도 있고, 일정한 텀을 두게 될 때도 있지만 꼭 어떤 스탠스를 유지하고 있지는 않다. 대체로 그들은 오르내림을 원하지만 오롯이 육체적 관계만을 추구하는 나와는 결이 다르다. 녹은 버터를 만지는 것만큼이나 흥미롭고, 지방이 녹은 향기가 나고, 미끌미끌했으며, 잔거품이 있었다.

옆방에서는 마찰 소리와 터져 나오는 소리를 애써 참는 여자의 소리가 연달아 들리고 있다. 방음이 잘 되지 않는 모텔인 것 같다. 벽을 사이로 허무함을 입는다. 내가 원했던 건 사실 괜찮은 와인 한 병 살 수 있을 정도의 돈과 깨끗한 침대 그리고 사랑하는 사람이 있는 삶, 그 소박하지만 작지 않은 행복일지도 모르겠다. 화병에 넣을 꽃이 있고, 냉장고에는 오렌지주스가 있다. 말차 마카롱을 먹기 전에 즐기는 페퍼로니 피자. 바질 향 바디워시와 블루비앙카 향 수건. 오후의 햇빛과 선풍기 바람. 청계천을 걷는 즐거움. 구름 사이의 달. 가로등 밑에서 당신을 기다리는 시간. 버스 맨 뒤 창가 자리. 창틈으로 들어오는 선선한 공기. 새벽안개. 남산. 동호대교 위 자전거. 아, 인생은 아름답다.

창밖에 내놓은 손가락이 비에 젖는다. 우산이 있었지만 누군가 말하기를 "이곳에 비는 내리지 않았다."라고 했다. 그러나 나는 분명히 비 냄새를 맡을 줄 안다. 그것은 낙엽이 축축이 젖어서 구두코에 붙어버릴 때 풍기는 냄새가 아니다. 발가락 사이로 바퀴벌레가 서너 마리 지나가는 길을 걸을 때의 냄새이다. 모양이 있지 않은 냄새이며, 지독한 공허함이 느껴지는 냄새이다.

바깥으로 우웅—하며 버스가 지나가는 소리가 들린다. 집에 가야겠다는 생각이 들어 옷을 주섬주섬 걸치고 있다.

*

「후회와 미련에 어떤 차이가 있는지 아는가? 미련은 남는다고 하지만, 후회는 남는다고 하지 않는다. 후회는 하고 있다고 한다. 미련은 남는 것이기 때문에 언젠가 없어진다. 남은 걸 다 털어내고 나면, 더 이상 미련은 남지 않게 된다. 나는 내 행동에 후회는 하지 않고, 미련은 남아 있다. 언제가 돼서 이것들을 다 털어낼 수 있을지 모르겠다.」

눈을 찡그리게 만드는 북- 소리와 함께 만년필이 헛돌며 수첩을 긁었다. 뇌를 잡아당기는 것 같은 필촉을 억지로 눌러가며 나오지 않는 펜으로 자국만을 남겼다. 아까 버스에서 느꼈던 감정을 잘 간직하고 싶었기에. 하지만 그럴 수 없었다.

종이 혈흔이 묻은 만년필 따위로는 가릴 수 없을 것 같은 분위기. 그것이 신경 쓰이기 시작했기 때문이다. 옆에서 한 여자가 재잘거리며 거닐고 있었는데, 그녀가 입을 열 때마다 천박이 줄줄 흘렀다. 우아하지 않은 걸음걸이, 그리고 그보다 더 신경을 거스르게 하는 빨간색 에나멜 가방이 눈에 띄었다. 이름 모를 바다 위였다면, 식량을 훔친 조타수쯤으로 몰아세워서 바닷속으로 쳐 밀어버리고 싶은 기분이 들 정도로.

나의 시선을 느낀 것인지 이내 전화를 끊은 여자가 파우치를 여는 척하며 이쪽을 흘겨보았다. 그녀가 한낱 잠자리 상대였다면 아마 거들떠보지도 않았을 것이라는 생각을 했다.

이 사람은 실로 어색한 친구 사이에 던지는 농담 같은 존재다. 불필요한 수준으로 필요하고, 필요한 만큼 불필요하게 쓰이는 것 말이다. 그녀는 이 세상에 그런 존재. 시선과 시선이 만나는 곳에 있는 유리잔을 들어 잔 밑에서려 있는 물기를 닦았다. 완벽하게 닦이지 않은 잔과 축축하게 젖어버린 내프킨만이 남았다.

조니워커 블루라는 위스키 한 잔을 사면서 말을 건네봐도 그녀는 나의 말과 그 값어치를 알아듣지 못할 것이라고 단정 짓듯이 생각했다. 그녀가 목구멍으로 삼키는 건 온더록스 잔에 담긴 증류주와 녹은 얼음 조금이 전부일 것이기 때문이다.

*

수요일 오후의 영동대교 북단 인근은 대체로 조용한 편이다. 검은 테이블과 검은 스툴, 낮은 스탠드 조명이 있는 곳. 소음이 심하게 있는 강변북로 옆길을 굳이 이 시간부터 찾을 이유가 없어서인 것 같기도 하다.

이따금씩 파란색과 초록색, 지간선 버스가 지나간다. 그리고 그것과 관계없이 천장에 달린 타프 팬은 나른하게 돌고 있다. 끼익하는 어정쩡한 문소리가 나면서 익숙한 얼굴이 빼꼼하고 문틈으로 나를 보며 웃는다.

"잘 지내셨어요?"

한 손에 갈색 서류봉투를 든 남자가 어정쩡한 소리가 나는 문을 닫으며 묻는다.

"글은 좀 나오는데…"

그는 일본 홋카이도에서 살다 왔으며, 북해도인 그곳의 이름을 딴 「해도」라는 필명을 가지고 있는 작은 신문사의 기자이다. 나는 해도를 보자마자 별다른 물음 없이 잔 하나를 꺼냈다. 그의 음료 취향을 알고 있기 때문이다.

"썼다가 말았다가 해요. 올해 탈고는 가능할지 모르겠습니다."

각기 다른 색과 크기를 가진 유리병들 사이에서 가장 세모진 것 하나를 꺼내며 물었다.

"위스키 괜찮죠?"

그는 자리에 앉으며 갈색 봉투를 건넸다.

"그리고 이거."

그가 이번에 쓴 단편소설이라고 했다. 나는 "퇴근할 때 꼭 읽어보겠습니다."라고 말하며 글렌피딕 12년 한 잔을 따랐다.

"오늘은 하이볼로 부탁드려도 될까요? 벌써 날이 덥네요."

그는 손으로 연신 부채질을 하며 탄산이 들어간 위스키 한 잔을 필수 불가결의 요소인 것처럼 만들었다.

"어려울 거 없죠. 잠시만 기다려 주세요."

각 얼음 세 개와 레몬 껍질을 잘라내며 말했다. 글렌피딕 12년으로 만드는 하이볼은 청사과와 서양배의 풍미가 잘 어우러지기 때문에 지금 같은 4월의 날씨에는 제격이라고 생각했다.

　우리는 그렇게 한 명은 앉고, 한 명은 서 있는 상태로 두 시간 가까이를 떠들었다. 사케 이야기를 했다가, 장편 소설에 대해서 이야기를 했다. 어정쩡한 소리가 나는 문을 여덟 번 정도 드나들었으며, 그럴 때마다, 원두 찌꺼기가 들어 있는 유리 글라스에는 담배꽁초가 쌓여갔다.

　하찮지만, 욕심 없는 오후였다.


　해가 질 무렵이 되자 엘라 피츠제럴드의 목소리가 스무 평 남짓한 공간에 가득 찼다. 파인 로맨스라는 가사가 파인드 로맨스라고 들린다.


　“파인드- 로맨스-”


　해도는 나의 혼잣말을 듣지 못한 듯 눈을 지그시 감고 고개를 떨군 채로 음악에 집중하고 있었다. 엘라의 목소리 외에는 냉동고가 가동되는 소리. 덜컹하며 화물차가 지나가는 소리. 킥보드의 벨 소리와 보도블록이 흔들리는 소리.

　지금은 헤드라이트 불빛이 사람 머릿수만큼이나 많은 시간이라, 무료함을 느끼고 있을 타프 팬을 멈췄다.

오늘도 쫓기지 않는 기분만큼이나 발전 없는 저녁을 보냈다는 생각을 하며 어정쩡한 소리가 나는 문을 닫았다. 미적지근했던 하루를 완성시키기 위해서였다.

*

퇴근하면 신림동으로 간다. 축축한 습기에 눈을 뜨이고, 곰팡내가 나는 방이다. 벽을 타고 천장까지 검은 띠가 선명하게 그어져 있는 것이 그림자에 가려지지 못한다. 그것이 못내 아쉬울 따름. 벽에 있는 테이블 램프까지 팔을 뻗어본다. 간신히 닿는다. 간신히 닿는 곳에 살고 있다는 것이 믿기지 않는다. 개미굴을 어릴 때인가 곤충 백과사전 속 그림으로 본 적이 있는데, 이곳의 건물들과 똑 닮았다. 현실을 외면하려 다시 눈을 감아보았지만, 참을 수 없는 외로움과 더위에 에어컨을 틀었다.

3평이 채 안 되는 쪽방은 금세 온도가 내려간다. 들리는 소음이라고는 없는 언덕 꼭대기의 2층 끝방은 점차 바깥의 온도와 멀어졌다.

그래도 매미는 우나 보다.

패턴이 있는 줄로만 알았던 그 울음소리를 음미하고 있는 모습이 다분히 비상식적인 것 같았다. 이 작은 침대는 몸을 옆으로 뉠 공간을 허락하지 않기 때문에 하는 수없이 천장만을 바라보게 된다. 군대에서는 이 지옥 같은 시간도 다 638일의 일부겠거니 하며 버티곤 했었다. 물론 지금은 그때와 다르다.

지옥은 수레바퀴처럼 과거와 미래를 물과 자국으로 남긴 채 제자리에서 공허히 굴릴 뿐이다.

고시촌이라는 말을 곱씹어 본 적이 있다. 정확히는 술에 취한 지난밤에 택시에서 잘못 내렸을 때부터였다. 숨을 고르며 올라간 언덕이 막다른 골목으로 멈춘 시점. 그때부터였다.

새별 고시촌. 별은 그 탄생과 함께 새로움을 잃어간다. 그런데도 새별이라는 말을 굳이 붙인 이유가 뭐였을까? 그건 잘 모르겠다. 고시촌에 살고 있는 사람들이 모두 고시 공부를 하고 있다는 착각을 했다면 대단히 잘못됐다. 시급 만 원도 안 되는 일을 하는 배달부부터, 아침마다 커피 믹스를 세 잔씩 마시는 공사장의 일용직 노가다꾼들 그리고 무직자들이 살고 있다. 적어도 내가 이곳에서 지켜본 일주일간은 그랬다. 상상했던 것처럼 두꺼운 책을 몇 권씩 품에 안고 종종걸음을 걷는 이는 얼마 보지 못했다.

이곳에 있다 보면, 하루가 지옥처럼 길지만, 일주일은 짧다. 모두에게 대가 없는 자유와 책임 없는 쾌락을 주지만, 값싼 절망도 함께 준다. 이곳의 사람들은 적당히 치이고, 적당히 끌려다닌다. 그것은 물론 나에게도 해당되는 이야기기도 하다. 니체와 칸트도 중요하지 않고, 빌리 홀리데이와 빅스 바이더벡도 중요하지 않다. 오늘 먹을 음식과 내일 잘 수 있는 곳. 나아가서는 온수가 나오는 욕실이면 충분하다고 느낄 터였다. 그렇다면 나는 그들과 같지 않다.

어느새 추워진 고시원을 혐오하기 시작한 나는 겉으로 은색 패널이 붙어 있고, 안으로 에어캡이 붙어 있는 스케치북만 한 창문을 열었다. 불규칙하게 울리는 매미 소리가 더 가까이서 들리는 듯했다. 실제로도 가까이 있었을지도 모른다. 벽이라든가, 이중창이라든가 말이다. 우리는 매미가 왜 우는지에 대해서만 관심을 가지고, 어디에서 우는지에 대해서는 관심이 없다. 어디에도 있고, 아무 때나 울기 때문이다. 여름과 함께 어디에서도 그들의 소리를 들을 수 있으며, 여름이 지는 순간까지 아무 때나 듣다가 만다.

이번 건 앞 건물 파이프에 붙어 있다. 잘 들렸고 그것이 꽤나 거슬렸다. 한밤중 달이 빛나는 것과는 다른 의미의 발악같이 보였다. 저 매미는 죽음이 가까워진 노인처럼 며칠 저러다 말 것이다. 갑자기 목욕탕 하수구 냄새가 난다.

창문을 타고 들어왔나 보다. 목욕탕 하수구란 가령 이런 것이다. 따뜻한 불쾌함.

*

고시원을 나서며 주위를 살폈다. 손에는 먹다 남은 치킨 뼈다귀가 들은 박스와 뜯지도 않은 양념 봉지가 함께 들려 있다. 나는 그것을 쓰레기가 불규칙적으로 쌓여 있는 전봇대 옆으로 살며시 뉘었다.

「지켜보고 있음. 신고 시 과태료 20만 원」

이라는 문구가 그 옆에 쓰여 있었지만, 신경 쓰는 사람은 하나도 없는 듯 보였다. 이쯤 되면 제발 이곳에 버려달라고 하는 것이 아닐까. 분리수거도 안 되는 인생을 살고 있는 누군가로서는 본래의 경고를 무시하는 인간들의 쓰레기를 대신 분류하며, 확신에 찬 삶이 놓여 있다는 거짓 망상에 사로잡혀 있는 것일지도 모르는 일이다.

그래도 오후 느지막한 시간이라 오가는 이가 없는 것은 좋다. 근래 들어 지나가는 사람들의 통화 목소리가 더 잘 들린다. 원치 않지만 그 내용들이 머릿속으로 그려지는 단계이고, 기억의 조각들이 떨어지지 않으려 간신히 매달려 망각의 우물을 뿌리치려고 애쓴다. 이것들이 한여름

매미만큼이나 거슬리기 때문에 주로 사람이 없는 시간에 외출하는 편이다.

'언덕 중간에 있는 편의점 즉석식품은 뭐가 남아 있을까'와 '이사를 가는 것이 맞을까'를 번갈아 생각하다 보니 어느새 버스 정류장에 도착했다.

희미한 흰색으로 칠해진 「버스정류장」이라는 글씨 옆으로 사람들이 쪼르르 서 있는 것이 보인다.

얼마 되지 않아 종점을 출발한 버스가 우리들 앞에 섰다.

오늘은 소음을 들어볼까 싶어 귀에는 아무것도 꽂지 않은 채로, 그러니까 15분 동안을, 서울대입구역까지 잠자코 앉아 있었다. 많은 사람들이 한꺼번에 내렸고, 나도 그중에 한 명이다. 두꺼운 책을 몇 권 품에 안고 챈챈걸음으로 걸어가는 사람들을 몇 명 보다 보니 출처를 알 수 없는 안도감 같은 것이 든다. 이래서 명분이 중요하다. 새별이라는 모순되는 동네 이름에 연속성을 불어넣기 때문이다. 이곳의 군상들이 사계절처럼 이어지는 느낌이랄까? 아, 서울대입구역에서 성수역까지는 꼬박 사십 분이 걸렸다.

*

단칸방의 구석에 있던 피자 박스를 열었다. 풀드 포크,

갈릭 포테이토 조각이 남아 있다. 식은 베이컨이 딱딱하게 굳은 모습으로 종이 쪼가리에 간신히 붙어 있는 것이 보인다. 박스를 닫자 후드득하는 소리가 났다. 고깃덩어리가 몇 개 굴러다니는 모양이다. 바깥은 비가 오고 있다. 나는 전날에 먹은 피자와 그 박스가 비에 젖지 않게 하려 비닐로 그것을 감쌌다.

한쪽 팔로 덜커덩 소리가 나는 박스를 들고, 다른 팔로 우산을 어설프게 쓰느라 오른쪽 어깨가 조금 젖어간다. 뚜껑이 열려 있는 스티로폼 상자, 주황색 종량제 봉투, 담배꽁초가 꽂혀 있는 음료수 캔이 아무렇게 버려져 있는 골목 중간의 전봇대에 피자 박스를 던져버렸다. 그리고 식은 음식이 들어 있던 비닐은 주머니에 챙겼다. 이미 가슴 언저리까지 빗물에 젖었지만 자유로워진 팔 덕분에 한결 가벼운 기분이 든다. 손님이 많지 않은 편의점 옆에는 지하로 들어가는 계단이 있다. 우산을 바닥과 벽에 탁탁 치며 털고는 계단을 하나씩 조심스럽게 내려갔다. 미끄러지지 않기 위해서.

스틸이라는 이름의 바이다. 이곳의 바텐더와는 안면이 있다. 손에 든 비닐봉지 속 피자 냄새가 퍼지지만 않게 빨리 먹어 달라는 말을 해오기에 고개를 끄덕이며 주위를 둘러보았다.

여자 하나가 앉아 있는 것이 보였다.

저 사람에게 사연이 있었으면 좋겠다는 생각을 했다. 옆 라인으로 보이는 다리가 희고, 길었기 때문이다. 가슴부터 얼굴까지를 훔쳐보고 싶은 마음에 다시 보니 이미 빈 잔을 들고 있다. 색깔이라도 알 수 있으면 좋았을 텐데. 코스모폴리탄? 사이드카? 반투명 마티니 글라스가 찰랑이지 않고 흔들거린다.

고민을 하던 시간이 무색하게 그녀가 먼저 말을 걸어왔다. 정확히는 뭐라고 이미 말을 했지만 잘 들리지 않아 내 몸을 그녀의 몸이 있는 쪽으로 기울여야 했다.

"그건 키우는 개 주려고 싸 온 거예요?"

말을 한 여자의 입꼬리가 한쪽만 올라가는 것이 보인다. "어쩌다 보니."라고 했다. 다음 말이 딱히 떠오르지 않은 나는 다시 바텐더를 보는 쪽으로 몸을 틀었다. 그러고는 콜택시를 기다리는 사람처럼 「빈 차」라는 그녀의 시선을 피했다. 여름이라기엔 이른 날씨에 저런 원피스라니. '짧은 치마를 입는다고 헤픈 여자는 아니지만' 속으로 나는 그런 생각을 했다.

그녀는 나에게 "클로이."라고 했다.

듣자마자 방금 지어낸 이름일 것이라고 생각했다. 그렇다면 난 지금 클로이의 환심을 사고 싶다. 책임을 질 필요

없는 관계를 원하는 것일 수도 있으니까. 만약 그런 것이라면 마다할 필요가 없다.

얼마 지나지 않아 그녀가 마시던 건 롭로이라는 걸 알게 됐고, 주량 이상으로 술을 마셨다는 것도 알게 됐다. 나는 어떤 확신 같은 것을 할 때의 내 표정에 긴장감이 없어 보인다고 생각할 때가 있다. 아닌 걸 맞다고 할 필요는 없지만, 맞는 걸 지나치게 맞다고 할 필요도 없다.

"화장실 좀."

붉은색이 도는 그녀의 볼을 쳐다보며 말했다. 이때의 목소리는 이곳의 음악보다는 작았다.

"나는 한 잔 더."

그녀는 내 쪽은 보지 않은 채로 빈 잔을 찰랑 흔들며 바텐더에게 말했다.

손의 물기를 닦다가 롭로이 두 잔을 마시며 했던 그녀와의 대화를 떠올렸다. 하마터면 클로이라는 이름도 기억해내지 못할 뻔했다. 너무 대충 듣고 있었나. 하나 확실한 건 적어도 내가 이 롭로이의 계산을 하는 일만 없었으면 좋겠는 정도이다. 그래도 호텔, 아니, 모텔비 정도는 낼수 있다.

"금방 왔네?"

말을 마친 클로이가 목덜미에 가볍게 입맞춤을 했다. 위스키 향이 나는 숨결이다. 야릇한 느낌이 들었다.

"계산 부탁드릴게요. 이 롭로이까지."

나는 손으로 두 명을 아우르는 원을 그리며 바텐더에게 카드를 건넸다.

빈 마티니 잔을 얼른 내려놓은 그녀는 핸드백 안에서 립스틱을 꺼내 들어 동그랗게 입술을 오므렸다. 강렬한 핑크색이다. 줄지어 서 있는 것들 중에 한 택시를 잡아탔지만 그녀는 별말이 없다. 시종일관 수다스러웠던 좀 전과는 달랐다. 물론 나도 별다른 질문을 하지 않았다. 우리에겐 더 이상 어떤 명분이 필요한 게 아니었기 때문이다. 보고 있자니 창문에 빗방울이 맺히는 것도 보인다. 봄-비. 아주 옆에 앉아 있는 사람에게조차 들리지 않을 목소리로 그것들을 노래했다. 반 시간이 안 되게 달렸을까? 역삼동 근처까지 왔을 무렵이 되자 클로이가 말을 걸었다.

"우리 어디로 가?"

"호텔 같은 모텔."

나는 몰라서 물어? 라는 말을 하고 싶었지만 하지는 않았다.

"호텔 같은 건 뭐야."

"방에 재떨이가 있으면 모텔이야."

그녀가 어이없다는 듯이 웃는다. 그것이 꼭 부정적인 감정은 아니었다.

한 호텔에 도착했다. 카드 키를 받아들자 그녀는 내 팔짱을 꼈다. 가슴의 촉감이 헤픈 원피스 이면으로 느껴졌다. 점심을 먹은 다음에 저녁을 먹으러 가는 것이 당연한 사람들처럼 우리는 새벽에의 우리에게 충실했다. 이곳에는 풀드 포크와 갈릭 포테이토, 롭로이가 있지 않다. 그리고 우리가 나란히 있었다.

*

"핑크네?"

나는 그녀의 소지품을 가지런히 테이블 위에 올려놓으며 아까 전에 스치듯이 보았던 강렬한 색깔의 립스틱을 만지작거렸다.

"단순한 핑크가 아니야 이건."

그녀가 말했다. 두 번째 물건으로 손이 가던 나의 시선은 그녀의 말과 함께 먼젓번의 것으로 다시 향했다.

"푸시아핑크."

그녀만큼이나 매력적인 발음이었다.

그 뒤로도 그녀는 나에게 유치원 선생님처럼 여러 가지 색깔을 가르쳐 주었지만, 나는 상어 인형에 꽂힌 남자아이처럼 그것의 이빨을 만지는 것에 이미 만족해 있었다.

"내 말을 듣고는 있는 거지?"

클로이는 아래에 아무것도 걸치지 않은 채로 내가 벗어 놓은 흰 티셔츠만 주워 입으며 말했다. 나는 그녀의 목소리가 꽤 우아하다고 생각했다.

그러고 보니 우리의 시간은 자정을 기점으로 멈춰져 있다. 정확히는 멈춘 채로 흘러갔다고 해야 한다. 옷을 벗었고, 섹스를 했고, 담배를 태웠다. 이런 시간을 헤아리는 건 선인장의 바늘 개수를 비교하는 것만큼이나 쓸모없는 짓이다. 나무다리를 부수는 게 꼭 바윗덩어리일 필요는 없는 것처럼. 베드 커버가 시폰인 이곳에서 우리가 보내는 시간이 무의미하지 않다는 뜻이다. 잠시나마 그녀는 나를 온몸으로 사랑했고, 실제로도 온몸으로 받아냈다. 우리는 이루어지지 못하는 태양과 달처럼 서로가 서로의 나약한 육체를 어루만졌다. 택시를 타고 오며 보았던 빗방울은 어느새 거세졌는지 창밖을 때리는 소리가 작지 않다.

"음악이라도 틀까?"

"난 좋은데 지금 빗소리."

"나도 좋아해. 빗소리."

차갑지만 낯선 기분이 들지는 않는 창가에 올려놓은 나의 두 손에 그녀가 얇고 기다란 손을 포개며 말했다.

밤에 보는 구름은 색이 없지만, 그들이 쏟아내는 것들에는 무게가 있다. 영원히 아침이 오지 않을 것만 같은 느낌이 들 때를 기억한다. 다시 생각하니 이 밤이 영원하길 바라는 마음인 것도 같다. 그래서 나는 그녀에게 "집에 안 가봐도 괜찮아?"라고 물었다. 서너 시간은 함께 있고 싶다는 생각이 들었기 때문이다.

"늦어야겠지. 오늘은."

지극히 주체적인 느낌이 드는 대답이다. 나는 이 사람의 이런 점을 좋아하게 될 것 같다.


클로이는 잘 익은 사과보다 검붉은 빛이 얼굴과 몸에 흐르는 것 같았고, 상냥했고, 곳곳에 살구색 자국이 있었다. 그리고 생기가 돋는 라이트 베이지와 볼수록 빠져드는 블랙을 아무나 넘볼 수 없는 곳에 가지고 있었다. 이제 나에게 "클로이"라는 단어는 다채로운 것들의 질서 있는 아름다움으로 남을 것이다.

"푸시아핑크라고 했었지?"

어리광을 부리는 아이처럼 그녀에게 한 번 더 말을 걸고 싶었던 마음을 눈치챈 것인지 그녀는 말없이 웃으며 그것을 들고는 입술을 동그랗게 오므렸다.


퇴실 시간이 되자 침대 옆 전화기가 요란하게 울린다.


연인처럼 다정하게 손을 잡고 나온 우리는 약속처럼 한 방향으로 걸었다. 빨간 등불이 있었고, 그 옆으로 있던 간판은 자세히 보지 않아 이름이 기억나지 않는 작은 이자카야에 들어왔다.

호르몬과 은행 구이, 아사히 맥주를 시켰다.

"우리가 밤낮없이 걸을 수 있다면 언제 걷고 싶어?"

데뷔를 보던 C가 말했다.

시간을 때우기 위한 질문은 아니었다. 온더록스 잔 속의 얼음이 녹기를 기다리는 바텐더는 없는 것처럼. 데뷔는 손가락을 테이블에 몇 번 두드리다 말했다.

"밤은 낮을 걸을 수 있지만, 낮은 밤을 걸을 수 없어. 낮이 걷고 있는 그 길엔 그림자라는 이름의 밤이 따라붙기 때문이야."

데뷔는 작은 컵에 따라져 있는 쇼추를 마저 마시며 말을 이었다.

"무한한 것들에게 유한한 정의를 내리는 건 어리석어. 사실 이 세상에 유한한 건 없다고 보는 게 더 맞지. 한 인간의 시간은 그의 죽음과 함께 끝이 나는 것처럼 보이지만, 그의 시간을 기억하는 몇몇 이들에 의해 그의 죽음은 인간의 시간으로 끝이 나지 않게 돼. 그렇게 시간은 시간을 만들어내고, 유한한 건 이 세상에 남지 않게 되지."

데뷔의 잔 속에 녹지 않은 외로움이 비쳤다.

"밤낮없이 걷고 싶을 때가 온다면 난 언제나 지금이라고 대답하고 싶어. 내 무한한 마음으로 너의 유한한 생각들을 바꿀 수만 있다면 말이야."

C가 큰 컵을 건네며 말했다. 아직 반 정도 남은 것이 찰랑거린다. 데운 사케였다.

"인간은 불을 다루고, 불에 타죽기도 하고, 물을 다루고, 물에 빠져 죽기도 해. 내가 너한테 타죽을지 빠져 죽을지 궁금하지 않아?"

"그럼 너는 나를 적어도 다루고는 있다는 뜻이네?"

C가 눈썹 한쪽을 치켜뜨며 알쏭달쏭한 미소를 머금은 채로 물었다. 데뷔는 웃음이 나서 그만 컵을 놓칠 뻔했다.

"말장난을 복잡하게 했는데 용케도 알아듣다니. 참 재밌는 사람이야 C."

마침 짤랑거리며 나무로 된 미닫이문이 열렸고, 우리의 시선은 동시에 한곳으로 향했다.

*

신림동까지의 버스는 여유를 두지 않고 끊겨 버린다. 주머니를 뒤져 남은 돈을 꺼냈다. 천 원짜리가 2장, 백 원짜리 3개. 월급이 들어오려면 아직 이틀이 남았다. 그래도 서울대입구역까지는 갈 수 있겠다. 자정의 을지로3가역 인근에는 사람이 많지 않았다. 넥타이를 풀어헤친 아저씨 한 분이 세 자리를 차지하고 누워서 잠을 자고 있다. 이어폰을 끼고 동영상에 집중하고 있는 「아마도」 대학생. 토트백을 무릎 위에 꼬옥 올려둔 채 문자를 보내고 있는 「아마도」 퇴근하는 회사원. 볼 끝이 약간 붉은 것을 보니 회식 같은 것을 했나 보다. 뻔히 아무런 연락도 와 있지 않은 것을 알고 있지만, 괜스레 핸드폰의 잠금 해제를 했다가 껐다.

달리는 지하철은 일정할 텐데 한없이 느리게만 가고 있는 것 같았다. 어쩌면 나의 시간도 느리게만 가고 있는 것처럼 말이다. 모아두었던 생활비가 거의 바닥이다. 다른 일이라도 더 해야 하나 싶은 생각이 강하게 들었다.

출구로 나와 쇼윈도의 불이 반쯤씩 들어와 있는 신림동을 걷기 시작했다. 어림잡아 한 시간쯤은 걸릴 거리겠다.

하필 배터리도 별로 없다. 술 취한 사람들이 가게마다 모여 있었지만 시끄럽지 않았다. 오히려 외롭게 느껴지는 밤거리를 인간적으로 따뜻하게 해주는 것 같았다. 체온이 직접 전해지지는 않지만.

아, 몇몇에 의해서는 체온마저 전해지고 있으려나. 사람 냄새나는 그곳을 지나니 남의 집들이 늘어선 골목이 나타난다. 이 풍경이 낯설게 느껴진다. 외롭다. 벽들의 낙서 같은 것들을 훑으며 걷다가 한 담벼락 앞에 발이 멈췄다.

「가장 좋은 것은 아예 태어나지 않는 것이다. 죽음, 그것은 길고 싸늘한 밤에 불과하다. 그리고 삶은 무더운 낮에 불과하다.」

다시 밤거리를 뚫고 걸어가는 중이다. 아까 보게 된 구절이 아직까지도 머릿속을 떠나지 않는다.

삶의 빛에 대해서 생각을 했다. 옅은 파란색과 강렬한 회색 사이에서 화하고 있는 것 같았다. 불꽃은 사그라드는 중이지만 어쩌면 오후 4시에서 5시로 넘어가는 시간에의 그것과 같았다.

냉정과 열정 사이에서 허무함이 터져 나왔다. 울음을 참지 못하는 아홉 살짜리의 얼굴이었을 것이다. 목이 메는 이유를 찾지 못하겠다. 한 자리 남은 카페 안에서 앉을까를 고민하며 두리번거리는 사람 같았다. 이곳의 모두가 나를 쳐다보는 느낌이었고, 어쩔 줄 몰라 얼굴이 붉어지는 느낌이었다. 달아오른 볼을 손등으로 만지며 온도를 가늠하고 옷매무새까지 신경 쓰는 사람.

마른세수를 연거푸 했다. 분노. 내가 느끼는 감정이었다. 방향감을 잃어버린 걸음걸이는 빠르지 않으며 멈추어 섰다고 느낄 만큼 느리지도 않다. 앞을 향해 걷지만 그것은 뒤로 그것은 옆으로 향하고 있는 상실의 시대에, 우리는 살고 있다. 사상을 탈피한 물음의 관념적 순수함이랄까? 너와 나로 존재함은 비로소 너와 내가 하나일 수는 없다는 말처럼.

작은 모래 먼지 같은 푸념. 이것은 헛걸음일지도 모른다.

자취마저 남지 않는 거리에는 영감의 그림자만이 짙게 드리워져 있다. 비 온 날의 공원처럼 을씨년스러움과 청명함이 함께한다. 새벽녘의 사색은 고요함을 가져다주지만 의식의 흐름은 저 별처럼 아득하게 멀리 떨어트려 놓는다.

스읍 하며 숨을 들이쉰다. 앙다문 입술에는 무언가를 생각해낸 듯한 결심이 묻어 있다.

허공을 바라본다. 일어서며 자리를 털었다. 어느새 그곳에는 아무도 없다. 그도 그의 의식도 그리고 그것들의 그림자도.

 방 안의 조명은 나를 비추고 있다. 하얗지만 따가운 그것의 힘에 의해 눈이 감긴다. 형이상학적 무게를 가늠해 보다 빛이 사그라든다. 창문으로 온기를 끄집어내며 들어오는 바람을 느끼려다 덜컥 한기에 몸을 떨었다. 달을 가리는 건 구름뿐이 아니다. 어둠을 드러내는 것이 꼭 밤이 된다는 것은 아님을 말하듯. 미끈한 것이 가슴을 비집고 새어 나온다. 불쾌감을 띤 녀석은 환영받지 못한다.
 다리에 감각이 없어진다. 무뎌진다. 가만히 자리에 다시 누워 호흡을 가다듬는다. 가끔 달빛이 너무 밝을 때가 있다. 누가 불을 켜놓은 것처럼 말이다. 끄고 싶은 마음은 들지만 꺼지지는 않았으면 한다. 어릴 때는 달이 나를 따라오는 줄 알았다. 한참을 달려도 함께 달려와 주었다. 그리고 나는 다가갈 수 없었다.

 그렇게 눈이 감긴다.

 밤부터 이어진 비릿한 목 넘김이 아침부터 나를 괴롭게 했다. 금방이라도 입을 벌리면 쏠려 올라올 것 같다. 다시 누워 몸을 웅크렸다. 잠을 청했지만, 꽤 간절히, 아무래도 안 될 것 같다. 화장실로 가 변기의 물을 내렸다. 손을 씻으며 마음의 준비를 했다. 헛구역질을 몇 번 하다 속을 게워내기 시작했다. 위산 때문인지 목 끝이 칼칼하다. 진한 침을 두어 번 뱉었다. 고개를 들어 거울을 보는데 꼴이 말이 아니다. 머리는 잔뜩 헝클어져 있고 눈은 붉게 충혈돼 있었다. 눈가에는 눈물이 맺혀 있었다. 그것이 꼭 어젯밤 남긴 소주잔의 소주 같았다.

낮게 신음하며 몸을 끌고 나왔다. 화장실의 열기는 대단했는지 선선함이 약간 느껴졌다. 그 어떤 생각도 들지 않는다. 단지 조금 쉬고 싶을 뿐. 집에 가고 싶다. 집에 있는데도.

얼마쯤 잤을까? 시간은 어느덧 오후 1시를 향하고 있다. 가림막이 없는 창틈으로 햇빛이 얄궂게 쳐들어오고 있었다.

잠깐 눈을 감았다. 마지막에 마신 캔 맥주 때문인 것이 분명하다. 술자리의 끝에는 숙취만이 있다는 것을 알면서도 괴로운 아침을 맞는 일이 종종 반복된다. 인간이 망각의 동물이라는 것을 다행이라고 여겨야 할지 불행이라고 여겨야 할지 가끔 모르겠다. 요즘 들어 드는 생각인데 술보다는 커피 한 잔이 더 좋다. 금요일 밤보다는 일요일 낮이 더 좋다. 친구들보다 친구가 좋고, 다시 연필이 좋다.

종종 걷고 싶을 때가 있고 하루 끝에 마시는 맥주 맛이 좋다는 걸 이제는 알고 있다. 가끔 혼자 있는 게 더 좋고, 가족이라는 게 좋다. 빨리 어른이 되고 싶었는데, 어려 보이는 것도 요즘은 좋다. 취직 얘기하는 친구들이 늘고 있다. 만나는 사람들은 늘어나는데 오래 보는 사람들은 자꾸 줄어드는 것 같다. 종종 아저씨 소리를 듣는다. 스무 살이 몇 년생인지 생각해 봐야 생각난다. 그런 내가 어색하지 않다. 요즘 내가 변한 걸까, 변한 내가 요즘을 사는 걸까. 중요한 건 지금도 내가 변하고 있다는 것이다. 그것도 나쁘진 않은 것 같다.

*

노을에 타고 있는 선글라스가 애처롭다. 이곳도 매미 소리가 간간이 들리는 곳이다. 리넨 커튼으로 창을 가렸지만 새어 들어오는 빛까지는 어쩌지 못하는 중이다.

'겨우 몇 달 전이지만 사뭇 다르네-'

불현듯 신림동 쪽방촌, 새별 고시촌이 떠올랐다. 비가 새지 않지만 곰팡이가 피어 있던 벽과 천장, 하루 종일 습한 냄새가 나는 곳. 나는 그곳을 "따뜻한 불쾌함"이라고 정의 내렸던 기억이 있다.

첫 만남이 있은 후로 클로이와는 일주일에 한 번씩은 만나는 사이가 됐다. 그녀는 남아프리카에서 유년 시절을 보냈고, 샹송을 듣는다. 재즈는 비밥이 최고냐 아니냐를 두고, 나와 밤새도록 이야기를 할 수 있을 정도로 재즈에 대해서도 조예가 깊다. 위스키를 즐겨 마시는데, 가장 좋아하는 건 아드벡과 야마자키라고 했다.

곤약이 들어가는 돈지루를 끓인다. 클로이는 그것을 저녁으로 먹는 것을 좋아한다고 했다. 그때 밖에서 나는 노크 소리에 나는 누구인지 묻지 않고 문을 열었다.

"나인지 어떻게 알았어?"

"구두 소리가 요란하게 계단을 올라오는 사람은 당신밖에 없어. 그리고 자기 집에 노크를 하고 들어오는 버릇이 있는 것도."

"그건 정답이네."

클로이가 아래가 두꺼운 검은 유리병을 건네며 말했다.

"이거."

"와인이야?"

"저번에 말했잖아. 자기 보졸레 누보 와인을 좋아한다고."

"맙소사! 그때 우리 위스키를 얼마나 마셨는데."

"그 정도 기억은 하는데 몰랐구나?"

클로이는 자연스레 국자를 들고 있지 않은 손을 잡으며 구두를 벗었다.

"음– 맛있는 냄새. 저녁 만들고 있었구나."

"거의 다 됐어. 잠깐 앉아 있으면 가지고 갈게."

나는 안쪽으로 들어오라는 고갯짓을 하며 부엌으로 돌아갔다.


"이렇게 요리해준다고 하면서 여자는 종종 들였던 편?"

"보통 잘 먹을게, 라는 말을 먼저 한 다음에 하고 싶은 말을 하지 않나?"

"아, 미안. 불쾌했지."

나는 불쾌하지 않았지만 불쾌한 척 연기를 했다.

"그럼 그 질문엔 답을 하지 않는 걸로."

그녀가 세 번의 숟가락질과 함께 "맛있다!", "어떻게 만들었어?", "그래서 언제 말해줄 건데?"라는 말을 하는 동안 나는 와인을 땄다.

그렇게 우리는 크고 작은 농담과 변명을 하며, 함께 저녁을 먹었다. 텔레비전도 없고, 음악도 없다. 오늘의 안부와 사사로운 감정을 나눌 뿐이다. 햇빛이 충분한 선인장처럼. 물이 필요하지 않은 낙엽처럼. 채워서 채워지는 것들, 예컨대, 쓰레기통, 만조, 질투, 컵라면. 그런 것들은 터치하지 않았다. 메마른 철교 위에 철새가 앉아 가듯이 그의 노스탤지어를 엿보았다. 우리의 관심을 끄는 건 세탁실을 울리는 건조기의 소음과 곤약 돈지루의 냄새, 보졸레 누보 와인의 맛 그리고 푸시아핑크뿐이었다.

**

　조용히 문을 열고 집에 들어왔다. 센서등의 불도 안 켜지면 좋겠지만 눈치 없이 환하게 밝아졌고 눈을 찡그렸다. 구깃구깃 신발을 벗으며 방으로 갔다. 끼익하는 소리가 났다. 방바닥은 차가웠고 등줄기는 언덕을 오른 열기가 남아 있어 약간 더운 듯했다. 형광등을 켜는 것이 싫지만 어쩔 수 없었다. 옷을 벗는 행위에도 일종의 버릇 같은 깃이 있는데, 양말을 가장 나중에 벗는다는 것이다. 맨몸에 양말만 신고 있는 모습이 비칠 때면 우스꽝스럽지만 아직 누군가에게 들킨 적은 없다. 미온수의 온도를 서서히 조정하다가 들어가 섰다. 거울을 보며 머리를 몇 번 만지다가 칫솔을 들었다.
　새벽 1시 반을 넘고 있었다. 피로감이 꽤 드는 것이 오늘 하루도 여기까지인 것 같다. 방에는 어둠이 찾아왔고

티브이 소리는 낮게 흘러나오고 있었다. 적당한 소음이 없으면 깊게 잠에 들지 못한다. 상담도 받아봤는데 불안감의 일종이라고 했다. 어떻게 해결할 수 있는지는 가르쳐주지 않았다. 목이 마르면 물을 마시세요 같은 처방이었다.

꿈 같은 것을 꾸고 있는 것도 같았는데 갑자기 눈이 떠졌다. 서서히 뜨는 느낌은 단연코 아니었다. 수면을 방해할 정도의 무언가가 있었던 것 같다. 잔뜩 인상을 쓴 얼굴로 시계를 봤다. 채 두 시간을 자지 않았다. 낮은 소음마저 신경이 쓰인다. 한숨을 쉬며 리모컨을 들었다. 이미 꺼진 티브이에서는 꺼지지 않은 듯한 온기가 전해진다. 아직 숨이 붙어 있던가. 척. 척. 벽에 붙은 시계 소리가 유난히 크게 들린다.

새벽에 잠을 설친 탓에 오전 11시가 지났음에도 머리가 금세 맑아지지 않는다. 간간이 아이들이 놀이터에서 뛰어노는 소리만 들린다. 자연광이 들어와 있는 집을 둘러보았다. 클로이는 외출을 했는지 아무도 없었다. 어디로든 나가야겠다는 생각이 들었고 양말부터 신으며 욕실로 향했다.

*

목에 문신이 있는 남자가 지나간다. 그가 밟고 가버린 나뭇가지의 틈에서 익숙한 냄새가 난다. 피 냄새였다. 나는 피에 젖은 채 비 냄새를 떠올렸다. 그때 핑크색 우산을 들고 있는 여자가 별안간 골목에서 튀어나와 말했다.

"단순한 핑크가 아니야 이건."

가만히 다음 말을 기다렸다.

"푸시아핑크."

언제 엎드려 있었는지도 모르게, 하얀 책상에서 잠들어 있었던 것 같다. 서른. "너는 구제불능이야."라는 말을 들으며 C의 집에서 나온 지 일주일이 지났다. 이곳은 상도동에 있는 고시원 408호다. 먼지보다 가벼운 이유를 가지고도 그녀의 집에서 얹혀살았다가, 먼지보다 못한 취급을 받으며 내쫓기듯 그곳을 나와야 했다. 신림동의 쪽방촌과 신월동 엑스의 집 그리고 이제는 상도동의 고시원까지 오게 됐다. 옆방에서 라면을 먹는 소리가 들리는 방. 고시원 규칙 중에 하나로 방 안에서 통화를 하거나, 이어폰 없이 영화를 보는 것을 금지하고 있기에, 문자를 쓰는 일이 잦아졌다.

오랜만에 책상 앞에 앉는 날이 왔고, 타자 두드리는 것 정도는 괜찮겠지? 라고 하며 앞으로 써나갈 것들에 대해 고민하는 중이다. 물론 봄비가 반갑지 않은 날씨와 온통 회색인 공간이 주는 느낌이 소름 끼치게 싫다. 마음대로 헛기침조차 할 수 없어 눈치를 보는 곳. 그곳에서 나의 서른 번째 3월이 가고 있다. 아, 나는 8월생이니까 스물아홉 번째 3월이겠다.

성수동에 있는 바에서 아르바이트를 하면서 고시원에 산다는 것. 주에 13만 원인 곳에 산다는 것.

신축 건물인 탓에 페인트 냄새가 지독히도 많이 난다. 어제는 식물을 샀다. 비닐봉지에 화분을 담아주던 사장님 말로는 "흔한 건 아니지만 아레카야자"라고 했다.

그때 앞방에 새로운 사람이 들어온 것인지,

"띡띡— 띡띡"

몇 번씩이나 비밀번호를 바꾸고 있는 것 같은 소리가 났다. 그가 만약 본인의 마주 선 방에 앉아 있을 것으로 추정되는 사람이 겨우 일주일 전에, 애인에게 차였으며, 그 마지막 말로 "갈 곳 없어서 이렇게 붙잡는 거야?"라는 말을 들었으며, 페인트 냄새를 지독히도 싫어해서 아레카야자를 키우고 있는 서른 살이라는 걸 알았다면, 무언가 숨길 필요도, 그럴 공간도 없는 이곳에서 저렇게 네 번씩이나 비밀번호를 바꾸고 있는 바보짓을 하고 있지 않았을 텐데 말이다.

　짐 정리를 핑계로 한 번쯤 더 얼굴을 보려고 방금 전화를 했지만 거절당했다. 꺼진 전화기의 화면만 보고 있는 모습을 복도로 난 구멍을 통해 누군가 봤더라면 괴이하게 여겼을 것이다. 여기는 그런 곳이다.

　방으로 돌아와 다시 앉았다. 곰곰이 생각하니 처음 짐을 싸던 날, 들어가지도 않는 종이가방에 온갖 잡동사니를 욱여넣었다. 물리적으로 도저히 한 번에 들지 못할 것들을 악에 받치듯이 들고 계단을 내려오다 넘어졌었다. 그날 찢어진 정강이가 갑자기 쓰라리다.
　방 정리를 해야 할 것 같아서 종이가방을 뒤집어엎었다. 딸려 들어온 먼지도 털린다. 침대, 책상, 미니 냉장고, 스탠드가 전부인 1평 남짓한 공간을 가득 채운 건 공허함이었다. 벼락부자가 된 것처럼 감당할 수 없게 많은 물건들로 사치를 부리고 있는 기분이다.
　라이터 가스, 손톱깎이, 도수 없는 안경, 녹이 슨 은 팔찌, 불가리 반지, 다 쓴 수첩과 여권.
　자세히 보니 내 여권이 아니다.

가랑비에 바지 뒷단이 젖는 건 싫지만, 손에 피가 좀 묻는 건 개의치 않는 탓에 작업은 상대적으로 수월할 수 있었다. 일종의 공정 같은 것이어서, 자르고, 토막 내고, 닦고, 버린다. 반복적으로 하다 보니 왼쪽 정강이를 자를 때부터는 제법 속도가 붙기 시작했다. 한참을 척추와 씨름하다가 실톱과 쇠망치를 욕실 바닥에 내팽개치고 시가 한 대를 태우는 중이다. 숙성이 덜 돼 암모니아 냄새가 나던 니카라과산 시가가 느끼한 비린내에 가려지는 게 웃긴다.

나는 엘라를 좋아하지만, 지금의 상태로는 그녀의 목소리가 소름 끼치게 들릴 것 같다. 검은 선율을 따라가지도 못할 것이고, '크라이 미 어 리버'라는 가사를 흥얼거리지도 못할 것이다. 그 앨범 재킷이 참 기괴했었던 것으로 기억하는데 적어도 지금의 모습이 그보다 덜 하지는 않을 것이다. 이것의 눈은 뒤틀리고, 피부는 창백하며, 심하게 맞은 것처럼 얼굴이 부어 있기 때문이다.

바다에 내리는 소나기는 소리가 없지만, 이곳 여기의 피바다에 떨어지는 수도꼭지의 물은 이곳이 현실에 가까운 곳이라는 것을 끔찍하게 일깨워준다. 구걸하는 노인에게

기업가로 성공하는 법을 가르쳐주는 것처럼 불친절한 친절이다. 욕실 안을 가득 메운 시가 연기는 몽환적으로 보였다. 서서히 퍼지는 물감처럼 그것은 이내 사그라들었다가 풀어지기를 몇 번 이어서 했다.

눈을 뜨자마자 부리나케 달려간 욕실에는 아무것도 없었다. 시체도, 기괴한 그림도, 실톱과 쇠망치도, 수도꼭지에서 떨어지는 물도.

*

암사동에 가고 있다. 택시에 가방을 놓고 내렸다. 나사가 하나 빠진 채로 돌아다닌다는 말을 몸으로 실감하고 있는 요즘이다. 상도동에서 암사동까지는 44분이 걸렸다. 택시 기사님께 어느 정도의 사례금을 드려야 하나 우물쭈물하는 사이에(사실 지갑을 여는 것을 주저하고) 휙 하고 가방만 던져준 채 뒤돌아 가셨다. 만 원일까 이만 원일까 고민하던 손가락이 머쓱하게 지갑을 닫았다.

여전히 봄은 오지 않았는지 바람이 제법 차다. 「빈 차」라는 팻말을 띄우고 빌빌거리며 가까워져 오는 택시에 손을 들었다.

"영동대교 북단으로 부탁드립니다."

대답은 듣지 않고, 안전벨트를 맸다. 기사가 뭐라고 말을 한 것 같았지만 마스크를 쓰고 있었기에 잘 들리지 않았다. 되묻지 않았고, 차는 출발한다. 스몰 토크였나 보다. 가급적 눈을 마주치지 않으면 된다. 오늘은 조금 피곤하기 때문이다. 택시는 얼마 지나지 않아 녹이 슨 철문 앞에 멈추었다.

잃어버릴 뻔했던 가방을 엘피판이 있는 서랍장 뒤쪽으로 내려두고 커피 한 잔을 마시기 위해 잔을 들었다. 23… 24… 25. 오늘 에스프레소의 추출 시간은 25초가 걸렸다. 플랫 화이트 한 잔을 만들어 자리에 앉는다.

"뭘 해야 되더라…."

귀찮은 걸 싫어한다는 말로 포장한 게으름이라는 건 언제나 나를 망치곤 했다. 술 먹어서 하루, 피곤하다고 하루, 텔레비전에서 재방송을 한다고 하루, 덥다고 하루, 춥다고 하루. 게으름은 때때로 나의 일상 또한 망친다. 조금만 더 앉아 있다 나가자는 버릇은 꼭 약속 시간에 지각하게 만들었다. 내일부터 시작하자는 오늘은, 내일 역시 미루게 만들었다. 그렇게 하루하루가 반복되는 사이 나는 발전이 없었다.

그리고 나의 게으름은 너와 나의 관계 역시 망쳐버렸다.

게으름은 곧 기다림을 만들었고, 기다림은 아쉬움과 허전함이 돼 있었다. 자연스레 우리는 멀어졌다. 네게 허락한 건 내 마음만이 아니었음을 절실하게 깨닫는 날이 있었다. 의외로 미지근했던 입술과 적당히 땀이 나던 너의 손. 투영된 나의 모습을 한없이 바라보던 눈. 그리고 너는 조금 느리게 나는 조금 빠르게. 언제나 함께 맞춰가던 발걸음까지도 내게 허락했었다는 것을 나는 절실하게 깨달아 버렸다.

나도 마음의 절반쯤은 너를 위해 남겨 두었었다. 흘러가는 마음마저는 아무렴 그냥 두기로 했었다. 여름 장마에 불어나는 계곡물을 막을 수 없는 것처럼 너로 차올라더는 밀어내기가 힘에 부친다는 것을 느꼈을 땐, 이미 나머지 절반마저 너의 색을 칠해 놓았었다.

어느 날인가 네가 떠난 나의 마음은 이로운 무엇이 아닌 흐릿한 검은색이었다. 색을 바꾸면 바뀔 줄 알았는데 거듭된 덧칠은 나의 마음을 검게 만들었다. 붓칠은 물감처럼 어긋나고 말았다.

지금도 선명하게 남아 있다. 한껏 달아오른 냄비에 손

목을 데인. 그때의 화상 자국은 나에게 2년이 지난 지금도 흉터를 남기고 사라지지 못했다. 샤워를 하다가 문득 만져도 쓰라리진 않지만, 옆 피부와의 이질감이 옛 기억을 떠올려주는 것처럼.

해프닝이라기엔 길었던 시간이다. 그 사람을 만나기 전과 후로 나눠야 한다면? 그리고 그것을 가능하게 하는 순간을 불러야 한다면? 「첫사랑」이라고 부른다. 하지만 애석하게도 그 속에 들어가 있을 때는 잘 보이지를 않는다. 발만 담그고 있을 때는 차갑게 느껴지던 여름 바다도 온몸을 담그면 따뜻하게 느껴지는 것처럼 말이다. 지나고 보니 첫사랑이었던 것이다. 다음 사람을 만나도, 그다음을 만나도 오래가지 못했다. 그리고 대부분의 사랑이 그러는 것처럼 조용히 마음속의 열 번째 방쯤에 묻어둔 채 살아간다. 기억을 추억이라 부를 수 있는 시간인 것이다.

그 모든 것은 어쩌면 내가 놓으면 놓아지는 것이었다. 사랑을 말하는 것을 두려워하던 나는 밝은 빛이라 생각했던 사람을 따라 동굴 밖으로 나왔다. 누구에게도 보이지 않던 감정들은 나의 예상보다 빠르게 그리고 아름답게 나를 바꾸어 주었다. 그 말들은 일상이 됐고 다른 사람에게도 잔뜩 날이 서 있던 나의 감각은 무뎌졌다. 사람과 사람 사이의 일이라 때때로 위기의 순간은 왔지만 흔들렸던 적은 단 한 번도 없었는데 이번만큼은 많이 흔들렸다. 혼자이고 싶지 않은 시간들이었는데 말이다. 새로운 사람이 내게 와서도 아니고, 옛 사람이 나에게 말을 걸어와서도 아니다. 뭐가 그리 치열했을까? 내가 얻은 것과 잃은 것들을 일일이 나열하고 싶지는 않다. 시간이 느리게 갔으면 싶었지만, 그 마음이 이제는 남아 있지 않았던 것이다. 끊임없이 스스로에게 말을 걸던 지난 밤들이 떠오른다. 어제의 밤은 지독히도 외롭고 네 생각이 났었다. 나는 네가 필요했었다. 내가 좋아하던 너의 모습이라는 건 어쩌면 그때의 나만이 기억하고 있을지도 모른다. 내가 기억하던 너의 모습이라는 건 어쩌면 그때의 나만이 추억하고 있을지도 모른다. 슬프다. 떠나간 버스는 미련을 버리라는 말처럼 혼자 남겨질 정류장이 외로울 것 같아서 그렇다. 결국 네가 이겼다. 나는 너를 이길 수 없었다. 단 한 번도.

　표현이 서툴렀다. 그 색은 옅었지만 매 순간 나는 네게 진심이었다. 잘 지냈으면 좋겠다. 그리고 이 생각이 드는 것마저 진심이라 다행이다. 너를 만나 행복했었다. 너도 그랬으면 좋겠다. 편지를 쓰는 것을 곧잘 하던 나였지만 이번만큼은 답장을 기다리지 않는다. 오지 않을 미래를 약속받고 싶었고, 불안한 너와 나의 관계를 끝내기가 싫었다. 내가 미련했다는 것을 깨닫기까지는 그리 오랜 시간이 걸리지 않았다.

몇 년 전에 친구가 사진을 하나 보내주었던 적이 있다. 나와 헤어진 지 한 달이 되지도 않은 시점. 그녀의 타임라인은 새로 시작한 사람과의 소식으로 시끌했다.

"나보다 나은 게 하나도 없는 것 같아."

졌지만 잘 싸웠다는 말보다 모순적인 말이었다.

미래에 대한 확신을 가진 말을 하는 것도, 나중을 약속하는 것도 나한테는 어려운 일인 것이 맞았다. 그 대상이 그 사람이라서가 아니라 내가 나여서였다. 그동안 나의 사정을 누구보다 잘 알고 있음에도 시간을 쥐여준 그 사람에게 고맙게 생각하고 있었다. 물론 그만큼 내가 그 사람을 많이 좋아했던 것도 있었다. 그 마음 같은 건 은연중에 강요한다고 해서 생길 수 있는 마음도 아니고 내가 스스로를 채찍질한다고 해서 생길 수 있는 것도 아닌 아주 자연스러운 마음이었다고 생각한다. 지금도 변함없는 사실이기도 하다. 결혼이라는 두 글자에 가슴 한쪽이 뜨거워지는 느낌이었다. 언젠가 제자리로 돌아올 줄 알았나 보다. 비록 새로운 사람을 만나더라도 때가 되면 서로에게 돌아갈 줄 알았다. 그것은 너무나 당연하게 일어날 일이라고 생각했다. 그 사람은 나에게 특별했으니까 말이다. 누구와도 대체될 수 없는 사람이었다. 우리는 노량진의 대포집에서 소주 한 병을 마시면서도 두 시간을 떠들었었다. 기가 막히게 디저트를 고르는 취향은 잘 맞았다. 레드벨벳 케이크. 밤을 새우며 통화를 하던 날들과 뜨거워진 배터리를 반대 손으로 쥐며 전화를 끊던 날들. 세 번의 크리스마스와 네 번의 생일. 베개 위에서 나누던 약속들까지 유일한 것들 투성이었다.

사실 글로만 너를 그리워하고 있다는 건 지극히 모범시민적인 방황이다. 공격성을 포기한 채 샐러드를 먹는 사자처럼 말이다. 그리고 이런 말을 하고 싶다.

"결국 사랑은 이루어지지 않는다."가 아니라 "어쩌다 보니 사랑은 이루어지지 않았다."

그때로 다시 돌아가더라도 우리는 달라지지 않을 것이다. 나는 다시 한번 같은 선택을 할 것이다. 지금도 비슷한 상황에 놓여 있다. 그 역시도 같은 결정을 하며 시로에게 돌아서는 순간이 올 것이다.

봄바람에 살랑이는 민들레를 기다리는 늦가을의 낙엽과도 같다. 겨울은 결국 끝나기 마련이다. 이상 기온도 늦출 수 없고, 오리털 파카도 막을 수 없다. 뭐 가끔 3월에도 눈이 내리기는 한다. 호주는 한여름이 크리스마스이기도 하고 말이다.

"그러고 보니 그래, 그렇지."

고개를 끄덕이며 눈을 깜빡였다.

오늘도 어김없이 평범하다. 나는 내 자리가 어디인지 잘 알고 있었다. 지금 느끼는 이 감정은 뭐랄까. 태어나서 처음 느껴본 것일 것이다. 분명 그 어떤 책에서도, 학교에서도 가르쳐주지 않았던 것이었다.

갑자기 술을 한잔하고 싶다.

이른 퇴근을 해야겠다고 생각했고, 그것이 꼭 "넌 구제 불능이야"라는 말을 하던 사람이 생각나서였음은 아니었다. 그 전과 그 이전도 한참 전에의 것들 때문이다.

*

홍대입구역, 라이즈 호텔에 있는 칵테일바에 왔다. 일행이 있는 사람들이 가득 있다.

'이런 도피처라면 사양이었을 텐데.'

나무로 된 메뉴판을 받아 들었다.

"진소닉 한 잔 주세요."

주문한 음료는 진 앤 토닉에 소다를 넣은 것인가 싶었는데 누군가와 말을 섞는 건 굳이 하고 싶지 않아서 묻지는 않았다.

그때 내 생각을 읽기라도 한 듯 "저번에도 오신 적이 있으셨던가요?"라며 바텐더가 물었다.

"아, 네. 잠깐. 새벽 늦게요."

나는 최대한 간결하게 대답했다. 눈치 없는 이 바텐더가 내 말의 온도를 이해했을지 모르겠다.

"여기 일하시는 분 중에 지인이 계신가 봐요?"

모르는 것 같다.

"아…. 딱히."

말을 마치고 잔의 술을 벌컥 마시기 시작했다. 아무도 나를 모르는 곳에 가고 싶어졌다.

"저희 매니저님과도 인사를 하셨던 걸 봤었던 것 같아요. 저번엔."

바텐더가 말을 잇는다.

"이쪽 업계에서 일하시나 봐요."

레몬 껍질을 깎으며 그가 물었다. 원하는 건 질문하기 위한 답인 것처럼,

"그럭저럭이랄까요."

잔의 술이 얼마 남지 않았다.


'근방에 뭐가 있더라….'

그때 바텐더가 "잠깐만 기다려 주실래요?"라는 말을 했

다. 정말 잠깐이 지나자, 눈앞에 스트레이트 샷 잔이 두 개가 놓인다. '더 늦은 시간에 올걸.'이라는 생각을 했다.

"이 핑계 삼아서 저도 한 잔 마실 수 있어서 참 좋습니다."

그가 잔을 들고, "반갑습니다."라고 했다.

안녕하지 않은 나는 "저 역시 반갑습니다."라는 말로 감정을 덮었다. 점점 옆자리에 앉아 있던 사람들의 대화 소리가 소음처럼 거슬린다. 의도적으로 눈을 마주치지 않고, 물기가 있는 잔의 밑부분을 만지작 하고 있다 보니, 바텐더가 다른 쪽으로 몸을 돌렸다. 일종의 바디랭귀지였다.

"계산 부탁드릴게요."

현재 시간은 오후 9시 53분. 집에 가는 버스가 끊기지는 않았지만 못내 아쉬웠다.

"추종훈입니다."

그가 종이 명함을 건넸다.

"데뷔입니다."

나는 플라스틱 명함을 건네며, "다음에 또 뵐게요."라는 말을 덧붙였다. 그때는 나를 알아보지 못했으면 좋겠다는 생각도 했다는 건 굳이 알리지 않았다.

루비레드 원피스를 입은 여자와 체크 넥타이를 맨 남

자. 아이보리색 치마가 돋보여서 베이지색 바지를 입은 남자와 잘 어울리는 여자. 그들은 모두 이곳의 고동색 테이블에 자연스럽게 녹아 있었지만, 다크 네이비 니트를 입은 나는 유난히 튀어 보였다. 도망치듯 나가는 나의 기분을 알 리 없는 네 명의 남녀는 '프라이데이 아임 인 러브'라는 더 큐어의 노래가 들릴 듯 말 듯 하게 목소리를 높이고 있었다.

"진피즈 한 잔 부탁드리겠습니다."

디스틸. 이름만 많이 들어봤던 곳에 들어왔다. 손가락을 들어 한 명이라는 것을 강조하며, 눈에 띄지 않을 자리에 앉았다. 마감까지 한 시간도 남지 않았다는 게 믿기지 않을 만큼 많은 사람이 곳곳에 앉아서 칵테일을 마시고 있다.

"이건 저희가 직접 만든 크림치즈에 섞은 것인데요."

기본 안주가 나왔다.

"괜찮은데 그냥 치워주세요."라는 말을 할 타이밍을 놓친 나는 크래커 하나를 "집어 먹었다"는 티가 나게 한 입 베어 물었다. 코블러 셰이커 부딪히는 소리, 얼음이 깨지는 소리, 깔깔깔 웃음소리. 이곳도 그곳처럼 각종 소음으로 가득했지만 거슬리지 않았다. 어쩐지 편안한 기분까지 들었다. 이 순간만큼은 화창한 날씨의 우산꽂이처럼, 언젠가 쓸모 있지만 지금은 필요로 하지 않는 사람이 되고 싶다.

머리를 뒤로 묶은 바텐더가 젖은 자국이 있는 갈색 리넨을 반으로 접으며 앞으로 다가오는 것이 보인다.

"진피즈 좋아하시나 봐요?"

나는 아무 말도 할 수 없었다. 정확히는 "그렇다."라는 말 이후에 덧붙일 말을 떠올리기 싫었다. 취하지 않은 상태로 이곳을 나서고 싶지는 않았지만, 메시지 없는 대화는 더 불필요하기에 드링크를 남긴 채로 계산을 해버렸다. 차라리 나가서 좀 걸어야겠다.

들어오려는 사람과 어깨가 스치며 문을 열고 나왔다. 우연의 일치인지 밖에 비가 내리고 있다. 그래서인지 불투명한 아스팔트 색이 전부인 거리에 핑크색 우산을 쓴 사람이 더 눈에 띄는 건 어쩔 수가 없는 일이다. 이 사람은 구두 소리가 경쾌하다.

이내 가까워졌고, 그 존재가 물음표처럼 말을 걸었다.

"푸시아핑크 좋아하세요?"

나는 홀린 듯이 그녀의 우산을 같이 썼다. 그렇게 우리는 말 없이 걷기 시작했다. 이 모든 게 원래 일어날 일이었던 것처럼. 그녀가 앞장서듯이 몇 센티미터쯤 걷고, 내가 따라가듯이 몇 센티미터쯤 뒤에서 걸었다. 눈으로 세기에 5층 되는 빌라 앞에 멈추고 나서야 마주 보고 눈인사를 할 수 있었다. 나는 의문의 여자에게 내내 궁금했던 것을 물었다.

"어떻게 아세요? 푸시아핑크."

그녀가 싱긋 웃어 주더니 익숙하게 비밀번호를 누르고 유리문을 열었다. 이번에는 족히 1미터는 앞서 걷는 것 같았다.

두 번 정도 "저기요!"라고 불렀지만 불러세우지는 못했다.

푸시아핑크를 아는 여자는 "잠시만요."라는 말을 하고 핸드백에서 열쇠 꾸러미를 꺼냈다. 그러고는 502호라고 쓰여 있는 곳의 열쇠 구멍에 망설임 없이 꽂아 넣고 그 안으로 들어가버렸다. 이때 이미 취기가 올라오고 있었는지도 모르겠다. 무슨 생각으로 이곳까지 따라와버린 건지조차 설명할 수 없었기 때문이다.

그때 "들어오실래요?"라며 의문의 여자가 물었다.

신발이 지나치게 많아서 현관이 가득 차 있는 집에 들어가자마자 우리는 키스를 했다. 모르긴 몰라도 크림색 구두와 하얀 캔버스 운동화는 내가 밟고 서 있었을 것이다. 나는 지금 푸시아핑크에 대해 알고 있는 이 사람을 갈

망하고 싶었고, 그녀가 말하는 푸시아핑크가 무엇일지에 대해서도 궁금했다.

"사람보다 위험한 건 이 세상에 존재하지 않아."라는 말을 종종 하고 다녔던 나는, 이름을 알려주지 않은 여자의 집에서 옷을 입지 않은 채로 누워 있다. 이 사람은 목소리가 듣기 좋다. 고작 그 정도의 이유로도 낯선 사람과 하룻밤을 보낼 수 있는 건 대단히 실험적인 무모함이다.

이건 「현실도피, 솔티드 캐러멜, 음란함, 그림자, 피해망상」 같은 것들과 맞닿아 있다. 대화할 때 되도록이면 피하는 주제이기도 하다.

나는 "한 번만 쓴 칫솔이 되게 많던데."라는 쓸데없는 말을 하며 잠이 들었고, 칼을 들고 있는 남자에게 쫓기는 꿈을 꾸다가 일어났다. 상당히 잘생긴 남자였던 게 묘하게 기분이 나쁘다.

외설적인 잡지만 한 창문으로 바람이 들어오고 있는지, 블라인드가 살짝 덜컹거리고 있다. 대가 없는 잠에 깊이 들면 깊이 들수록, 눈을 떴을 때 여긴 어디인지, 왜 여기 있는지, 어제까지 무얼 했는지 그리고 나는 누구였는지를 깨닫는 데 시간이 오래 걸린다.

아까는 7시 45분이었다가, 지금은 11시 20분이다. 잠을 한 번 더 잔 것치고는 오래 잤다는 걸 깨닫는 데에도 시간이 걸렸다. 그렇게 "연락 줘."라는 말을 마지막으로 이름도 모르고, 연락처도 없는 여자의 집에서 나와 큰길 쪽으로 무작정 걸었다. 멀리 편의점 하나가 보인다. 술을 많이 마신 것도 아니었는데 머리가 깨질 듯이 아프다.

"말보로 미디엄 하나 주세요."

어두컴컴한 하늘. 오늘 하늘은 하늘색이 아니다. 빨래가 마를 새 없는 비는 언제까지 올까? 그녀가 묻던 푸시아핑크는 어떤 의미였을까?

택시를 타고 출근해야겠다. 아직 우산을 사지 못했다.

생태계의 상어는 생각보다 그다지 많지 않다. 누구나 백상아리가 되기를 꿈꾸지만 플랑크톤 어쩌면 쥐노래미가 돼 살아남는다. 끝없이 헤엄쳐 나가다가 몸집이 커지기도 한다. 물론 떼까치에게 아가미를 물려간다면 조금은 억울할시도. 다리도 없고 날개도 없는 개중에는 뭍에서 숨을 헐떡이며 괴롭고, 아슬아슬하게 죽어간다.

그들은 과연 그저 바닷물에 흔들리는 해초 같은 삶만을 살아야 할까? 생선으로 살기에는 욕심이 너무 많았던 것일까. 예상치 못하게 개구리로 태어났던 것인지도 모르겠다.

바지 주머니에서 익숙한 진동이 느껴졌고, 잠겨 있던

목을 가다듬었다.

"네, 할머니, 저예요. 아…. 먹었어요. 맞다. 오늘 가도 되죠? 이따가 갈게요. 친구랑 술 한잔하고."

\*

카푸치노를 마신다. 거품을 축내며 아르바이트 면접을 기다리는 중이다. 정확히는 면접을 보러 이름만 아는 몇 명이 가게 문을 열고 들어올 예정이다. 오후 3시를 넘긴 시간. 이름만 아는 한 명이 오지 않았다. 미련은 없지만, 마음 한구석에 짜증이 일었다. "알바가 그렇지 뭐."라는 말로 다음 면접자를 기다려 본다.

"블랙을 많이 쓴 가게이다 보니까, 일하실 때도 가급적 이면 톤 앤 매너를 맞춰주셨으면 좋겠습니다."

내 앞에 앉은 사람은 말없이 고개만 끄덕인다.

"혹시 궁금하신 게 더 있으실까요?"라고 물었지만 이번에도 그녀는 고개만 절레절레 젓다가 일어섰다. 이번 주도 혼자 일할 수밖에 없겠다는 생각을 했다.

커피를 내리고, 위스키를 따른다.

간단해 보이지만, 이 일이 내가 이곳에서 하는 전부이다. 영동대교 북단의 간판 없는 가게에서 나는, 존재감을 드러내기 위해서 애를 쓰고 있다. 미약하게나마 떨림을 전달한다. 세상이 나를 모르는 것만큼이나 나도 세상을 모른다고 자위하며.

어리석음을 견딘 밤이면 "소주라도 한잔 마실걸 그랬나."라고 혼잣말을 할 때가 있다. 그 순간의 쓴맛을 애플 사이다 몇 모금과 넘겨내고 나면 금세 취기가 올라 눈앞에 놓인 걱정들이 가볍게만 보이고, 오늘은 화요일, 내일은 수요일이라는 사실이 당연하게 느껴진다. 내가 아무것도 아닌 존재라는 것을 잊을 수 있어서 좋다.

마른기침이 나 미지근한 물 한 잔을 마셨다. 꽃가루이려나? 잔 속에 들어 있는 것이 오늘따라 차게 느껴진다. 불 꺼진 매장에 앉아 「예약」 글자를 깜빡이는 택시가 수없이 지나가는 것을 본다. 주머니가 튀어나오게 양손을 찔러 놓고 위태롭게 대로변에 서서 비틀거리는 남자는 그를 못 본 체 지나가버리는 그것들이 야속하기만 할 것이다. 겨우 3센티미터 남짓한 유리 벽 하나를 사이에 두고, 나는 그의 뒷모습을 불안하게 지켜보고 있으며, 그는 나의 시선을 등으로 받아넘긴다. 아직 밤이 차다. 우선은 약수동으로 가야겠다. 자주 가던 찌개집이 떠올랐다.

\*

사형선고를 기다리는 사람같이 다락방 안쪽 창고 정리를 하기 시작했다. 이 물건을 언제 다시 쓸 수 있을까를 고민하지 않는 정리. 지금 버릴 것과 나중에 누군가에 의해 버려질 것 정도로만 구분한다. 오래 쓰던 가방 하나를 구겨 넣으려는데 가볍지 않은 느낌이 든다. 안주머니를 뒤지다 보니 예전에 쓰던 일기장이 보인다. 살다 보면 글씨체라는 건 바뀌기 마련이다. 그렇다면 이건 꼭 몇 년 전의 것이다. 낙서들을 넘기다 나의 눈이 한곳에서 멈춘다.

벽에 기대어 놓았던 나무판자 하나를 깔고 앉아서 읽기 시작했다.

「두꺼워진 외투가, 말라가는 입술이 굳이 겨울이라는 것을 강조하지 않아도 겨울임을 나타내는 날씨다. 추위는 신발 속까지 파고들어 발의 감각을 무디게 만든다. 걷다 보면 우습지 않게 밟히는 낙엽들을 뒤로한 채 앞으로 나아갔다. 개찰구를 지나 얼마나 차가울까, 라는 두려움을 지닌 채 철제 의자에 앉았다. 지나치게 춥다. 이 나라는. 스크린도어에 비친 내 얼굴엔 계절에 어울리지 않는 그을음이 남아 있다. 투블럭컷이 유행이라 다행이라는 생각을 다시 한번 한다. 전역이라니. 아직 사람들 틈에 섞이는 것이 어색한 게 어째 군바리 티를 못 벗은 것 같다. 방

황만 하다가 군대에 끌려간 게 이 년쯤 전이었는데. 사회에 던져졌다. 씁쓸한 미소가 이내 지어지는 생각의 꼬리였다. 아까 편의점에 들러 음료수를 사다 무심코 확인해 본 카드 잔액이 십만 원쯤. 남은 학기가 여섯 개. 인정하기 싫지만 인정받지도 못하는 어설픈 간판의 학교. 한국에서 고졸로 살아간다는 것. 남의 약점에는 지나치게 오지랖이 넘치는 나라. 무언가를 하고 있으면서도 무언가를 해야 하지 않나를 고민해야 하는 나라. 다른 의미에서 해가 지지 않는 나라. 이 전쟁 속에서 아무렇지 않게 어른 된 삶을 살고 있는 사람들을 볼 때면 나도 잘 해낼 수 있을까 걱정된다. 전역하기 전날 밤까지도 나가서 밥벌이는 할 수 있을까 고민만 해봤지 부딪혀 보지를 않아서일까. 지금의 자유가 나는 낯설다. 내가 이런 말을 하게 될 줄은 몰랐다. 차라리 그곳이 더 나았는지도 모르겠다.

자유.

짧아진 해만큼 요즘 내 하루는 바쁘게도 굴러가는 중이다. 이태원의 작은 펍. 간간이 양주가 팔리는 가게에서 알바를 하고 있다. 짓다 만 것 같은 인테리어, 비비드한 가구들. 작자 미상의 그림들과 흑백사진이 걸려 있다. 하

얀 대리석으로 된 바. 어울리지 않는 아트 네온. 한국말
로도 무슨 말인지 모르겠는 쓸데없이 긴 메뉴. 터무니없
는 가격. 배가 나오고 욕을 잘하는 사장. 그에게 맞서 싸
울 힘 같은 것은 없다. 주휴수당은 챙겨주지 않아도 말할
수 없고, 성희롱을 해도 못 들은 체해야 할 때가 있다. 눈
을 돌리는데 가게 곳곳에 새빨간 스티커가 무질서하게 붙
어 있다. 무리하게 사업을 확장하던 그의 무능력은 우리
의 월급마저 하염없이 기다리게 만들었다. 카드 매출은
전부 압류 명목으로 나가고 현금매출만 가지고 월급을 준
다. 본인이 타고 다니는 벤츠만 팔아도 애들 월급 밀리지
는 않겠는데. 사회에 나오니 새로 보이는 건 사람들이 서
로 뒤통수치려 안간힘들을 쓴다는 것이다. 그리고 오늘
들었던 약간은 충격적인 문장 하나가 신경 쓰인다. 세 달
째 월급이 밀려 있는 주방 친구에게 조금이라도 돈을 주
는 게 낫지 않겠냐는 나의 물음에 사장은 말했다.

어차피 걔 군대 가잖아 곧 있으면.

나중에 나도 같은 처지가 되는 게 아닐까 싶어 가슴이
떨렸지만 저 대리석 벽부터 부숴놓으면 되겠지 라는 말 같
지도 않은 상상을 해본다. 상상만으로 손이 부르르 떨리

긴 한다.

　잠깐 보자는 친구의 부름에 못 이기는 척 나갔다.

　무심하게 핸드폰만 하다가 먼저랄 것도 없이 서로의 잔
을 채웠다.

　우리들은 안주가 나오기도 전에 소주를 한 잔씩 마시곤
한다. 빈 잔과 마음이 남는다. 말없이 젓가락을 움직이는
내게 친구 녀석이 먼저 말을 걸었다. 이제 좀 살만하냐는
물음에 씁쓸하게 웃어 보였다. 사회 나오면 뭐라도 있을
줄 알았는데 손목만 다치고 얻은 것이라곤 달랑 전역증
하나였다. 물론 군대에 가지 않았더라면 만나지 못했을
사람들은 참 좋았다. 사회라는 곳이 무를 대로 물러 있던
우리들에게 얼마나 딱딱하게 굴어댈지, 구태여, 알려준
것 같은 선임들. 같은 옷. 같은 공기. 휴가 하나, 외박 하
나 바라보며 시답지 않은 농담에도 낄낄대던 동기들. 편해
졌다고 개기던 후임들까지. 그들만큼은 추억이라고 부를
수 있겠지만. 나라에서 해준 게 뭐가 있냐는 친구의 말에
공감이 갔다. 그렇게 우리의 군대 얘기는 여자 얘기로. 다
시 군대 얘기로 회귀했다. 한참을 실없는 말들이 오고 간
다. 씁쓸하게 우리 얘기를 듣고 있던 고추튀김이 퍼석해
져 버린 것을 보니 많이 늦었다. 만간의 대화에 집중하고

싶어 무시하고 있던 어머니로부터 부재중 전화가 2통이나
와 있었다.

담배나 하나 피자.

차가워진 손가락을 움직여 불을 붙였다. 몸이 앞뒤로
움직여졌다. 알딸딸한 게 오늘은 기분 좋게 취하려나 보
다. 아직 할 말이 남았는지 녀석은 열변을 토했다. 은근히
힘을 들여 열어젖혀야 하는 낡은 미닫이문을 열었다. 후
끈한 열기. 안경을 쓴 양복 차림의 아저씨들, 제 몸보다도
큰 외투를 입고 하얀색 군모를 눌러쓰고 토트백과 립스틱
을 들고 있는 여자 둘, 어린 티를 벗지 못한 갓 스물의 친
구들까지. 와자지껄한 사람들이 그럴싸한 하모니를 이루
는 그곳으로 다시 입장했다. 삼십여 분을 더 떠들어대며
남은 소주를 비워버린다. 한 잔 더 하지 않겠냐는 그의 말
을 가볍게 흘려듣고 나가기로 한다. 알코올의 마법이 겨울
의 바람까지 막아주지는 못하나 보다. 몸을 한껏 웅크린
채 대로변으로 나아갔다. 허리를 꼿꼿이 펼 수 없는 밤바
람이었다.」

읽다 만 일기장을 옆구리에 꼭 끼고 택시를 탔다. 옛 생

각을 하며 도착한 약수동에 이미 친구들이 모여 있었다. 늦은 이유에 대해서는 굳이 말을 더하지 않았고, "오랜만−."이라는 말로 인사를 대신했다. 자리에 앉자마자 쓸데없는 말을 주고받는다. 그리고 어쩌다가 평범함에 대해서 얘기 중이다.

"나는 평범한 사람이야."

열아홉에도, 스물에도 딱히 하고 싶은 건 없었다. 다만 그것을 누군가에게 들키는 것이 부끄러웠을 뿐이다. 그렇게 아무렇지 않게 어른 된 삶을 살고 있는 사람들을 볼 때면 나도 잘 해낼 수 있을까 투박한 걱정을 하며. 평범하게 산다는 것. 어쩌면 가장 어려운 일일지도 모른다. 대학에 들어가고 연애도 하고. 취업도 적당한 시기에 해서 알맞은 배우자랑 결혼까지 해야 한다. 적당히 신혼을 즐기다가(물론 대출금 갚아나가느라 즐길 수나 있을지 모르겠지만) 아이도 태어나야 하고. 그 아이는 건강하게 잘 자라주어야 한다. 아이가 어른이 되기까지 직장에서도 안정적인 생활을 해야 한다. 이 모든 걸 평범하게 해내고 나면 비로소 '일반인'이 된다. 그런 의미로 봤을 때 오히려 나는 지극히 평범하다고 생각했었다. 무엇을 해야 할지 모르고, 어떤 길이 맞는 것인지도 모른다. 왜 하는지 모르겠던 교과서 속 내용 중에 여전히 왜 하는지 모르겠는 것도 있고, 더러는 누군가와의 대화 도중 무심코 튀어나오기도 한다. 뉴런이라든가 척화비 같은 게 그랬고, 미적분과 프로이트가 그랬다. 길게 놓고 봤을 때의 삶이라는 종착역에 가기 위해 일단 서울역으로 가라고 하는 것과 같은 것이다. 사당역도 아니고 삼각지역도 아니다. 향해야 하는 목적지는 오로지 서울역이다. 공항철도인가? 아무튼, 그곳에 가서 눈에 보이는 기차를 타야 된다고 한다. 옆집 애도 탔고 너희 아버지도 탔어, 같은 말을 하고 들으면서 말이다. 기차에 오르는 순간까지도 이것이 어디로 향하는지 우리는 모른다. 물론 이것들도 일반인의 과정 중 하나이기에 잘 해내야 한다. '정상인'은 그렇기 때문에 그것이 두려웠다. 나는 사실 기차보다 버스를 더 좋아했지만 멀리서는 친구, 가까이는 가족들을 실망시키는 것이 두려웠다.

입술 자국을 따라 흔적이 남은 소주잔을 들었다. 바닥이 보일 정도가 남아 있었다. 이리저리 굴려대다가 소리를 내며 입안에 털어 넣었다. 하나 남은 담배 한 까치를 손가락 사이에 끼운 채로 그 정든 곳을 떠난다. 주름이 진 채 온기가 남아 있던 자리에는 언제 그랬냐는 듯 돌아가고 없다.

아까 떨어진 담배를 사러 편의점을 가는 길, 환한 불빛 사이로 지나쳐가는 낯선 사람들을 뒤로한다. 곧게 주차돼 있는 차의 유리에 얼굴을 비추며 머리를 갈무리했다. 터덜 터덜 걷고 있지만 경쾌한 기분만큼은 숨길 수 없었다. 멀리 익숙한 얼굴들이 다시 보인다. 먼저 나를 알아본 친구가 손을 든다. 이윽고 모두의 고개가 이쪽으로 돌아온다.

약수시장 앞 미니스톱 편의점 의자는 요즈음 우리가 자주 이용하는 작은 술집이다. 그 파란 플라스틱 의자에 앉아 있다 보면, 새삼 내가 이렇게나 고민거리가 많았나 싶을 정도로 말이 많아진다.

호프나 더 하러 가자는 말로 자리에서 일어났다. 김치찌개 집 선풍기 아래에 앉아 오늘의 헛소리를 이어가기로 했다. 무인모텔의 장단점에 대해 심각하게 논의 중이다.

**

철골 기둥이 여러 개 있는 공장 앞에 크로스백을 메고 서 있다. 풀 냄새가 가까이서 나는 곳이다. 풀벌레 소리도 간혹 들린다. 시간은 밤, 이곳이 어디인지는 모르겠다. 가방 안에는 아무것도 없다. 손을 찔러 볼 생각조차 들지 않는 것이 나는 그 결말을 본능적으로 알고 있는 느낌이다. 뒤를 돌아도 황량하다. 결국 뒤의 뒤가 허전하다는 것을 알게 된다. 흙바닥이 쓸리는 중이라는 소란스러움이 이 고요한 공간을 채우는 마지막이었다. 황갈색인지 적갈색인지조차 구별할 수 없을 정도의 밤이다.

그때, 사람 서너 명은 일렬로 세워도 가뿐히 넘을 크기의 철문 안쪽에서 소리가 났다. 그것이 처음에는 눈치채지 못할 만큼 미세했지만, 점차 필사적인 느낌까지 줄 만큼 커졌다. 모스 부호 같은 일정한 박자가 아니었기 때문에 어떤 신호 같은 것으로 생각할 수는 없었다.

"ーー ‥ー ー‥ ‥ ‥ー‥ ‥ーー ー‥ー"라고 시작한 것이 무색하게 반응이 없다. 아무나 듣기를 바라는 것 같았다. 언제든지 도망칠 수 있게 흐트러진 자세로 그 외침에 가까이 다가갔다. 발은 안쪽으로, 무릎은 바깥으로. 보통 가까워지면 더 크게 들리고, 멀어질수록 희미해지는 것이 일반적인데, 위협이 될 만큼 가까워져도 아까의 것들과 별반 차이가 느껴지지 않았다. 그건 조금 이상했다. 보호 본능을 일으키는 덫이다. 철문을 툭 치면 떨어지는 흙가루도 의심스럽다. 의도적으로 왼손 편지를 보낸 조디악처럼 모든 게 꾸며진 무대 같았다.

*

누런 천장. 아이보리색이 바래서 크림색이 된 천장이다.

벽에 닿은 다리를 옆으로 뉘었다. 키에 맞지 않는 방이다.

"180센티미터가 조금 넘는"이라고 종종 말하곤 한다.

구석에 보이는 구겨진 거위털 재킷을 뒤졌다. 지갑을 이쯤에 넣어뒀던 것 같은데…. 나는 영수증을 두 번 접어서 지갑에 넣는 술버릇이 있다. 그것들을 가만히 보다 보면 지난 밤의 기록들이 머릿속에서 퍼즐처럼 맞춰진다. 팔을 뻗어 간신히 재킷을 잡았다. 안주머니의 지갑을 꺼내는데, 오른쪽 바깥으로 회색 케이스를 끼운 휴대폰 하나가 떨어졌다. 못 보던 것이다. 적어도 내 것은 아니고, 전원은 꺼져 있다.

모르겠다. 한숨 더 자야겠다.


얼마 지나지 않아 한기에 눈을 떴다. 할머니가 들어와서 창문을 열어놓고 나가셨나 보다. 술 냄새기 많이 났을 텐데 오늘은 웬일로 깨우지 않고 가셨다. 이 시간에의 나는 어떤 중독자보다도 더 나태하고 의지 없는 점심을 보낸다. 식욕도 성욕도 없다. 인생에서 두 번은 마주칠 일이 없는 여자가 바지를 벗겨주는 망상을 할 때도 있다. 꼭 두 번은 마주칠 일이 없어야 하는 게 서로 관계를 정립할 사이가 돼버리면 곤란하기 때문이다. 나는 그들을 탐구하는 여인이라고 부른다. 물론 그것은 학문적인 것과는 거리가 멀다.

그때 밖에서 인기척이 들렸고, 나는 다시 눈을 지그시 감으며 자는 척을 한다.

해가 넘어가기 직전이다. 최대한 집 안의 사람들과 마주치지 않는 동선으로 외출 준비를 했다. 내가 그들을 불편하다고 여기는 만큼이나 그들은 나의 존재를 탐탁지 않아 한다. "잠깐만 앉아봐라."로 시작하는 할아버지 동광의 설파는 한탄이었다가 지분한 다그침이었다가 한다. 그것이 지금 내가 할머니네에 오는 것을 기피하는 이유들 중 하나였다. 차라리 재수한다고 할 때가 더 좋았던 것 같기도 하다.

누구에게도 말한 적은 없지만 그 시절이 절실하지는 않았다. 결핍이 있는 삶도 아니었고, 주관이 바로 서 있던 것도 아니었다. 눈 뜨면 밥을 먹고, 불러주는 친구들과 술을 마시고, 가끔씩은 테킬라를 마셨지만, 왁스를 바른 머리를 감지 않고 잠드는 일상. 낮 동안에는 도서관으로 피해 있었고, 저녁 동안에는 가급적 러브를 할 수 있는 곳을 찾았다.

머리를 말리다가 다시 봐도 회색 케이스를 한 휴대폰이

어디서부터 내 주머니에 있었는지 감이 오지 않았다. 어떤 인간이 놓고 간 그것을 챙겨주기 위해 챙겼으려나.

"다리 같은 것 좀 건져 먹어라."

동광이 말했다.

정숙은 이따금씩 닭도리탕을 한다. 새빨갛고, 푹 익은 감자가 잘게 부서진 포리지의 형태를 띤다. 하는 일이 바쁘다는 핑계를 대며 얼굴을 마주 앉아 점심을 먹는 시간을 피하는 탓에 갓 끓여낸 것을 맛보는 건 여간 어려운 일이 아니다. 그럼에도 불구하고, 냄비의 뚜껑을 열 때마다 다리와 날개가 꼭 두 개씩 들어 있다. 어쩌다 다리 한 개가 없는 정도. 그저 그런 우연의 일치쯤이겠거니 생각했었는데 확실히 알게 되었다. 그들은 그것을 일부러 남겨 두고 있었다는 것을.

"대충 다 건졌어요."

눈은 마주치지 않은 채로 동광에게 말했다. 식사를 마친 동광은 기력 없는 노인네처럼 느릿한 걸음으로 화장실로 향했다. 열린 문틈 사이로 닭 다리가 들려 있지 않는 숟가락의 소음이 방정맞게 들어갈세라 조용히 국물을 퍼 담았다.

"냉장고에 장조림도 있는데."

"됐어요. 이 정도면 충분해."

정숙은 대답을 듣기는 한 건지 말없이 돌아서서는 맥없이 문을 밀었다. 끝까지 닫아 넣을 힘은 없다는 것을 방증하듯이 한 틈 정도 닫히지 않았다.

"편하게 먹어. 할머니는 저 방에서 테레비 볼 테니."

다시 혼자가 된 이 시간이 반갑다. 누런 벽지 어딘가에 빨간 국물이 몇 개 튀겠지만 그건 며칠 지나고 나서야 불현듯 발견하게 될 것이다. 오전 말 즈음 일어나서 더 잠을 청해야 할지 양치를 해야 할지를 고민할 타이밍 같은 것에 문득 시야에 들어올 것이 분명하다. 먹는 대로 나가야겠다.

\*

현관을 나서자마자 입김이 나온다. 초겨울이라던 말이 무색하게. "한국도 더 이상 가을이 없는 나라가 됐어."라고 중얼거리며 엘리베이터를 탔다. 운이 좋은 오후는 12층에서 1층까지 멈추지 않고 내려간다.

오늘은 운이 좋다.

검은색 워커를 뚫고, 아스팔트의 한기가 그대로 느껴진다. 땅이 얼어 있다는 말을 이해할 수 있는 나이가 됐다. 아파트 앞 화단에 누운 앙상한 나뭇가지가 떨고 있었는데, 그곳에 눈이 좀 쌓였었다면 좋았겠다는 생각을 했다. 빼빼 마른 갈색 다리가 하얀 눈 이불을 덮고 있는 모습이 랄까. 빙판을 밟지 않으려 애를 쓰며 언덕길을 내려가다 보니 작은 파출소가 있었다. 정확히는 저기에 있는 저곳을 생각하면서 내려온 길이다.

"어떻게 오셨을까요?"

타이핑을 하던 순경이 나를 보며 물었다.

"분실물을 습득해서요."

주섬주섬 주머니에서 회색 케이스를 한 휴대폰을 꺼내며 말했다. 기분을 알 수 없는 긴장감이다. '다운로드해놓은 포르노가 불법이었던 것이면 어떡하지?' 같은 걱정들을 했다.

"여기에 성함이랑 연락처 하나만 적어주시겠어요?"

순경이 종이와 펜을 건네며 말했다. 그래서 한껏 방어적인 태도로 그에게 물었다.

"꼭 적어야 하나요?"

그러자 그는 안심하라는 듯이 두 손을 손바닥이 보이게 내밀며 "사례를 하고 싶다고 하시는 분들도 계시고 해서요. 단순한 절차일 뿐입니다."라고 말했다. 나는 하는 수 없이 「인적 사항」을 적어놓기로 했다.

그런데 이름은 바로 적었지만, 연락처는 교묘하게 뒷번

호 두 개를 다른 걸 써냈다. 물론 교묘했다는 것을 이 순
경은 알지 못했다. 그 와중에 이름까지 거짓으로 적지는
못하는 걸 보면 거짓말에는 능숙하지 못한 것 같은 스스
로가 못내 아쉬웠다.

"그럼 수고하세요."

책임을 운운할 상황이 생기기 전에 이것을 손에서 떠
나보내서 마음이 한결 편안해졌다. 오늘은 겨울이지만 얼
음이 들어간 커피를 마셔야겠다는 생각을 하며 파출소를
나섰다.

페르소나

테이크아웃 잔에 담긴 커피를 홀짝이며 광화문 교보문고로 가는 길이었다. 슬슬 여름이 오려나 싶은 것이 날씨가 적당히 더웠다. 뛰어야만 땀이 나는 정도. 그때 시선을 잡아끄는 장면이 있다. 맞춰 입은 듯한 흰색과 검정. 비슷한 디자인의 샌들. 시밀러룩의 커플이었는데 서로의 아래에서 위로 올려 뜬 눈에는 짜증이 가득하다. 화가 난 듯한 여자와 이 상황이 안타까운 듯한 표정의 남자. 그녀는 그에게서 돌아선다. 그는 어슬렁거리며 발을 끌고 따라가다 만다. 그녀의 뒷모습을 목적 없이 바라보는 그의 눈. 그들에게는 미안하지만 너무 흥미로운 나머지 빤히 쳐다보고 말았다. 결국, 계단을 헛디딜 뻔했다.

최소한의 지적 생활을 영위하기 위해 끌리는 책 한 권을 샀다. 일자 샌드의 《서툰 감정》. 베스트셀러에 오른 책들의 첫 장을 넘겨보다가 조금 읽다 가고 싶다는 생각이 들었다. 빈자리를 찾으려는데 도무지 남는 공간이 보이지 않는다. 주인 없는 의자 위에도 꼭 가방이 하나씩 올라와 있었다. 저 사람은 몇 권이나 읽으려고 저러는 것일까 싶은 사람들도 곳곳에 있었다. 속으로 욕을 하며 밖으로 나왔다. 리저브 커피나 마셔야겠다. 길을 마저 건너려다 문득, 익숙한 신발이 눈에 들어와 고개를 들었다. 다정해 보이는 검정과 흰색. 남 그리고 여와 차례로 스치듯 눈이 마주친다. 나는 그들을 알고 있지만 그들은 나를 모르는 듯 보였다. 그렇게 둘만의 사랑을 속삭이며 나의 왼쪽을 스쳐 갔다.

역시 사람 마음은 알다가도 모르겠다.

*

「준비에는 열흘이 걸렸고, 실행은 잠깐이었다. 나는 잡히지 않고 있다.」
"첫 문장으로는 조금 어색하지 않아?"
유영이 어깨를 어루만지듯 가볍게 두드리며 내 모니터

에 얼굴을 묻었다. 나는 "그리고 조금 유치한 것 같기도 해."라고 했다. 그녀는 최근까지 체코에서 관광 가이드 일을 하다가 한국에 왔다. 지금은 작은 와인바를 열기 위해 준비하는 동안 틈틈이 내가 쓰는 글들을 읽어 주고 있다. 우리는 포켓볼을 치러 다니거나, 절반 정도만 참석했던 가면무도회를 여는 게 활동의 전부였다고 생각하는 문학 동아리에서 처음 만났다. 원래는 얼굴만 아는 정도의 사이였지만, "이것도 낭만이지."라고 말하며 수중에 남은 돈을 모두 털어 떠났던 체코 여행에서 우연히 다시 만나 급속도로 가까워졌다. 나는 랭보를 좋아했고, 유영은 조지 오웰을 좋아했다.

하지만 지금 내가 가장 신경 쓰이는 건 그녀가 왼손에 위태롭게 들고 있는 머그잔 속 커피가 찰랑이고 있다는 것이다.

"살인에는 두 가지 유형이 있어. 계획적 살인과 우발적 살인."

유영은 고개를 끄덕이며 듣고 있다는 제스처를 해 보였다. 그때, 그녀의 몸이 흔들리며 김이 나는 아메리카노 두어 방울이 종이 노트 위로 튀었다.

"치밀한 알리바이 준비, 사후 처리, 보험금 수령 여부 등등…. 친분이 있는 경우라면 주변 관계에서도 의심을 살 만한 정황을 만들면 안 되기도 하고."

나는 하얀 보드 위에 오점처럼 남아 있는 갈색 자국을 닦으며 말했다. 하지만 지워지지 않는다.

"우발적 살인은 사고 또는 사건에 기인할 테고. 알리바이를 뒤늦게 만들어내는 경우가 많기 때문에 허점이 있을 수 있어. 증거도 많이 나오고…."

유영이 "미안."이라고 입 모양을 했다.

"수사망이 좁혀오면 일하던 직장, 학교, 사는 집 등에서 거리를 둬야 해. 카드나 통장은 사용하지 못할 테고 현금 위주로 사용해야겠지?"

어딘가 골똘하게 생각하는 듯이 그녀가 고개를 끄덕였다.

"도피자금 마련에는 일일 현장 노동이나 불법 도박사이트 자금책을 할 수 있겠지. 물론 외국으로 가버리는 게 베스트지만 우발적 살인자의 경우에는 그 준비 기간에 붙잡힐 확률이 높거든. 뭐, 여성의 경우에는 성매매를 하면서 도망자 생활을 이어갈 수도 있겠네."

그래서 결론은? 이라고 그녀가 눈빛으로 묻는 것 같다.

"아, 한 가지 중요한 게 더 있지."


"선불폰!"

나는 말을 마치며, 노트북 화면을 닫았다.

"그래서 이번 주인공은 몇 년째에 잡혀? 결국 잡히긴 해?"

유영이 약간 식은 커피를 마시며 물었다.

"안 잡힐 거야 절대."

이마에 주름이 가게 눈을 올려 뜨며 그녀의 질문에 답했다.

"다 쓰게 되면 보여줘. 가장 먼저면 더 좋고! 근데 문제는 나야. 내가 새로 쓰는 단편소설은 결말까지 끌고 갈 캐릭터가 매력적이지가 않아서 큰일이야. 벌써 접어버리고 싶은 마음도 들고."

그녀가 이번에는 조심스럽게 잔을 내려놓으며 말했다.

"가자, 그만 할래 오늘은."

어지럽게 늘어놓았던 것들을 포터 가방에 넣으며 말했다. 밀보로 미디엄, 은색 지포라이터, 이름이 각인된 워터맨 만년필, 비즈니스 메모수첩.

"저녁은 그때 거기로 가자. 약수동."


구석 후미진 곳엔 바랜 불빛 하나가 있다. 간판은 딱히 없고, 제멋대로 문을 닫는 날이 있는 곳이다. 옻칠이 군데군데 벗겨진 나무문을 슬며시 밀었다. 적당한 소음을 만들기 위해 켜놓은 스피커 속 소리는 말 소음을 이기지 못한다.

아직 이른 감이 있는 멸치국수 한 그릇과 고추튀김을 주문하니, 각자의 앞에 자연스럽게 소주잔이 두 개 놓인다. 큼지막한 배추김치를 안주 삼아 세 잔 정도를 마셨다.

그녀의 목소리가 왜인지 더 또렷하게 들리기 시작했다. 그리고 무슨 말인지 듣고 있었지만, 이해하고 있지는 않았다. 롱 테이블 위에 놓인 물 잔 속 물이 옆자리 누군가가 떠는 다리에 맞춰 흔들거리고 있었는데, 그게 마치 나 대신 고개를 끄덕여 주고 있는 것 같이 보였다. 얼음장같이 차가운 스테인리스컵 표면에 맺히는 물방울이 언제쯤 테이블 위로 톡 하고 떨어질까. 그것이 더 궁금하다. 이런 걸 결로 현상이라고 부르던가?

그렇게 다섯 시간이 흘렀다. 이제 마감 시간이 다 됐다는 사장님의 말을 듣고 나서야 비로소 우리는 밖으로 나올 수 있었다. 픽션 이야기를 하다 보면 시간 가는 줄을 모른다. 오늘은 각자 집으로 가자는 말을 하며 유영은 택시를 탔고, 나는 막차가 끊기지 않았기를 바라며 지하철역으로 갔다.

*

「불을 붙여놓은 초 하나의 불꽃이 온 힘을 다해 타고 있다. 그의 목적은 구애와 핍박으로부터 자유롭게 스스로를 불살라 버리는 것에 포커싱을 하는 것이다. 멈춘 회전문처럼, 타지 않는 촛불은 의미가 없다. 명분 없는 검사의 칼날처럼 무뎌지는 것이다.」

나는 진부하다는 말을 반복적으로 하며, 신경질적으로 펜을 던져버렸다. 미스터리 소설을 쓰고 싶은 마음이지만 어떻게 하면 살인이라는 걸 즐길 수 있는 캐릭터를 만들 수 있을지 잘 모르겠다. 경험이 없는 나에게 시체란 역겹고, 쫓기는 삶은 두렵고, 길게는 몇십 년을 숨어 지낼 자신도 없다. 나는 냉소적이지만 냉철하지는 못하고, 철저한 계획형이지만 게으르다. 그리고 무엇보다 겁이 많다.

테이블 위에 어질러진 것들을 한곳으로 모으며 잠시 눈을 감았다. 주말에 본 재미없는 영화와 어제까지 읽던 소설의 내용을 떠올려본다. 그러고 보면 영화나 소설 속에서 천사는 대개 흰색으로, 악마는 검은색으로 그린다. 나의 경우라면 흰색은 맑음, 빛, 무결, 처녀성, 실체, 순수 이성이 머릿속을 맴돈다. 검은색은 어두움, 무(無), 그림자, 격동, 융화, 파괴 따위가 있을 것 같다.

하지만, 절실한 공포의 색을 고르라면 흰색일 것이다.

무언가에 쫓기는 상상. 납치를 당했다가 풀려난 것인지 호주머니에는 아무것도 들어 있지 않다. 손목이 지끈거리고, 신발을 신고 있지 않다. 잔디풀이 가시처럼 박히는 것이 느껴진다. 아직 살아 있다. 그렇게 하릴없이 달리듯 걷고, 멈춘 듯이 두리번거리니 저 멀리 형체 하나가 보인다. 걸음은 빨라지지도 더뎌지지도 않는다. 전의를 상실한 군인처럼 걷고 있는 것이 분명하다. 지척 거리만큼 가까워진 그것은 창문이 네 개에 출입문이 하나인 건물이다. 그때 내가 보는 벽은 온통 하얗다. 벽은 온통 검다.

열어보지 말라고 같이 소리치게 만드는 호러 무비의 주인공처럼 나는 그곳의 문을 열고 만다. "소름 끼치게 기괴한 모습이군."이라고 하며 나는 그 검은색 건물을 지나쳐 버린다. 자세히 보지는 못했지만 그곳엔 그가 서 있다. 그곳엔 뭐가 있었을까? 흰색과 검은색은 어떤 것들을 떠올리게 만들까?

*

나는 언제부턴가 살인이라는 감정이 궁금했다. 그것은 명백히 행위였지만 내가 보기에 그것은 감정이라고 생각했기 때문이다. 분노, 슬픔, 절망, 기쁨을 느낄 수 있는 것처럼, 그것을 느끼는 나 자신에게 온전히 집중하고 싶어 했다. 하지만, 흔히 보는 연쇄살인범처럼 동물을 학대한다든가, 어릴 적부터 폭력적인 환경에 노출돼왔다든가 하는 클리셰하고는 거리가 멀다. 하늘을 날고 싶지만 이대로 뛰어내리면 추락사하는 것 정도는 알고 있었다. 그래도 잠시 날았다는 감정에 고취돼 깁스를 하는 두 달 정도는 너끈히 버틸 수도 있는 성격이었다.

어느 날 나는 B에게 물었다.

"칼을 찌르는 사람이 고통스러울까, 칼에 찔리는 사람이 고통스러울까?"

B는 그의 물음에 당연하다는 듯한 표정을 지으며 답했다.

"당연히 찔리는 사람 아니야?"

"찌르는 사람이 아는 사람을 찌르는 것이라면? 그리고 그게 엄청 가까운 사이인 사람이었다면?"

B는 잠시 생각을 하려다 이내 접어버리고 말했다.

"농담은."

그러자 K는 확실하게 고른 정답을 보여주듯이 말했다.

"난 찌르는 사람이 더 고통스러울 것 같아."

B는 레드 그 이상의 감정을 느꼈다.

"지금 되게 사이코 같아 보이는 거 알지?"

B가 소름 끼친다는 표정을 하며 말했다.

"이게 왜? 상상은 죄가 없잖아. 상상 속에서 나는 목수가 될 수 있고, 원양어선을 타는 사람이 될 수 있고, 사랑에 빠진 판다가 될 수도 있는데."

"핀트가 잘못된 것도 이미 알고 있지만 너를 누가 말리겠니."

"나는 A나 B 하다못해 Z로도 불리고 싶지 않아. 난 K가 되고 싶어."

"특별히 K인 이유는 K라는 알파벳이 특별해서라기보다는 네가 K라서?"

"맞아."

*

옥탑은 초여름의 비린내가 나는 곳이다. 덖은 찻잎의 냄새? 머스키라는 단어를 쓸 줄 아는 만큼 향에는 민감한 편이다. 달갑지 않은 자극이 느껴지는 곳을 보니 손등 위로 작은 거미 하나가 다리를 놀리고 있다. 가늘고 검은 다리에 노란 줄무늬가 세 개. 몸통에 비해서 긴 다리가 흉물스러움을 더했다. 손을 털어 그것을 떨어뜨렸고, 망설임 없이 하드커버 책을 던져 짓이겨 버렸다. 그럼에도 부서지지 않는 것들도 있기 마련이다. 그밖에는 차 지나가는 소리만 들릴 뿐, 미물이 파괴되는 소음 정도로는 이 도로의 적막을 깨트리기가 어려웠다. 멀리 택시 세 대가 나란히 선다. 항렬히 바쁘다.

지난밤에는 기분이 몹시 불쾌했던 꿈을 꾸었다. 말하자면 이런 식이다. 빈 그릇을 반복적으로 건네는 중년 남자가 주인으로 있는 식당에서, 비어 있지 않은 그릇에 채워져 있는 건 탁한 보라색 물. 잘 짜인 직각 바가 있다. 오픈형 주방. 한편에서는 아지랑이가 피어오르고 있다. 타일 벽에는 곰팡이가 줄눈을 따라 선을 그었다. 한 번 더 빈 그릇을 건네는 식당 주인. 다시 보니 그 남자는 얼굴이 없다. 놀랍다. 놀랍지만 더 놀라운 건 이것들에 놀라지 않는 나. 개 짖는 소리가 멀리서 난다. 그 개의 머리는 세 개일 것이라는 의심 아닌 확신. 촘촘히 쌓인 빨간 벽돌 테이블. 한 치의 오차가 없어 보인다. 발이 무거운 느낌이 든다. 진흙이 묻은 장화. 두 개의 신발은 끈이 풀려 있거나 잘못 묶여 있거나. 질서 있게 움직이는 건 빈 그릇을 건네는 얼굴이 없는 남자. 그가 유일하다. 모순투성이인 곳에서 오히려 긴장이 풀려버린다.


"릴랙스."

아지랑이는 불길이 되어 식당을 태워버릴 기세로 솟아오른다. 이것조차도 두려워하지 않는 것을 이상해하지 않는 나를 어색해한다. 진흙은 탁한 보라색. 이유는 없고, 찾지도 않는다. 얼굴이 없는 남자에게 불이 옮겨붙었다. 그는 고통스러운지 몸부림을 친다. 하지만 신음하지 않는다. 그때 내 머릿속에 어떤 이미지가 떠올랐다. 파이프 담배를 입에 물고 낚싯대를 들어 올리는 남자. 짧고, 밝은 갈색의 헤어, 리넨 화이트 셔츠와 옆으로 돌려 멘 가죽 가방, 허벅지까지 올라오는 청록색 장화, 시계 없는 손목. 나는 분명히 이 남자의 이름을 알고 있다. 작은 메모지와 펜을 꺼내 동유럽 이름 같은 느낌을 주는 것을 적었다. 그것들이 나의 주머니에 왜 들어 있었는지는 미지수이지만 이 동유럽 느낌의 이름이 낚싯대를 들고 있는 남자와 얼굴이 없는 남자의 이름이라는 것을 알 수 있었다.

온몸이 타고 있는 남자가 가까이 다가온다. 그에게서는 샌들우드 향이 났다. 그는 천천히 빈 그릇을 건네며 말했다.

"릴랙스."

웃옷과 허리춤이 젖은 상태로 꿈에서 깼다. 아직 해가

뜨지 않았는지 방 안은 어둡다. 잘 보이진 않지만, 팔을 뻗으면 닿을 거리에 흐릿한 컵의 형태가 보인다. 이윽고 집어 든 것은 빈 컵이었다.

*

보건소의 전화를 기다린다. 블랙아웃의 체감 간극이 점점 넓어지고 있는 것 같았기 때문이다. 알코올성 치매가 아닌가 하는 상담을 받다가, 대면 예약을 잡아주겠다는 답변을 받았다. 알코올중독을 인정하는 건 어렵다. 모든 중독이 그러하듯, 현실 부정과 도피를 동반한다. 그건 마치 중앙선을 물고 달리는 차처럼 위태롭다.

"나는 이것을 잘하는 사람일까?"
종이 위에 글씨를 놓다가 문득 이렇게 써버렸다. 무의식에서 튀어나온 생각이었다. 모르겠다. 나는 이것을 잘하는 사람일지. 꿈이라는 건 무엇일까. 내가 결혼이라는 것을 할 수는 있을까? 남들이 보기에 철든 삶 같은 것을 살았으면 좋겠다고 아버지는 내게 말했다. 지난주 수요일, 서초동의 한 다찌집이었다. 정확히 나의 나이에 어머니를 만났고, 결혼을 했다. 성동구 경찰서. 말단 경찰관의 낙은 나였다. 야근에 연장에도 지칠 수 없는 20대의 소년들은 그렇게 챔피언이 된다. 타이틀매디. 나의 챔피언. 늘 무뚝뚝했던 그는 내게 말했다. 벨트의 무게를 견디기가 가끔 힘이 든다고. 그녀의 눈을 꼭 빼닮은 나에게 거는 기대가 크셨다.

　선망하는 직업 같은 것은 왜 생길까. 차별받는 사람들은 늘 있다. 평등사회와 자유사회라고 배웠는데. 누구나 특별한 무언가가 굳이 돼야 할 이유가 있을까. 모르겠다. 거절의 자유 정도는 나에게 있는 줄 알았다. 안식년 같은 것을 가지며 쉬어가는 사람들을 혀를 차며 끌끌거린다. 날개가 자라기도 전에 꺾이는 약 같은 것을 먹이는 사회였다. 쳇바퀴의 부품이 되는 것을 강요하는 것처럼. 컨베이어 벨트에 나란히 앉아 맡은 역할을 불만 없이 수행하는 기계처럼. 그래서일까 그저 좋아서 시작한 일에 사람들은 참 관심이 많다. 취미였던 그림으로 어쩌다 웹툰 작가가 될 수도 있고, 여행이 좋아서 시작한 꿈많은 대학생이 여행블로거가 되기도 하는데 말이다. 그래서 제대로 된 취업은 언제 하는 건지, 스펙은 언제 쌓는 것인지 같은 말을 조언이라는 명분과 걱정이라는 명목으로 한다. 하지만 스토리를 만들어 가는 건 온전히 본인의 몫이라는 것을 알아야 한다. 그래서 나는 환경이 다른 것을 원망하고 싶지 않았다. 나의 본질을 부정하는 느낌이었기 때문이다. 다섯 살이 되던 해, 나의 눈과 꼭 닮은 눈을 가진 나의 어머니는 죽었다. 그래서 (지금도 있는지 모르겠지만) 가정환경조사서는 내가 특히나 싫어하던 것 중 하나였다. 초등학교 1학년 3월의 셋째 날. 선생님이 나누어 주신 그 작은 A4 용지에는 지금의 나의 손가락보다 작은 칸이 있었다. '어머니'라고 적힌 가로세로 3센티미터 남짓한 공간을 나는 채울 수가 없었다. 그것은 너무나 큰 여백이었다. 아무리 빗금을 칠해도 까맣게 되지를 않는 것이었다. 하루 종일 울었던 것 같다. 그런 모습을 보게 된다면 걱정하실 할머니가 걱정돼서 화장실 문을 잠근 채로. 수도꼭지에서는 나의 두 눈에서처럼 차갑지 않은 물이 한없이 흘렀다. 결국 그곳을 메우지 못하고 다음 날 학교에 갔다. 내 출석번호는 7번이었다. 1번이 끝나고, 2번이 끝나고 3번이던 친구는 우물쭈물하며 자리에서 일어났다. 그러고 보니 왜 그랬을까 싶은데, 담임선생님은 우리에게 그 종이를 발표하게 했었다. 아무튼 자리에서 일어난 그 친구는 소리 내어 읽기 시작했다. 저의 이름은. 저의 할아버지는. 저의 할머니는. 그리고 저는….

"아버지가 없습니다."

잠깐 적막이 흘렀다. 그리고 남은 반의 아이들은 단 한 명의 표적을 향해 손가락질을 했다. 세상에서 가장 악의 없는 조롱이었지만 아마도 그 순간은 그 아이에게 평생 잊을 수 없는 상처의 순간이었을 것이다. 그들의 발톱은 하이에나보다 날카로웠고, 말의 온도는 얼음보다 차갑게 그의 목덜미를 물었다. 그 바보 같은 녀석은 그 자리에서 울음을 터뜨렸다. 그 순수하게 멍청했던 아이는 다른 이들에게 본인의 약점을 보여주고 만 것이다. 그때 나는 생각했다. 이것이 알려진다면 나도 (높은 확률에 의해서) 놀림 받겠지, 라고. 억지로 머릿속에서 아무렇게나 떠다니는 글자들을 조합해서 어른 여자 이름같이 생긴 단어를 만들어냈고, 어젯밤 채우지 못했던 빈 공간의 여백을 메웠다. 그냥 주어진 환경이었을 뿐이었지만 나는 나의 본질을 부정하며 사람들 틈에 낄 수 있었다. 간신히.

어디선가 읽은 말인데 다른 사람에게 본인의 힘든 걸 굳이 얘기하지 말라는 글이 있다. 열에 아홉은 관심이 없고, 나머지 하나는 뒤돌아서 입을 가리며 웃고 있을 것이다.

초등학교 2학년 때였다. 한 살 아래 동생이 하루가 멀다 하고 나에게 자랑을 하던 친구가 있었다. 언제나 학교에서 돌아오면 그 아이는 얼마나 착한 아이인지, 반에서는 얼마나 인기가 많은 친구인지 같은 말을 했었다. 궁금하진 않았지만, 너무 들떠 있기에 몇 번 들어준 게 전부였다. 그래도 어떤 모습일까 생각이 들 즈음, 그 착하고 인기가 많은 동생의 친구와 우연히 마주쳤다. 나와 동생은 할머니의 심부름이 있어 마트에 가는 길이었다. 서로의 목소리가 닿을 거리즈음에 다다르자 우리는 밝고 예의 바르게, 적어도 내 기억에는, 인사를 했다. 그 아이는 그 아이의 어머니와 있었다. 고신영. 그래 그 애의 이름은 고신영이었다. 뒤에 이어진 그 어머니의 말은 나의 가던 길을 멈추게 했고, 나는 처음으로 어른 여자에게 심한 욕 같은 것을 했다.

"쟤가 걔니? 엄마 없는 애랑은 놀지 말라니까!"

그때의 기억을 떠올리며 흥분을 해버린 탓일까, 연필심이 부러져 버렸다. 펼쳐진 종이를 덮고는 카페 밖으로 나왔다. 가야 할 곳이 있다.

오후 2시. 하루 중 가장 따뜻한 시간이었지만 이곳의 공기는 차갑고 무겁다. 유리문이 열리고 환영하지 않는 냄새가 난다. 상냥한 미소를 보이는 그녀들에게 밝게 인사했다. 잠시만 기다려달라는 말을 전해왔다. 사람들의 발 사이를 지나 눈에 띄지 않는 의자에 앉았다. 마음껏 머물다 가도 좋다는 배려인지 다음에도 방문하라는 심술 맞은 장난인지 모르겠는 데스크 앞 소파에서 일말의 안락

함 같은 것을 느끼며 다리를 꼬고 있다.

"브람스네."

잔잔하게 깔리는 클래식이 병원답다는 생각을 하게 해 주었다. 가습기와 화분. 종이컵이 아무렇게나 버려져 있는 정수기의 앞. 할머니의 손을 꼭 붙들고 있는 사내아이. 피아노의 선율이 아름답다. 가을의 낙엽 밟는 추억을 되새기게 하는 듯한 음악이다. 브람스의 왈츠곡 15번. 관객은 나 하나로 충분해 보였다. 머리 위로 들어와 있던 하이라이트가 점점 어두워지고 먼발치서 희끗하게 이름을 부르는 소리에 무대는 밝아진다. 살구색 옷의 사람과 새하얀 가운을 입은 남자가 눈에 들어온다. 목소리가 묘하게 떨리고 있었다는 것을 떠올린 건 진료실의 문을 닫은 다음이었다.

화창한 여름 날씨가 눈을 아프게 한다는 생각이 들었다. 차가 지나가는 소리가 들렸는데, 그것마저도 열기가 대단하다. 먼 곳을 응시하고 있지만, 적어도 고개는 그렇게 보였다, 아무것도 보고 있지 않았다. 이게 무슨 일인 걸까. 볼을 꼬집으면 정말로 꿈에서 깨버릴까 싶었다. 어느새 바뀐 날씨는 쓰레기통에 들어가지 못한 비닐 따위가 날아다니는 정도의 을씨년스러운 바람이 불 정도로 흐려졌다. 보건소 옆 골목에서 담배를 찾았다.

두 시간가량 정신과 의사와 대화를 나누었지만, 크게 나아진 건 없었다. 날개 없는 선풍기처럼 의미 없이 시간을 보낸 기분이다. 그럼에도 불구하고, 그는 지독하게 굴었다. 날트렉손, 아캄프로세이트 같은 약물을 권하거나 근처 병원에서 열리는 심리 치료 프로그램에 등록하는 것을 말했고, 나는 거절과 강요를 청유형으로 했다.

"경과를 지켜보는 게 지금으로서는 최선일 것 같습니다."

그의 마지막 말이었다.

보건소를 나온 나는 스텔라 맥주 한 잔을 생각하며 지하철역으로 가고 있다. 대합실을 지나다 본 거울에 비친 얼굴이 우울해 보인다. 갈 곳을 잃은 눈동자, 처진 눈꼬리, 웃음기 없는 입, 김이 서린 안경. 가능하기만 하다면 이곳에 놓고 가고 싶은 것들뿐이다. 일이 없어 놀고 있는 동네 동생에게 전화를 걸었다.

몰랐는데 하수구 위를 지날 때는 괜히 그 안을 들여다보며 얼굴을 찌푸리는 버릇이 있는 것 같다. 알 수 없는 고인 물이 곳곳에 있는 골목을 지나 나무문 앞에 섰다. 이태원 이코복스. 밖에서부터 재즈 소리가 낮게 들렸다. 이제는 많이 유명해진 탓인지 사람이 꽤 많아 보였다. 문을 열려다가 멈칫했다. 언제나 헷갈리는 '당기시오'이다. 올 때마다 문을 한번 밀었다가 생각이 난다. 이쯤 되면 그냥 '미시오'로 바꿨으면 싶다.

수중에 삼만 원밖에 없다. 하지만 오랜만에 만나는 동생에게 더치페이를 하자고 할 수도 없었다. 한 잔에 칠천 원이나 하는 아이스 모카를 두 잔 주문한다. 블렌딩은 첼로. 오늘따라 커피가 쓰리다. 기분 탓일까?


무어라 대화는 깊어졌지만 나의 신경은 온통 새로 들어오는 사람들에게 가고 있다는 걸 느꼈다. 프릴 원피스와 흰 양말의 조화는 언제나 아름답다. 이 녀석도 그걸 눈치챈 듯싶다. 우리는 말 없이 커피잔만을 들어 입에 가져간다. 시선은 한 곳이고 이것은 어쩔 수 없는 것이다.

"나중에 뭐 먹고 살아야 할지도 애매해요. 엄마가 계속 해외에 나가서 살기를 바라니까요. 중국어라도 조금 더 하면 좋지 않을까요, 형."

담백하게 말을 담아 보내는 동생의 말이 묵직하게 귀에 남았다. 대단히 현실적인 고민 같았다. 갑자기, 얼마 전 페이스북에서 봤던, 중학교 친구의 게시글이 생각났다.

나름의 취업 준비를 이겨냈고 대기업에 입사했다는 글이었다. 그것을 보면서 그 친구의 옛 말들이 떠올랐다. 꿈이라는 개념에 대해 약간은 모호한 열여섯 나이일 때에 우리는 같은 반이었다. 그때도 공부 조금 한다는 친구들은 판, 검사가 되고 싶어 했다. 아버지가 의사였던 친구는 의사가 되고 싶어 했고, 중간 정도의 키와 다부진 체격을 가지고 있으면서 친구들을 기꺼이 도와주던 최정덕은 소방관이 되고 싶어 했다. 존재감 없던 출석번호 19번 친구는 공무원이 되고 싶어 했고, 지금은 핸드폰매장에서 일하고 있는 걸로 알고 있는 친구는 연예인이 될 것이라 호언장담했었다. 그럼에도 불구하고, 그 시절 그 친구의 말은 아직도 머릿속에 남아 있다. 그는 그 당시에도 대기업에 들어가는 것이 꿈이라고 했다. 그 자체가 '장래희망', '목표', '직업적 수난' 같은 것을 넘어서 '꿈'이라고 했다. 글쎄. 노을이 지는 바닷가에서 파도가 부서지는 것을 보다가 자전거를 타고 집으로 향해서 사랑하는 사람과 소박한 저녁상을 만들어 먹고, 병맥주를 마시며 재즈를 듣는 것이 인생의 완성이자 꿈이라고 생각했던 나와는 다른 꿈이었다. 회사원이나 직업 같은 것은 그곳까지 가기 위한 수단 같은 것으로만 생각했었다. 그래서 그것을 이루고 나면 너는 무엇이 되느냐고 물었다. 친구는 나에게 그렇게 될 수만 있다면 정말 행복할 것이라고 했었다. 여러 가지 의문이 들었지만 더 묻지는 않았던 것 같다.

하고 싶은 거 하면서 살라고 말해주기에 나는 남들이 우러러볼 만한 사람이 되지는 못 한다. 사회적인 성공을 거두지도 못했고 돈이 많은 것도 아니다. 심지어 누군가의 여생을 책임져 줄 수도 없다. 그렇다면 우리는 과연 누구의 말을 들어야 할까. 빌 게이츠나 버락 오바마쯤이면 충분할까? 마르셀 뒤샹이나 쿠사마 야요이면 안 되는 걸까. 나침반 없이 떠나는 항해처럼 정처 없이 떠도는 느낌이다. 마치 우회하듯이 조금만 더 돌아가면 쉴 수 있을지는 아직 알 수 없다. 영원히 알 수 없을지도 모른다. 그렇기 때문에 어렵게만 느껴진다. 무엇보다 하고 싶은 거 하면서 살 수 있을까? 이렇게나 보는 눈이 많은데.

나는, 아니, 어쩌면 우리는 무엇을 좋아하는지조차 잘 모른 채 살아가고 있다. 여섯 살짜리의 꿈이 변호사라는 말을 들었을 때 느꼈던 감정이 마음속에서 꿈틀했다. 자아의 내면을 깊이 탐구할 시간적 여유가 절대적으로 부족하기도 하지만, 받아들일 내부의 공간적 한적함도 모자라다. 동물을 좋아하는 아이에게 수의사가 되기를 바라는 것처럼.

여행을 하며 만난 사람과의 일화 중에 나에게 약간은

신선했던 충격이 있다. 포르투갈에서 대학을 다니며 영어를 구사하는 루마니아 친구였다. 한국의 군대 얘기를 하다가 "그럴 바엔 포르투갈로 귀화하는 것이 어떠냐."는 말도 장난스럽게 했었다. 일 년에 이틀만 가면 된다고 했었던 것 같은데. 아무튼. 서로의 과거와 미래의 고민거리 같은 것을 얘기했었다. 그 당시 나는 저널리즘의 미래가 될 것인 마냥, 사회의 부조리함과 권력의 부패를 거침없이 파헤치는 탐사보도를 하는 기자와 그 이면의 실상을 반듯하고 정직한 목소리로 전하는 아나운서로의 커리어를 쌓는 것이 꿈이라고 했었다. 묵묵히 듣고 있던 그 친구는 나에게 "그러니까 너의 꿈을 위한 직업적 수단 말고 진정으로 네가 원하는 꿈이 무엇이냐."고 다시 물어왔다. 내가 해석한 뜻은 "자아실현"이었다. 학창시절 윤리책에서나 배우던 단어를 깊이 고민해 본 적이. 적어도 그 당시의 니에겐 없었다. 그저 정글 같은 학교에서 살아남기 위한 직업적 선택의 중요성과 평균 이상의 성적을 기대하는 주변 사람만이 있었다. 물론, 몇 년이 지나면서 내 가치관은 많이 바뀌었다. 한국에서 살 생각이 없는 것으로 결론을 냈다. 절이 싫으면 중이 떠나야지. 그는 내게, 인생의 주체는 자신이기 때문에 온전히 나로서 사는 것이 중요하다고 했다. 그리고 그것을 풍족하게 해줄 수 있는 것이 여행이라는 말을 덧붙였다. 그 여행을 통해 만나는 사람들은 가이드 북에 나와 있지 않고, 그것을 통해 얻는 경험은 지도에 나와 있지 않다고 했다. 경험은 너의 눈이 해줄 것이다. 그리고 그 사람들에게는 너의 두 다리가 데려가 줄 것이다. 라고 했다. 약간은 취하는 느낌으로 듣고 있던 나는 그에게 물었다. 그렇다면 너의 꿈은 무엇이냐고 말이다. 그는 훗날 태어나게 될 자신의 아들과 주말이면 낚시를 하러 가는 것이 꿈이라고 했다. 정말 멋있어 보였다. 뒤의 말이 더 듣고 싶었던 나는 다시 한번 물었다. 그런 너의 꿈을 위해 어떤 직업적 수단을 이용할 것이냐고. 기대했다. 그의 다음 말을. 깊은 생각을 하는 듯한 표정으로 나의 말을 듣고 있던 그는 답했다.

"아버지 사업 물려받으려고."

유럽에서 다섯 손가락 안에 드는 샴페인 회사 오너의 아들이었다. 회사 물려받는다는 말을 듣고 서로 얼마나 미친 듯이 웃었는지 모르겠다. 역시는 역시였나. 그래도 그때의 말은 나의 꿈을 조금은 다듬어준 것 같기도 하다. 빈 잔을 만지던 우리는 바에서 일어나 붉어진 얼굴을 만지며 테라스로 갔다. 서로의 담배에 불을 붙여주며 남은 대화를 하다가 잠시 멈추었다. 국적도 다르고 인종도 다른 우리의 눈빛은 같은 말을 하고 있었다. 그렇게 프랑스 여자 두 명과 함께 술을 마시러 갔다.

**

「K씨 서울 종로경찰서 강력 수사대 형사 오후근입니다.」

모르는 번호로 문자가 와 있다.

내가 형사랑 얽힐 만한 일이 뭐가 있었나 싶어서 답장할 생각도 못 하는 채로 한 줄짜리 문장을 한참 읽었다.

다시금 진동이 울리며 방금 읽었던 동일한 숫자가 화면 위에 표시됐다. 받지 못할 이유는 없는데, 받기 싫은 기분도 들었다. 고민하는 사이 신호가 꺼졌다. 그리고 연이어 다시 화면이 밝아졌다.

"여보세요?"

입술이 조금 떨리고 있다.

"K씨 되시죠? 여기 종로경찰서 강력 수사대입니다."

확신에 찬 목소리가 수화기 너머에서 들려왔다.

"네. 말씀하시죠."

최대한 침착한 기분을 유지하려고 했다.

"다름이 아니라 절도로 신고가 들어와서요."

수화기 너머의 남자는 다짜고짜 본론을 이야기했다. 아무 생각이 나지 않는다. 잠시 머뭇거리고 있으니 그가 나의 알리바이였을 것들을 줄줄이 읊기 시작했다.

"아니, 훔친 건 아니고 그러니까…."

"전날 새벽에 절도하신 물건을 다음 날 약수지구대에 가져다주셨죠. 거기에 전화번호를 또 다른 걸 적어놓으셔서 저희가 카드 이용 기록 토대로 추적하느라 애를 좀 먹었습니다. 일단, 자세한 얘기는 서에 오셔서 해주셔야 할 것 같습니다. 언제 출두 가능하시죠?"

형사는 나의 말을 끊었다. 꿈이 너무 꿈같으면 볼을 꼬집어 볼 생각조차 안 들 때가 있다. 지금이 그랬다.

"내일 가겠습니다."

나는 무작정 내일이라고 말했다.

"…지금 이미 사건 접수가 된 상태라서 최대한 빨리 오시는 게 나중에 재판에 들어가더라도 유리합니다."

다분히 사무적인 톤으로 형사라는 남자가 말했다.

"그럼 오늘 가겠습니다. 오후에 가도 괜찮을까요"

나는 낮게 한숨을 쉬고 그의 말에 답했다.

"네, 그럼 오후 3시에 뵙겠습니다."

그는 통보를 한 후 내가 끊기를 기다린다는 듯이 아무 말을 하지 않고 가만히 수화기를 들고 있었다.

"네."

전화를 끊은 나는 앉지도 서지도 않는 자세로 절도죄의

처벌 수위를 검색했다. 심장이 빠르게 뛰고, 식은땀이 났다.

이때까지도 나는 어떤 재수 없는 일에 재수 없게 휘말렸으며 재수 없는 오후를 보낼 것이라 생각했다. 일단 아버지에게 전화를 걸었다. 반년만의 연락이라 내키지는 않았지만, 그래도 그는 20년 가까이 경찰 생활을 한 베테랑 형사였다.

"어."

언제나 퉁명스러운 톤을 한 사람이다.

"아버지 그게… 저."

나는 뒷엣말을 어떻게 포장해서 할 것인지를 미처 생각하지 못한 채로 그에게 전화를 걸었던 것이다. 조급한 결정은 이렇게 피곤한 결말을 만든다는 것을 느끼는 순간이었다.

"말해."

수화기 너머로 그의 목소리 이외에도 여러 사람이 떠드는 목소리가 들렸다.

"길 가다가 주운 핸드폰을 파출소에 가져다줬는데, 그 물건 주인이 이미 절도를 당했다고 신고를 한 상황이라 피의자가 됐다고 합니다. 진술서를 쓰러 오라는데, 어떻게 해결이 가능한 부분인지 모르겠습니다."

나는 횡설수설했다.

"알아듣게 설명해."

그가 신경질적으로 답했다.

"그러니까, 좀 애매하게 엮어서 경찰서를 가야 되는 상황이 생겼습니다."

말을 하면 할수록 어설픈 거짓말만 더해지는 느낌이었다.

"일단 끊어봐. 어디 경찰서라고?"

담배 연기를 가득 빨아들였다가 한숨처럼 내쉬는 소리가 함께 들렸다.

"종로, 경찰서요."

실 뭉텅이가 꼬인 것처럼 무력한 기분으로 전화기를 내려놨다.


인간은 추악하다. 전기톱을 들고 있는 연쇄살인마와 길고양이를 몰래 발로 차고 가는 인간과 형사에게 거짓말을 하는 인간들은 같다. 찢어진 낙하산인 것을 아는 채로 경비행기 위에 몸을 싣는 사람처럼 화장실 거울을 보며 비겁하고, 슬픈 생각을 했다. 이런 위기의 순간들이 올 때면 "이번 한 번만 용서해 주시면 절대로 열심히 살겠습니다."

같은 아무도 듣고 있지 않을 기도 따위를 하곤 한다.

나는 집을 나서며 기도문 아닌 기도를 중얼거렸다. 장마가 오기 전 내린 소나기가 그쳤는지 바깥은 쌀쌀했다. 코끝이 시린 바람이 몸 구석구석을 송곳처럼 찌르고 간다. 아리고, 괴로웠다. 수중에는 75만 원이 있다. 합의금으로는 어림없는 금액일 것이다. 물론 아직까지도 나는 피해자가 누군지 모른다. 주웠든 훔쳤든 그 또는 그녀는 경찰에 이 사실을 알렸을 뿐이고, 술에 취해 잠들어 있던 그 시간에 경찰이 가진 종이는 데이터들로 채워져 가고 있었을 것이다.

처음부터 한 조각이 없었던 퍼즐을 맞추던 것처럼, 생각을 멈추고 엘리베이터를 탔다. 여기서 종로경찰서까지는 지하철로 다섯 정거장이다. 물론 그 안에 남은 조각을 찾을 수 있을 리 만무했다. 그 사무적이고 확신에 찬 목소리를 한 형사가 우연히 만들어 줄지도 모르겠다.

지하철이 오고, 누군가 방금까지 앉아 있다 간 의자에 앉아 그의 것인지 원래의 것인지 모를 온기를 느꼈다. 이 때쯤 나는 직감적으로 그 회색 케이스를 한 휴대폰을 기억은 나지 않는 나의 의지로 「훔쳤을」 것이라는 생각을 했다. 「잘못」 가져온 것이 아니라 「훔쳐서」 가져왔다는 것을 말이다. 그 또는 그녀에게 용서를 구하는 것이 먼저여야 하나 싶다.

그때 삼촌에게서 전화가 왔다.

"어디니? 밥은."

바람 소리가 수화기 너머로 크게 들린다.

"그냥 있는데 어쩐 일이세요?"

"네 아빠한테 대충 들었다. 경찰서 가고 있다며."

나는 형식적인 거짓말을 했고, 그는 더 이상 묻지 않겠다며 전화를 끊었다.

어렸을 때부터 아버지의 역할을 대신해 주던 사람의 목소리를 들어서 그런가 막연하게 안심이 됐다. 다 잘될 거야, 라고 말해주는 것 같은 기분이 든다. 그러고 보면 나는 검붉은 입술을 가진 남자를 좋아한다. 녹이 슨 자물쇠가 걸려 있어 잘 쓰지 않는 할머니 집 작은 창고(라고 부르고 「보일러실」이라고 하는데)에는 먼지가 자그마치 5년치 정도 쌓여 있는 오클리 고글과 샤넬 「썬그라스」가 있다. 이게 날짜가 꽤나 정확하게 들릴 수가 있는 게 그 물건들의 주인이 교도소에 다녀온 지 딱 그만큼 됐기 때문이다.

삼촌은 검붉은 입술의 소유자이다. 키가 186센티미터에 숱은 별로 없는 약간 꼬부라진 머리칼, 얼굴에 비해 작은 뿔테안경과 몸에 비해 큰 배와 허리, 잔털이 없는 얇은 종아리와 굵은 발목을 가졌다. 지금은 이름이 잘 기억나지 않는 친구이자 동업자였던 사람을 송곳으로 찌른 혐의를 받아 복역했다. 찔린 사람은 죽지 않았고, 살인미수의 죄를 받았다. 지금으로 치면 병행수입 같은 일을 했었는데, 뒤에서 물건을 빼돌리며 이중 거래를 몇 년이나 했던 걸 알게 됐고, 일의 특성상 고소는 할 수 없었기에 겁이나 좀 주려고 했단다. 하필 허벅지의 동맥을 비껴가게 찌른 탓에 평생을 절름발이로 살게 만들어버렸다는 말을 자랑인지 후회인지 모를 어조로 말할 때면 내가 알던 그 삼촌이 맞나 하는 생각이 들곤 했다. 확실한 건 옆머리는 더 하얘지고 골초였던 탓에 이미 누랬던 치아는 살짝 푸른색으로 변했다.

기억 속의 그는 어쩌다 한국에 와 있는 때마다 나를 데리고 놀이공원에 갔다. 새벽까지 마시던 술도 안 깬 상태로 회전목마를 타다가 오바이트를 하러 갔던 적이 몇 번 있던 것도 기억이 난다. 사실 20년 지기 친구를 찌른 살인미수범이건 이탈리아에서 물건을 떼다 팔며 폭리를 취하던 장사꾼이건 상관은 없다. 그는 여전히 내 삼촌이고, 나는 그의 검붉은 입술을 좋아한다. 이럴 때면 내가 의지하거나 마음을 터놓을 수 있는 사람이라는 건 허울뿐인 상상인 것 같다는 생각을 할 때도 있다. 주인 없는 원피스, 작년에 발행한 잡지, 테디베어, 공포 같은 것들 말이다.

삼촌에 대해, 보일러실 귀신에 대해, 75만 원과 재판에 대해 생각하다 보니 종로3가역에 도착해 있었다. 카르마를 두고 온 기분이 들었다.

*

인기척이 없는 작은 응접실 안에 두 사람, 어쩌면 세 사람이 앉아 있다. 방 안에는 부러진 촛대, 위태롭게 서 있는 책꽂이, 나프탈렌 냄새, 페인트 통, 녹색 맥주병이 가지런히 놓여 있다. 1900년대 중반에 시간이 멈춘 것처럼 보이지만 살아 있는 담쟁이 넝쿨이 있다는 점. 그리고 벽에 붙은 전자시계가 작동하는 점으로 봐서는 버려진 공간은 아닌 것 같았다. 오히려 사람의 손때가 덜 탄 곳에 가까웠다. 버려진 공동묘지는 없다. 이름 없는 풀의 흔적과 영혼이 있던 육신은 같다. 호롱불 빛이 은근하게 비추는 오두막 옆길을 따라가다 찾은 작은 응접실에서 그 풀벌레 소리보다도 작은 목소리가 새어 나오고 있다.

"그 사람은 나에게 선악과를 건네는 것을 두려워해."

데뷔가 K에게 말했다.

그 또는 그녀는 "그 열매의 결실까지?"라고 말하며 K의 물음에 물었다.

"낙엽 피하기야."

데뷔가 골똘히 생각하는 표정을 짓고 있다. 종종 이런 상태일 때의 그 또는 그녀는 오른다리를 왼다리의 무릎에 올린 채 경박스럽게 발을 떨며 허공에서 피아노를 치는 것처럼 손가락을 움직인다. 눈을 파르르 떨 때도 있지만, 입술을 물고 있을 때가 더 많다. 허리는 대체로 구부정한 편이지만 그건 평소에도 그렇게 다니기 때문에 별다른 특이점이라고 볼 수는 없다.

"나뭇잎으로 낙엽을 만드는 건?"

떨림도 흔들림도 멈춘 데뷔가 말했다.

K는 기지개를 켰다. 할 말이 없을 때 그가 주로 하는 행동이다. 양팔을 높이 쳐들고, 숨을 고르듯이 내쉰다. 이 일말의 행위들은 얼굴을 약간 상기시킨다. 그는 그 또는 그녀에게 얼굴에 피가 차오르는 모양새가 꼭 생각이 차오르는 것 같아서 좋다고 했었던 적이 있다.

"죽기 위한 의지. 그러나 결말은 없는!"

용의자 K가 데뷔의 눈을 바로 보며 말했다.

"소멸이 꼭 소멸이라고는 볼 수 없다는 것이니까."

그가 그의 말을 덧붙였다. K는 이런 식으로 레이아웃을 만들어가는 것을 좋아한다. 계단을 쌓듯이 말의 벽돌을 쌓아 나간다. 데뷔는 조력자 A와는 다르다. 그, 그녀, K는 용의자 K의 페르소나일 뿐이다.

*

경찰서에 가는 것이 익숙해지는 삶은 썩 좋은 것이 못 된다. 가까이 가서 보니 건물의 크기에 비해서 입구는 단출한 편인 것 같다. 형광색 조끼를 입은 순경 두 명이 번갈아 가며 경계를 서고 있다. 경광등을 켠 검은 차량이 몇 대 지나가는 것 말고는 생각보다 조용하게 들어왔다. 본관 정면에 있는 안내 데스크로 가서 강력계가 어디인지 물으니 지하의 첫 번째 방이라는 것을 알려주었다.

보통 건물의 계단들보다 반쯤 더 낮은 느낌의 계단을 걸어 내려가는데 아주 습하고, 찬 냄새가 났다. 방과후 학교처럼 락스를 뿌린 바닥을 물걸레로 닦은 느낌의 냄새였다.

콘크리트 벽과 짙은 회색의 철문은 위압감을 주기에 충분했다. 강력 1팀이라는 팻말이 쓰여 있는 곳으로 가, 노크를 했지만 안에서 별다른 응답이 들리진 않았다. 문을 열고 들어가니, 거친 인상의 남자가 둘, 편안하고 나른한 표정의 남자가 한 명 앉아 있었다. 거친 인상에 비해 부드러운 중저음의 목소리를 가진 형사가 말을 걸었다.

"어떻게 오셨습니까?"

나는 메모를 해두었던 이름을 말하며 이곳에서 뵙기로 했다는 말을 했다. 그러자 나른한 표정의 남자가 입에 문 종이컵을 내려놓으며 자리에서 일어섰다.

"K씨이신가요?"

"네. 제가 K."

"이쪽으로 와주시겠어요?"

그가 내게 전화를 했던 형사였다.

"오후근입니다. 오후에만 근무하는."

나는 웃지 않았다. 그는 머쓱한 표정을 지으며 종이 한 장을 가지고 왔다. 진술서라고 쓰여 있었다.

"이쪽에 인적 사항이랑 사실 내용을 적어주시면 됩니다."

"어떤 사실을 적어야 하는 건지."

"말 그대로입니다. 지금 K씨는 점유물 이탈죄로 신고가 접수된 상황이라 사건 경위에 대한 내용이 필요해요."

"그건 술에 취해서 실수로."

"상관없습니다. 있는 그대로만 적어주시면 됩니다."

오후근 형사는 전화 통화에서처럼 나의 다음 말을 자르고 해야 할 말을 했다. 순식간에 범죄자가 된 기분을 느끼자 손이 떨리고 덜컥 겁이 났다. 이곳에서 하는 거짓말은 위험하다는 것쯤은 직감적으로 알고 있었다. 나는 이 종이에 되도록이면 모든 상황을 설명할 수 있게 적기 시작했다. 약수역 국수집에서는 멸치국수와 소주를 먹은 것, 김치찌개 집에서는 병맥주를 마시다가, 두 번째 담배를 태우고 들어와서 옆자리 사람에게 말을 걸었다 등등. 기억이 나지 않는 것과 애매한 부분에 대해서는 말을 아꼈다. 그리고 비교적 사소할 수 있는 내용마저 빽빽하게 적었다. 그 김치찌개는 참치 김치찌개였다든가 따위의 것들.

"그러니까 K씨 말씀은 아침에 일어나 보니 모르는 전화기가 가방에 있었고, 실수로 그것을 챙긴 것 같아서 곧바로 지구대에 가져다주었다. 맞죠?"

"네. 자세히 기억이 나지는 않지만, 색깔도 비슷하고, 크기도 비슷해서 술에 취한 상태라 제 것인 줄 알고 챙긴 것 같았습니다. 그리고 무엇보다 한 달 정도가 지나버려서 디테일한 부분은 조금 다를 수도 있습니다."

"실수로 가져가셨다."

"고의가 정말 아니었습니다. 요즘 같은 CCTV가 가득한 세상에 대놓고 물건을 훔치는 건 말도 안 되지 않습니까 솔직히."

오후근 형사는 지그시 내 눈을 바라봤다. 그 눈빛은 마치 내면의 가장 깊숙한 곳까지 꿰뚫고 들어오는 창처럼 꽂혀왔다. 나는 최대한 무해한 표정을 지으려고 노력했다. 겁을 먹고 있다는 것을 그가 눈치채줬으면 좋겠다는 생각도 했다. 이내 무언가 결심한 듯 오후근 형사가 자리에서 일어나 프린트가 된 종이 몇 장을 더 들고 왔다.

"CCTV 사진입니다. 여기 보시면 오후 10시 35분경에 옆 테이블 여자 손님들이 자리에서 일어나 잠시 나갑니다. 그리고 오후 10시 37분경에 K씨가 옆 테이블 손님의 핸드폰을 가방에 챙기고 나가는 모습까지 찍힙니다. 보이시죠?"

사진 속의 나는 아주 멀쩡한 표정이다. 하지만 기억이 나지 않는다.

"만약에 K씨가 거짓말을 했다면 죄가 조금 더 무거워질 수도 있었습니다. 그래도 사실대로 말씀해 주셨으니 저희 쪽도 이걸 보여드리는 겁니다."

"그럼 저는 어떻게 되는 건가요?"

형사에게 보이지는 않았지만, 주머니 속에 넣은 손을 떨고 있었다.

"우선 피해자분과 합의를 하시는 게 가장 좋습니다. 합의금도 일정 금액 주셔야 하고, 피해자분께서 처벌을 원치 않는다는 의사를 표시해 주셔야 처벌을 면하는 방향으로 갈 수 있을 것입니다."

도망치고 싶은 마음이 들었다.

"그리고 아버님이 서울청에 계신다고 연락이 왔는데."

내가 고개를 떨구고 아무 말이 없자 오후근 형사가 마저 말을 했다.

"아버지가 일선에서 고생도 하시는데, 이런 일에 엮이면 얼마나 난처하시겠어요. 안 그렇습니까?"

"네… 뭐라고 말씀을 드려야 할지. 면목이 없네요."

"일단 올라가시죠. 지문등록도 해야 하고, 추가로 적어 주셔야 할 서류가 몇 개 더 있습니다."

수사 이력이 남는 것에 대한 동의서 작성까지 마치고 나자 오후근 형사는 잠시 밖에 나가겠느냐고 물었다. 종로경찰서 본관 옆 공간으로 가니 그가 안주머니에서 담배 한 갑을 꺼냈다.

"담배 태우세요?"

그는 한 까치를 내게 건네며 물었다.

"…감사합니다."

"초범이기도 하고, 바로 다음 날 조치하신 부분도 참작될 여지가 많으니까. 너무 걱정 안 하셔도 될 겁니다. 피해자분이 강력하게 처벌을 원한다고 하시지만 않는다면 큰 문제는 없을 겁니다. 하지만 이 술이라는 게 반복을 만드는 것이기 때문에 같은 문제가 일어났을 때 다음에도 이렇게 넘어갈 수 있으실지는 장담할 수 없습니다. 이거는 강력계 형사로 20년 가까이 근무하면서 보고 들은 경험으로 말씀드리는 겁니다. 마음 단단히 잡으셔야 해요."

알맹이를 뺀 위로라 그런지 별 위안이 되지는 않았다.

"따로 피해자분께 연락을 드린 후에 경과에 대해서 말씀드릴 테니까 연락드리면 바로 연락 바라겠습니다. 일단 오늘 해야 할 것들은 다 끝났으니까 그 담배, 마저 태우시고 댁으로 가셔도 됩니다. 저는 문서 작성해야 할 게 남아서 먼저 가보겠습니다."

"네, 감사합니다."

초조하게 타다 남은 불이 마저 꺼지자, 한숨을 한 번 크게 쉬고 입구로 들어왔던 곳을 나왔다.

\*

"쓰레기는 그냥 싱크대 위에 올려놔도 돼."

유영은 선반 위에 있던 성냥을 꺼내 불을 붙였다. 담배 냄새가 나 고개를 돌렸다. 선명하지 못한 연기만큼이나 그녀의 나신이 나지막이 보인다. 못내 아쉬운 기분이 든다. 방 안에는 에어컨 소리와 리오넬 햄튼 그리고 그녀가 후− 하고 뱉는 담배 연기 소리만이 채워진다. 누군가 보기라도 할 것처럼 끝이 젖은 속옷을 빠르게 입었다. 헝클어진 침대가 우리의 방금 전을 기억하고 있는 듯하다.

"머리가 지끈하네."

나는 빈 유리병들을 한테 모으며 그녀에게 말했다. 밤에는 물처럼 마셔 댔던 맥주가 새벽녘이 돼서야 깨고 있는 것이다. 그 사이에 많은 것들을 욕망했었다는 생각을 했다.

"가만 보면 요즘 사람은 안 쓰는 표현을 참 잘 써 자기는."

빈 물병을 구기며 그녀가 말했다.

"지끈하다?"

그녀는 이내 눈을 내리깐 채로 내 앞으로 왔다. 그렇게 우리는 한동안 말없이 대화를 했다.

37도. 영점 오도만큼 오른 체온이 말해주는 것이 그녀에게 떨린 나의 마음의 온도였다. 치열하지 않아도 좋다. 언제나 뜨거운 에스프레소일 필요는 없는 것이다. 연한 아메리카노도 즐길만하다. 서로의 흥미가 떨어지고 나면 그저 그런 사람 중에 하나였음을 인정해야 하는 순간이 올까? 이 세상에 단 한 명뿐일 것 같은 사랑도 바뀌는 것처럼. 열정 가득했던 그때와 이때는 보내주어야 한다. 하지만 모른다. 다시금 누군가의 늪에 대책 없이 발목을 빠뜨릴 수도 있다. 그 사람의 사랑에 사막처럼 목말라할 수도 있다. 그리고 마지막이 되기를 바라며 끝없는 바다를 헤엄치듯 살아갈 수도 있다. 떨어지는 이슬처럼 바보같이 잊힐 수도 있고, 선인장에 찔리는 상처가 돼버릴 수도 있다. 이것도 사랑이고 저것도 사랑이다. 충분히 사랑하는 삶과 적당히 사랑받는 사람이 됐으면 좋겠다는 생각을 했다. 그 마음이면 됐다.


"자기는 100퍼센트의 사람은 아니야. 나한테."

잔 손잡이를 만지며 B에게 말했다. 표정에서부터 불편한 기색이 느껴졌다. 공기가 잠시 무거워진다.

"그럼?"

B가 물었다. 눈은 날카롭다.

"99퍼센트라고 생각했어."

B에게 어떤 확신이 있다는 듯이 표정을 지어 보였다. 그리고 그녀는 말없이 가만히 응시한다. 적절한 대답을 내놓으라는 무언의 신호였다.

"처음부터 100퍼센트라고 생각했었다면, 만약 그랬다면, 우리가 했던 시시콜콜한 다툼들이 지나갈 때마다 나

는. 완벽하게 틀린 사람을 만난 것이라는 자책을 하면서
면 이별을 생각했을지도 몰라. 하지만, 그럴 때마다. 이건
내가 알지 못했던 1퍼센트가 아니었을까를 되뇌면서 나름
대로 긍정적인 방향으로 틀었던 것 같아. 이 세상에 완전
한 건 없다는 용기 있는 결단이 지금의 우리를 만든 것이
라고도 볼 수 있지."

나는 한 번씩 맥락을 짚지 못하는 문장을 만들 때가 있
었지만 지금은 아니었던 것 같다. 횡설수설했지만, B는 싫
어하지 않았다. 오히려 반기는 기분까지 들었다.

그녀가 일어나 부엌으로 간다. 크리스탈 유리잔 두 개와
부커스 버번을 들고 오고 있다.

"재즈를 듣기에도 좋은 타이밍인가?"

B에게 묻자, 그녀는 말없이 CD 하나를 틀었다.

"오, 솔리투드라니!"

크리스탈 유리잔은 호박색 위스키로 채워진다. 창문에
부딪히는 빗소리가 들리는 이곳이 참 편안하고 아름답게
느껴졌다.

"잠시 이대로 있자. 아무 말도 하지 말고."

그녀는 나의 마음을 대변해 주듯이 작은 목소리로 빌리
홀리데이의 노래를 방해하지 않으며 말했다. 나는 잔을 들
어 그녀의 크리스탈 글라스에 부딪히며 고개를 끄덕였다.

그때, 멀리서부터 두꺼운 밧줄 같은 것으로 확 끌어당기는 느낌이 들면서 몸이 일으켜졌다. 눈을 뜨자마자 가슴이 빠르게 뛰면서 식은땀이 난다. 바지가 축축하게 젖을 만큼 다리에서도 땀을 흘리고 있다. 이불을 걷어차며 몸을 일으켰다. 참 현실감 있는 꿈이었다는 생각을 했다.

해방촌

그늘진 곳 틈으로 해가 비집고 들어온다. 유독 그곳만이 먼지가 쌓여 있다. 눈에 보이지 않는 모든 곳에 쌓여 있을 것들까지는 생각하고 싶지 않다. 손가락이 지나간 자리로 그늘길이 열린다. 졸음이 쏟아졌다. 깨어 있는 동안 낮이 두 번이나 지나갔다. 머리가 아프고 손이 떨리기 시작했다. 몸에 열이 오르는 것이 느껴진다. 마른세수를 했다. 왈칵 들어오는 비린내에 헛구역질을 했다. 남을 것이 남았나 보다. 잠들어 있는 사이에 파이프로 걸쇠를 부수고 들어온, 제복을 입은 남자들을 밀치는 장면을 봤다. 얼마 도망쳐보지도 못한 채로 수갑을 차는 모습을 끝으로 발작을 하며 깼다. 마스크를 써도 뉴스에 나오는 나를 주변 사람들이 알아볼 것이다. 그것만은 최선을 다해 피하고 싶다. "우발적이었어." 따위의 말이 먹힐 리가 없기 때문이다. 나와 관계된 모든 이가 나를 돌아서는 상황과 그들에게서 쏟아지는 사회적인 비난의 시선들을 경멸한다. 잠시 눈을 감고 있으니 다시 잠이 온다. 잠시만 눈을 감고 있고 싶으니 잠시만이면 될 것이다. 잠시만이면 말이다. 아주 잠시만….

요즘 들어 B와 감정 없는 섹스를 하는 날이 많아졌다. 침대에 누웠다가도 "다음에 할까." 하고 자버린다든가, 끝을 보기 전에 샤워를 하러 간다든가 하는 식이다.

"자기 요새 바람피워?"

그녀가 질문했다. 답은 이미 알고 있으면서.

"어디까지 봤어?"

"어디까지 봤으면? 거기까지만 말하려고?"

서투른 거짓말의 다음 거짓말이 생각나지 않아 아무 말도 하지 않았다. 그녀는 "거기 떨어져 있는 브래지어 좀 줄래?"라고 말하고는 옷을 입고 나가버렸다. 나는 잡지 않았다.

녹은 레몬에이드와 잭다니엘 위스키 한 잔, 빈 컵라면 두 개, 포장지를 뜯지 않은 콘돔이 있다. 조금 귀찮다는 생각을 하면서 그것들을 하나씩 쓰레기통에 버렸다. 라디오에서는 아무 노래나 나오는 중이다. 나체의 여인과 대화를 하던 침대는 비었고, 잭다니엘 위스키에서는 단풍나무의 냄새가 난다.

저녁은 A와 만나기로 했다.

사람이 많은 강남역 인근의 작은 바, 디깅으로 간다. 진녹색 계단을 하나씩 내려갈 때마다, 타고 있는 담배의 냄새와 얼터너티브 록 음악 소리가 커진다. 백발의 사장님 그리고 그의 뒤로 서 있는 일렉기타와 파이프 담배가 들어 있는 유리 장식장이 인상 깊다고 생각했다.

A는 먼저 앉아 다비도프 시가를 태우고 있다. 그것과는 어울리지 않을 것 같은 조니워커 블랙과 함께.

"이별했다."

인사는 담백하게 했다.

"무슨 말이야 갑자기."

"헤어졌어. 정확히는 차였지."

A가 놀란 눈으로 나를 쳐다본다. 한 손엔 위스키 온더록스을 들고 있다.

"이유는."

"안정감이 없어서라든가 현실적인 조건이 갖춰지지 않

아서라던데."

이건 그녀가 저번 주에 했던 말이다. 진실만을 말해야 한다지만, 모든 사실을 말할 필요는 없다. 나는 그가 건네는 잔을 받았다.

"개인적인 소감은?"

A가 다비도프 시가를 한 모금 빨고 뱉었다.

"모든 이별은 엉망진창이다."라고 말한 나와 A는 함께 웃었다.

"잘했어. 더 좋은 여자 찾으면 되지."

A가 마음에도 없는 위로를 한다.

"안 슬플 수는 없는 것 같고."

"근데 반응이 덤덤한 걸 보니 많이 잡지는 않았나 보네."

"많이 잡았지. 근데 내가 할 수 있는 모든 말들을 해서 덤덤한 듯해."

저번 주에, 라는 말은 목으로 삼켰다. 그가 병을 든다.

"내가 할 수 있는 모든 말을 해서 덤덤하다라…"

A가 병을 내려놓고 손으로 입을 가리며 말했다.

"그래도 씁쓸하구먼"이라는 말을 하며 나는 조니워커 블랙의 병뚜껑을 땄다. 다른 여자를 만나고 다닌다는 말은 안 하는 것이 좋겠다고 생각했다. 그리고 앞으로도 밝히고 싶지는 않을 것 같다.

　나는 A의 시선에 맞추어 잔을 들었다. 대화가 없는 룸 안의 사일런스를 깨고, 얼음이 따닥 하고 깨지는 듯한 소리가 나며 갈색 물이 끈적하게 잔을 타고 흐르는 게 보인다. 이곳에는 담갈색 가죽 소파와 이름을 모르는 화분이 있다. 옆에서 돌아가는 팬 소리는 거슬린다. 누구도 일어서려고 하지는 않았으며, 거슬리는 신경을 애써 무시하려고 마시는 것에 비례해서 병 속의 것은 보기 좋게 줄어갔다.

　얼마 지나지 않아 요란하게 돌아가던 팬 소리는 하나의 장르처럼 공간을 채워주는 음악이 됐다. 보잘것없고 가치 없는 사람, 젊은 불량배, 애송이, 동성연애자, 농담, 허튼소리 등을 펑크라고 부른다. 실제로 존재하는 자극이나 대상이 없는 것을 감각적으로 느끼는 건 사이키델릭이다. 헤비메탈은 강력한 디스토션이고, 블루노트가 두 개인 블루스이다.

　조니워커 블랙, 다비도프 시가, 오물이 묻은 카페트 그리고 A까지가 모여서 얼터너티브였다.


　"생각할 시간을 조금 가졌으면 좋겠어. 만나고 있는 사람이 이런 말을 한다면 넌 기분이 어떨 것 같아?"

A는 잠자코 내 얘기를 듣겠다는 듯, 눈을 한 번 감았다가 떴다. 그리고 손은 멈춘 채 나를 바라봤다.

"며칠 전 그 사람이 나한테 한 말이야. 감정이 식은 것도 아니고, 새로운 사람이 생겨서도 아니래. 그런데… 그런데 왜 그런 마음이 드는지 모르겠대. 근데 타이밍이 참 웃기더라. 때마침이라고 해도 될지 모르겠는데 잊고 지내던 사람한테 연락이 왔어. 술을 마셨고, 예전처럼 섹스를 했는데 그걸 걸려버렸어. 돌아보니 첫사랑이었던 사람과의 연애부터 지금까지 어떻게 보면 난, 한 번도 내 마음을 쉬어 본 적이 없던 것 같아. 하다못해 원나잇을 하던 날까지 말이야. 그 사람들에겐 미안한 말이지만 늘 누군가와의 관계에 얽매여 있었거든. 내 시간을 가지고 싶다는 생각이 자리 잡고 난 뒤로 항상성을 유지한 그 생각이 그림자처럼 나를 따라다니는 것 같아. 차라리 아무도 모르는 섬 같은 곳에 가서 한 일주일 있다 나오고 싶은 마음이 들 정도였으니까 말이야. 그런데 이게 그렇게 이상해? 내가 내 시간을 가지고 싶은 게. 그 사람이 그러더라고. 자기가 나에게 쥐여준 자유가 아직도 부족했냐면서 어이없어 하더라. 아무리 설득력이 강한 말로 내 진심을 전하려고 해도 도통 들으려 하는 것 같지 않아 보였어. 물론 겉으로는 말하지 않지만 충분히 그 사람의 비언어적 신호로 알 수 있었어. 이지적이지 않은 다른 이상한 감정이 드는 요즘은 하루하루 싱숭생숭한 기분이야. 그리고 이건 어쩌면 조금 거리가 먼 얘기지만 어느덧 30대에 접어든 내 나이도 한몫하는 것 같아. 많이 달라졌다며. 그런데 체감적으로 느끼는 세상은 여전해. 서른이 된 남자의 값어치는 네가 보는 그 이상으로 낮거든. 사실 난 정말 괜찮거든? 아니, 난 정말로 괜찮아. 이렇게 더운 여름에도 주말이면 기차를 타고 양양으로 가서 서핑을 해. 지난주엔 처음으로 등산도 해봤고, 가끔 휴가도 가. 내 삶과 하루가 행복한데, 주변에선 그렇게 보이지가 않는가 봐. 결혼? 결혼도 하면 좋지. 그렇지만, 그게 나의 본질적인 존재의 이유 같은 건 아닌 거잖아. 그냥 내 남은 인생을 함께하고 싶을 만큼 괜찮은 사람이 없었을 뿐이고, 내 자리에서 좋든 싫든 열심히 일했을 뿐이고, 그러다 보니 지금 나이가 된 것뿐인데. 나보다 본인들이 더 조급해야 하는 모습을 보면서 같이 불안해하고 걱정해야 하는지 솔직히 모르겠어. 평생 연애만 할 수도 있는 거잖아. 아이 낳는 게 그렇게 중요한 거야? 적당히 양보해서 아무 여자하고나 결혼할 만큼? 어른들이 불편해하실 생각을 가지고 살고 있다고들 하는데, 난 어른 아니니. 바이올린 하는 게 좋았지만 콩쿨에 참가하지도 않을 거면 그만두라고 해서 그만뒀어. 성우가 되고 싶었는데 그건 미래가 없다고 했고. 아프리카에 무전여행을 간다고 했을 때는 집에서 쫓겨날 뻔했던 거 너도 알지? 일 년쯤 휴학하고 싶다고 했을 때, 어학연수라도 다녀오라고 했었지. 얼굴에 철판 깔고 개기고 개겨서 지금까지 왔으면서도 한편으로 할머니한텐 미안한 마음이 들어. 여기서 얼마나 더 나는 양보를 해야 해? 얼마나 더 포기하고 살아야 하는 건지 모르겠어. 부모님 세대에 그런 것쯤은 당연한 과정이었다는 말의 설득력이 부족한 것쯤은 알고 있는데. 욕심이라고 한다면 어쩔 수 없지만, 난 나로 남고 싶어. 앞으로도. 그래서 그래. 뭐가 부족한지 모르겠는데 공허한 느낌이야. 물론 그게 바람의 조건이 될 수 있다고 말할 정도로 바보는 아니고. 바람피우다가 걸려서 차였으니까 바보가 맞기는 한 건가?"

어느새 반병밖에 남지 않은 위스키의 각진 부분에 스탠드 조명이 반사돼 눈이 부신다.

"누구를 만나서 부르는 인생이 노래라면 라장조쯤이야. 빠르지도 않고, 느리지도 않고. 가끔 스타카토. 화음을 내기도 하고. 의미 없이 부는 바람도 특별하게 느껴지고, 표정 없이 지나가는 출근길의 사람들도 어떤 단역 배우들처럼 보이곤 하지. 서로의 눈을 맞춰가면서 호흡을 가다듬고 두 손을 맞잡는 거야. 둘의 거리는 너무 멀지도 않고 지나치게 가깝지도 않게. 그렇게 함께 불러나가는 인생이라는 이름의 노래. 사계절이 있는 이곳처럼 그들의 제목에도 봄, 여름, 가을 그리고 겨울이 있는 거지. 안 그래?"

"네 생각이 너무나 확고해서 내가 끼어들 틈이 없네."

눈을 지그시 뜨고, 조니워커를 한 모금 마신 A가 말했다.

"더 하고 싶은 말이 많지만 여기까지만 하자. 이것만 마시고 일어나는 게 좋겠다. 취할 것 같아."

오랜만에 자제력을 찾은 데뷔는 A에게 아쉬움이 가득 남는다는 듯한 표정으로 말했다. 그리고 오늘은 내가 살게, 라고 말하며 카운터로 달려가 지갑을 던지듯이 내밀었다.

겨울이 기억니지 않는 사람에게 봄이 주는 김동이 덜할 수 있다는 건 어찌 보면 당연하다. 그게 우리가 이별을 대하는 자세였고, 번번이 멍청한 결정을 하는 이유였다. 봄, 여름, 가을, 겨울 다음에는 봄, 봄, 봄일 수도 있다. 그것이 시사하는 바가 무엇인지를 정확하게 알고 있다면, 이 계절에 멈춰 있을 이유가 없다.

*

발걸음이 가볍게 계단을 오르고 있다. 고개를 왼쪽과 오른쪽으로 돌리면 소라색 벽이 보인다. [샷시-]라는 말을 주문처럼 외우며 걷는다. 마법 같은 일이 일어날 것 같다기보다는 일종의 부적과도 같은 역할을 맡긴 셈이다. 구멍이 나버려 쓸모없어진 방충망을 손부터(정확히는 오른손) 집어넣어 수영을 하듯이 헤집고, 다음 공간으로 가려고 안간힘을 쓴다. 냄새가 나는 것 같으면서도 아무 냄새를 맡고 있지 않았다는 것을 깨달았다. 때때로 믿기 힘든 단순한 욕구가 있다.

화장실로 가보았다. 자세히 보니 변기는 깨져 있다. 녹이 슨 수도꼭지에서는 우웅거리는 소리가 났다. 얼마 안 가 막힌 배수로를 뚫어낸 것처럼 붉은색 물을 토해내기 시작했다. 그것을 만져 보려다가 드는 불길한 느낌에 손을 거뒀다. 그때, 물곰팡이가 퍼져 있는 천장과 이상한 무늬의 고동색 침대가 보이며 잠에서 깼다.


손끝에 남아 있는 것을 느끼려 했지만 기억 저편으로 도망치고 있었다. 비겁한 꿈이다. 꿈을 자주 꾸는 탓에 꿈에도 상태적인 메시지가 있다는 것을 알게 됐다. 그러니까 나는 지금 비겁한 상태에 놓여 있다는 뜻이다. 관계가 끝이 났는데 마음이 다하질 못해서 끝난 걸 비겁하게 붙잡고 놓지를 못했다. 겁이 많아서 도망치고 싶은 마음만 들었다. 소원했던 건 아니지만 평생을 도망치듯이 살아왔다. 나는 나를 좋아해 주던 마음까지 후회하게 만들었다. 오래 비워주진 않아도 괜찮았을 텐데, 마지막을 마지막인 것처럼 하며 떠나갔다. 항상 고마웠다는 말을 끝 순간조차 하지 못한 게 참 비겁했다. 가깝게는 지난밤을, 멀게는 지난 일 년을 망쳐버렸다는 생각에 몸을 떨었다.

에어컨 바람이 차다. 냉기가 팔뚝을 훑고, 등골을 채찍질하듯이 내리치고 간다. 만년설 앞에 선 만물은 맥없이 얼어붙어 버린다. 생존을 향한 갈구와 초점이 없는 고등어의 눈깔을 번갈아 가며 보고 있다. 역정이 나고, 속이 시끄럽다. 결론을 낼 수 없는 신념만큼이나 짧아진 그림자가 흑색보다 검은색을 띠고 있다. 두통이 심해지는 것이 느껴졌고, 그 고통을 이길 수 없는 나머지 눈을 질끈 감아버렸다. 돌가루 같은 것이 혀에 채인다. 의지가 없는 아랫이빨을 지나치게 사납게 물고 있었다. 이건 지나치다. 졸음이 쏟아진다.

인색할 수 없는 현재와 같은 상황에 익숙해져 버린 걸까. 이것 역시도 지나치다. 지나쳐도 한참 지나쳤다. 녹슨

철근에 머리를 박아버리고 싶을 만큼 말이다. 머리가 온종일 울려대는 탓에 그 정도 부딪힘 따위는 일종의 공명 같은 작용을 할 것 같았다. 내친김에 한 번. 그리고 몇 초간의 기억이 없다. 왼쪽 정수리 부근이 얼얼하다. 그렇게 다시 한번, 또 한 번. 한 번이 한 번이 아니게 될 때가 되어서야 슬금슬금 사람들이 주위를 둘러쌌다. 저들의 목적은 분명해 보인다. 좀스럽게 수염이 난 남자, 벗겨질 것 같은 모자를 걸치듯이 머리에 얹어놓은 남자, 짧은 머리의 여자, 뭐라고 소리치는 남자(좀스럽게 수염이 난 남자였다) 잠시 쉬고 싶은 마음에 눈을 질끈 감았다. 지나치기 어려운 밤이다.

*

낸시 윌슨의 목소리는 비가 오는 가을에 잘 어울린다. 유영은 해방촌에 있는 작은 카페에 앉아 있는 중이다. 우산으로도 막을 수 없을 것 같은 세찬 비가 내리는 오후이다. 제법 아티스틱한 분위기 때문인지 어딘가 영감이 떠오를 것 같은 기분이 든다.

편안함이 느껴지는 목소리에 고개를 들었고 어느새 그녀는 그로, 낸시 윌슨은 쳇 베이커로 넘어가 있었다. 블루지한 기분과 먼데인한 감성이 함께인 하루인 것 같다. 이런 날은 해가 지지 않는다. 오래전에 구름 뒤로 숨어버리고는 밤이 돼서야 나는 진즉에 퇴근했다고 알려온다. 탁한 그레이와 밝지 않은 화이트인 하늘. 투영하듯 바다로 스며드는 빗방울. 그것들이 모여 흐르고, 애써 비를 피한 마른 땅마저 적시고 지나간다. 이 자리를 비웃기라도 하듯 힐끗 왔다 가는 것이다.

다시 그에서 그녀로 넘어간 노래는 내면 깊숙한 곳을 건드리듯 톡 하고 콘크리트 공간 안을 채웠고, 그 속에 있던 작은 그림자는 녹아들고 말았다. 카푸치노의 거품 같은 충분한 사색을 깨뜨리는 건 10년을 알고 지낸 대학 친구가 오면서부터였다.

"첫사랑? 첫사랑이 언제였더라. 너도 아는 사람인데… 아! 대학교 2학년 때였네. 그 사람과는 모든 게 처음이었어. 첫 데이트. 첫 키스 그리고 섹스까지도. 별 탈 없이 6년을 만났었잖아. 그런데 마음이 서서히 식었던 건지. 한번에 없어진 건지는 모르겠는데 헤어지는 건 한순간이었어."

"왜?"

"그 사람, 바람났었어. 그때는 창피해서 너희들한테 말도 못 했지만. 조금의 의심조차 해본 적이 없었던 터라 충격이 꽤 컸고. 진짜 여자의 촉 뭐 이런 게 있긴 있나 봐.

그날따라 그 사람의 앨범이 보고 싶은 거야. 서로 계정을 공유하고 있어서 큰 어려움 없이 들어가 볼 수 있었거든. 예전에 내 핸드폰으로 클라우드 앨범에 접속했던 적이 있었던 게 생각이 났어. 혼자 앉아 있다가 무심코 로그인을 했더니 정말 가관이더라. 나보다 더 어려 보이는 여자랑 되게 아기자기하게 찍은 영상들이 있더라고. 우리는 매주 토요일에만 만났었는데 나한테 출장 갔다 온다던 금요일에 그렇게 놀러 다니고 했었더라. 그제야 의문을 가지고 있던 것들이 하나씩 하나씩 맞춰지기 시작했어. 마치 모래사장에서 조개껍질 조각을 재수 없게 밟은 것처럼 말이야. 아프고, 불쾌했지. 몇 달 전에 중국 출장을 다녀왔던 것이 갑자기 기억났어. 우리는 밤이면 밤마다 서울과 상하이를 잇는 통화를 했고, 서로의 점심을 사진으로 보내주고 했었지. 한 번은 그 사람 차를 타고 가다가 그 팔걸이 있잖아. 운전석과 조수석 사이에 있는. 연말 선물로 줄 다이어리를 넣으려고 그곳을 열었는데 못 보던 핸드폰이 하나 있었어. 그래서 내가 물어봤지. 그랬더니 차에서 음악 틀 때 쓸 공기계를 사 왔다고 하더라고. 중국 출장에서. 그땐 그냥 그런가 보다 하고 넘겼었는데, 그걸로 그렇게 바람을 피우고 다녔나 봐. 원래 쓰던 걸로는 도저히 할 수가 없었거든. 메신저 프로필 사진까지 전부 내 사진으로 도배돼 있던 로맨티스트로 보였으니까. 그다음 토요일까지 내가 보낸 일주일은 혼란스러움이 가득한 시간이었어. 자동 업로드 그게 사람 미치게 하더라. 수시로 그리고 많이도 올라오고. 실시간으로 데이트하는 사진들이. 나에게는 낯설고 그 사람에게는 사랑한다는 말을 듣고 있을 그 여자와의 데이트 사진이 자동 업로드되고 꼭 5분이 지나면 나에게 사진이 왔어.

「지금 점심을 먹고 있어. 함께 왔다면 좋았을 텐데, 보고 싶어」라고 하면서 말이야.

다시 만난 그 날 그 시간까지 난 아무것도 모르는 체하고 있었어. 일단 듣고 싶었거든. 만나서 평소처럼 달달한 커피를 주문하고는 자리에 앉았고, 딱 한 모금을 머금자마자 물었어. 자기 요새 바람피워? 기겁을 하면서 아니라고 하더라. 바람은 무슨 바람이냐면서. 태연하게도 연기를 하고 억울해하는 모습을 보면서 갑자기 이런 생각이 드는 거야. 차라리 권태기가 온 것 같다고, 정말 미안하다고, 실수였다고 얘기를 했으면 용서했을지도 몰라. 그런데, 그 얼굴과 표정들이 내가 모르는 얼마나 많은 순간들에서도 나를 속였을까 싶더라고. 그리고 앞으로도 그건 변하지 않을 것 같았지. 아무래도 안 되겠다 싶어서 그의 거짓말을 멈춰주기로 했어. 누군가는 손을 들어 말할 필요가 있었으니까. 내가 봤던 사진들과 영상 얘기를 하면서였지. 어떻게 그런 의심을 할 수 있느냐며 되레 화를 내려던 사람이 내 말을 듣고는 무릎을 꿇더라. 겨우 몇 주 전만 해도 그 사람의 그 모습들에 흔들렸을 내가. 그냥 아무렇지 않았어. 사랑하는 사람의 눈물이, 녹은 아이스크림처럼 감흥이 없었지. 재미없고, 그 시간이 지루하게 느껴졌어. 귀가 두 개인 이유를 설명해 주듯 그 사람의 문장들은 왼쪽 귀로 들어와서 그대로 오른쪽 귀로 나가버렸어. 진정한 사랑이라고 했지만 나도 그처럼 권태로움을 느끼고 있었는지 몰라. 우리의 사랑이 끝을 향해 가고 있었을지도 모르지. 내가 그 카페에서 나가버린 순간을 마지막으로 내 감정들은 커튼콜을 알렸지만 그의 미련과 아쉬움은 앙코르를 외쳤지. 몇 달을 집에도 찾아오고 밤까지 나를 기다렸지만 귀찮게만 느껴졌어. 너만 알고 있어. 사실 그때는 이미 다른 남자 만나고 있었거든."

우리는 함께 웃었다.


"아직도 연락이 와. 그리고 시간이 꽤나 많이 흘렀기에 더 태울 감정의 연료도 없지. 지금은 이런 생각뿐이야. 어디서든 그냥 잘 살았으면 좋겠어. 알아서 결혼도 하고. 다만 그게 내가 아닐 뿐이고, 난 나의 소중했던 시절을 추억하고 싶어. 혼자. 그리고 나는 이걸 거짓말 법칙이라고 부르기로 했어."

"그럼 어저께의 이별은 어떻게 된 거야? 아! 아니다. 그건 내가 커피를 가져오면 마저 얘기해 줘. 잠시만."

노르망디에의 이름 모를 해변에서 타오르는 노을처럼 붉은 입술로 그 사람에 대해 말하고 있었다는 것을 느꼈다. 숨결을 더 가까이서 느끼기 위해 나는 다가가야 했고, 머지않아 우리는 함께일 수 있었다. 그 순간은 마치 라일락 나무가 5월이면 뿜어대는 것처럼 향기로웠으며, 솜사탕의 끝 언저리보다 부드러웠다. 발가락 사이로 모래들이 사르르 빠져나가는 게 느껴지는 것처럼. 햇빛을 받아 따뜻하게 데워진 그곳을 사뿐히 거닐며 바닷바람을 즐기고 있는 순간들이 더없이 평화로웠다. 올리브나무 아래에서 그늘을 드리워주는 사모트라케의 니케처럼 우리의 나날들 역시도 승리의 기운을 받은 듯이 반짝였다. 지나고 나면 한껏 덧없을 그 순간들의 옷자락을 잡아끄는 건 어쩌면 나의 마음이었을까 싶다. 너를 보내고 싶지 않은 것이 내 마음이고, 너와 함께라면 어디든 갈 수 있는 것 역시 나의 마음이기 때문이다.

이내 돌아온 친구와 가벼운 얘기를 가볍지 않게 했고,

그녀는 가볍지 않은 얘기를 가볍게 들어주었다.

*

장소를 옮겨 와인을 마시러 왔다. 사람이 가득 차 있었고, 그들이 내뱉는 각자의 소음이 곳곳에서 터지고 있었지만, 카운터 옆자리 하나가 남아 들어올 수 있었다. 뇨끼와 칼바도스, 부르스케타를 주문했다.

"누군가를 좋아하는 감정 같은 건 오래전에 잊어버린 줄 알았는데 의외였어. 나한테도 이런 게 숨겨져 있었던가 하는 일들이 일어나고 있었거든. 연애라는 게 그렇잖아. 언제나 설레고, 두근거리고, 떨리고, 좋기만 하지는 않지. 끓는 마음은 넘칠까 조마조마하고, 밤잠을 설치게 만들고, 질투와 두려움 그리고 나태와 혼란을 동시에 가져다주잖아. 어설픈 확신과 높지 않은 권능으로 이어나가는 것도 같아. 나 와인. 고마워."

"어디까지 얘기했더라. 그러니까, 누군가를 좋아하며 느꼈던 요즘의 감정들이 나에겐 신선한 자극이었어. 별것 아닌 문장 하나에 하루 종일 기분이 우울했다가도 들뜨고, 막연히 보고 싶다가도 답답하기도 했으니까 말이야. 그동안은 말하기도 민망하게 시시한 애들이 줄을 지어 나를 들렀다 갔었거든. 말도 마. 섹스하다 말고 은근슬쩍 콘돔을 빼서 침대 밑으로 던지는 걸 본 적도 있다니깐. 그걸 보는 순간 갑자기 몸이 떨리고 서서히 달아오르던 그곳까지도 차갑게 식어버리더라. 사이즈도 얼마 되지 않는 게. 아 이건 너무 투 머치인가. 짠."

"아무튼 그래. 사랑에는 유통기한이 없다고 바보같이 믿었어. 너밖에 없어 같은 거짓말에는 속지 않기로 다짐했었고. 그럼에도 불구하고 한번 믿어볼까 하는 날이 어쩌다 한 번쯤 오기도 한다는 걸 깨달았어. '러브풀'이라는 노래처럼. 사랑을 하면 바보가 돼버리는 건 어쩔 수 없나 봐. 가끔 이럴 때면 시원하게 뺨이라도 한 대 갈길 줄 모르는 내가 원망스러워."

미처 토해내지 못한 작지 않은 것들을 곰곰이 생각해봤자 고작 한두 개 생각이 나는 건 역시나. 이 모든 것들마저 지나고 나면 별거 아닌 것들이기 때문에 가능하다. 지구 반대편의 엘살바도르에서 누군가가 지금 사랑하는 연인과 적도가 타버릴 정도로 뜨거운 키스를 하고 있다고 해도 그들이 나의 요즘 고민을 모르는 것처럼. 세상에는 잊힌 것들과 잊힐 것들 투성이라는 생각이 들었다.

"아마도 그때의 나는 태풍을 만난 비행기 같았어. 밖은 흐린 회색의 구름이 가득하고, 덜컹이며 흔들리는 기체는 내 몸과 마음을 대변해 주었고. 태풍 속을 지나 착륙하는 순간을 향해 날아가는 비행기처럼 어느새 우리의 관계도 끝을 향해 가고 있는 것이 보이기 시작했어."

"그 사람도 그 신호를 눈치채고 있었을까?"

"글쎄. 확실한 건, 경고등을 깜빡이던 우리는 끝내 해가 뜨지 않은 채로 왼쪽 날개가 부러졌고, 추락했어."

*

「남아 있는 네 물건 단 한 개도 빠짐없이 가져가든가 해. 당장 오늘 밤만 돼도 쓰레기장에 처박혀 있을 테니까. 쓸데없이 나한테 말을 걸지도 말고, 변명도 하지 마. 넌 조용히 들어와서 흔적도 없이 네 것만 챙겨서 꺼지는 거야. 알겠어?」

문자를 받은 나는 B가 있는 경리단길의 작은 술집으로 갔다. 테이블을 정리하는 종업원과 뾰로통하게 앉은 여자를 어쩔 줄 몰라 하며 앉아 있는 남자의 건너 건너편 자리에 그녀가 엎드린 채로 누워 있었다. 일단 택시를 불러 B의 집으로 간다. 그렇게 왼쪽에 앉은 이는 왼쪽 창문에 머리를 기대고, 오른쪽에 앉은 이는 오른쪽 창밖만 하릴없이 내다봤다. 눈치 없는 택시 기사는 자꾸만 지름길로 달렸다.

　꼼데가르송 카디건, 가운데에 구멍이 난 캘빈클라인 속
옷, 한 번만 쓰지는 않은 칫솔과 면도기가 전부였던 탓에
B의 집에서 물건들을 챙겨 나오자마자 보이는 쓰레기 더
미에 던져버리고, 한남동의 시가바로 갔다. 다비도프 도
쿄 에디션. 아껴뒀던 시가를 태우며 달위니 한 잔을 주문
했다. 머리가 어지러울 땐 잘 아는 걸 해야 마음이 놓인
다. 에어컨 바람에 날린 담뱃재가 물 잔에 들어간 것이 보
였지만 연기를 삼키나 뱉으나 매한가지라는 생각에 그냥
들이켰다.
　때때로 무력감이 느껴지는 순간들이 있다. 아빠의 여자
친구를 마주쳤을 때라든가, 마지막 열차를 놓쳤을 때. 문
고리에 발을 찧었을 때라든가, 대학에 떨어졌을 때 따위
의 것들 말이다. 내게 일어나는 일들의 대부분은 우연의
일치 같은 것이라고 볼 수 있다. 한여름에 창밖을 바라보
는 것처럼 더위를 알고는 있지만 무를 수는 없다.

　1이 4개로 시작하는 전화가 온다. 카드회사였다. 평소처
럼 무시하려다가 무슨 마음이 들어섰는지 통화 버튼을 눌
렀다. "현재 이용하고 있는 단기 카드대출…" 그렇게 전

화기를 붙잡고 이십여 분을 이것저것 눌러대다 보니 500만 원이라는 돈이 계좌에 입금되었다. 기한은 2년. 이자는 478,700원. 다시 우웅… 하는 소리에 고개를 돌려 불이 들어와 있는 작은 화면을 내려다보았다.

「[○○카드]선*경님 02/02 기준 미납금액 357,297원 확인 부탁드립니다」

뒤이어 한 번의 진동이 더 울렸다.

「[○○카드]일시 사용 정지 예정 안내. ○○카드를 이용해 주셔서 감사합니다. 선*경님의 ○○카드가 일시정지 예정임을 안내드리…」

밖이야 안 돌아다니면 그만인데, 당장 돌아오는 달 카드값은 어떻게 메꿔야 할지 감이 오질 않는다. 물류창고 단기 아르바이트라도 해야 되나 하는 생각이 스치듯 지나갔다. 달위니 한 잔이 큰 사치였을지도 모르겠다고 말하며 계산을 하고 나왔다.


집으로 가는 내선순환 열차는 오늘따라 유난히 흔들린다.


성수역에서 출구로 나왔지만 마땅히 가야 할 곳은 없는 것 같이 느껴졌다. 출구 앞에서 서 있던 초록색 버스에 올랐다. 종점이 어디인지도 모르는 버스였다. 여덟 개까지 세다가 세는 것을 멈춘 정류장에 작은 서점이 하나 보였고, 급하게 하차벨을 누르고 내렸다. 책들이 끝없이 늘어서 있는 그곳에서 어떤 것을 찾는 듯한 표정으로 서 있다 보면 조금은 잃어버린 방향성 비슷한 감정이 느껴질 것 같았다. 서리가 낀 창문으로 보이는 세상이 너무나 흐릿한 것 같아서 손바닥으로 문질러 버렸지만 선명해지는 듯하더니 다시금 시야를 흐리게 만들어 버린다. 그 속에서 다들 저마다의 이유로 빠르게 손가락을 움직이고 어딘가로 통화를 하고 있다. 쳇바퀴 속에서 쉼 없이 달리다가 튕겨 나간 이름 없는 햄스터가 된 것 같았다. 시간 맞춰 먹이를 주는 주인도 없고, 함께 자유를 좇던 친구도 없어져버린. 혼자만 남은 감옥 속에서 갇혀 있는 기분. 아까 내린 버스는 앞으로 가버렸고, 나는 점점 그들과 멀어지는 중이었다. 이대로 영영 세우지 않는 루프였으면 좋겠다는 생각이 들었다. 다음 또는 그다음 정류장이 되면 필요에 의해서라는 듯이 자리에서 일어나야 한다. 갈 곳이 없는데도 가야만 하는 게 싫다. 그중에서도 어디로 가야 하는지 모르겠는 지금이 싫다.

*

캘린더를 구겼다. 캘린더는 재질이 재질인지라 잘 구겨지지 않는다. 그 덕에 더욱 신경질이 났다. 스프링을 주먹으로 내리치며 찢기지 않는 그것의 끝을 잡아당겼다. 여전히 분이 풀리지 않는 기분이다. 허공에 대고 소리를 치면서 거칠게 집어던졌다. 벽에 부딪히는 소리가 짧게 났으며, 부서진 조각들이 흩날리다 떨어진다. 빈방이 살의로 가득 찼다. 흡사 그것은 장맛비 같아서 젖으려 하지 않아도 젖게 되고, 젖으려 해도 젖지 않게 된다. 그날 이후로 한 달 정도의 시간이 흘렀지만, 달라진 것은 없었다. B의 바운더리는 그렇게 끝이 나버렸다.

노량진으로 간다. 수산물 시장을 걸으며 몸에서 풍기는 비린내를 생선 내장과 대가리의 냄새가 나는 곳에서 희석시키고 싶었다. 일시적이지만 뜰채에 잡히지 않으려 발버둥 치는 모습이 그려진다. 그중에서도 몸통에 흰 줄이 있는 생선과 유난히 비슷한 기분이 들었다.

하지만 망념은 오래가지 못했다. 「다라이」에 들어 있는 멍게 중 하나가 소금기 가득한 물을 뺨따귀에 뿜었기 때문이다. 그는 방관자적 태도로 자유롭게 짠 내 나는 길을 걷고 있는 나를 질투한 것이다. 여기서 망념이란 미혹한 마음이고 미망한 집념이다. 잘못된 생각이다. 미혹한 생존을 일으키는 근본 작용이다. 마음이 허망한 것을 모르고 일어난 생각인 것이다.

부둣가를 걷는 기분이 들지 않아서인지 금세 수산물 시장을 나왔다. 이 동네가 주는 특이한 감정이 있다. 거리가 고뇌와 욕망으로 가득하다. 생기를 잃은 눈으로 가방을 메고 다니는 이들은 저 시장의 동태 눈깔과 별반 다르지 않다. 접점이 없는 선들을 무질서하게 늘어놓은 것처럼 끝끝내 만나지 않을 것들이 점과 선을 긋고 지나간다. 나는 이곳에서 육교에 오르기도 하고, 충동적으로 헌혈을 했으며, 맥도날드에 앉아 설탕이 들어 있지 않은 콜라만 마시고 나왔다. 왕가위의 영화처럼 뒤의 이야기를 알 수 없는 전개로 하루를 보낸 것이다. 유통기한이 지난 파인애플 통조림, 빨간색이 빠진 홍콩 거리, 완탕 누들. 뭐 이런 것들이 떠올랐다. 노량진은 백로가 노닐던 나루터라는 뜻을 가지고 있다. 백로는 텃새이자 겨울새이다. 텃새는 철을 따라 자리를 옮기지 않고 거의 한 지방에서만 산다. 나는 텃새도 아니고, 겨울이 싫다.

철새가 되어, 여름이 완전히 오기 전에 떠나기로 마음먹었다. 섬진강이라는 곳이 궁금해졌다. 그곳에 뭐가 있는

지, 이곳에서 그곳까지는 얼마나 걸리는지도 모르지만, 그 냥 이름이 마음에 든다.

*

물 자국이 있는 천장, 헝클어진 머리, 두 개. 위, 아래로 아무것도 입고 있지 않다. 온기가 없는 것인지, 한기가 많은 것인지 모르겠다. 팔이 조금 저렸다. 한 자세로 얼마나 누워 있었던 걸까? 구겨진 양말이 벗겨져 있는 것이 보인다. 동시에 시계와 팔찌는 가지런하게 협탁 위에 올려놓은 것도 보인다. 어디까지가 내 의식이었던 건지 가늠이 되지 않는다. 침대에는 낯설지 않은 여자가 등을 보인 채로 자고 있다. 가만히 보고 있자니 새삼 어깨선이 가는 사람인 것 같다.

밖에서는 여름 새소리가 나고 있다. 팔이 저릴 만큼 누워 있던 자리에 한쪽 팔을 베고 다시 누웠다. 눈을 감았다가 뜨니, 세상이 잠시 꺼졌다가 켜졌다.

민트색 의자와 쥐색 테이블. 고요한 내부에는 크림색 원피스와 검은 스타킹을 신은 여자들만이 트레이를 들고 바삐 움직이는 중인 것이 보인다. 그들의 가슴팍에는 캐세

이퍼시픽이라는 단어가 쓰여 있다. 저가항공이라 그런지 비행기는 조금 춥다.

혼란스러웠지만 이것은 목적지를 향해 묵묵히 툰드라를 지나 날아간다. 구름보다도 위에서 뜨는 해를 보며 아름답다는 말을 눈치 없이 입 밖으로 뱉어버렸다.

초여름의 입구에서 출발했었는데 공항에 도착하자마자 서늘한 공기가 팔을 뚫고 들어온다. 자정에 가까운 시간이라고 하기에도 이곳은 겨울처럼 춥다. 겉옷을 꺼내 주섬주섬 걸치고 나니 비로소 오스트레일리아가 눈에 들어온다. 아직 공항 안이라서 이곳에 와 있다는 것이 실감은 잘 나지 않는다. 다만 보이는 모든 것의 문자가 영어로 쓰여 있다는 점. 동양인은 셋, 넷을 넘지 않아 보인다는 점. 그것들만이 쓸쓸히 빛내 보이는 중이었다.

"웰컴 투 브리즈번이라…"

브리즈번. 왜 이곳을 첫 도시로 정했는지 누군가 물어본다면 단순한 나의 대답에 함박웃음을 지을지도 모르는 일이었다. 태양의 도시. 일 년 내내 온화한 도시라는 그것 하나 때문이었다. 나는 추운 게 싫다. 몸통만 한 고무통에 뜨거운 물을 받아놓고 바가지로 몸을 씻는 것이 싫었고, 변기에 앉으면 입김이 나오는 화장실이 싫었다. 스키장을 가본 적이 없었지만 매일 스키복을 입고 다녔다. 백화점에서 산 더플코트가 없었고, 추운 게 싫었기 때문이다.

그런데, 이곳은 분명 한국의 겨울 못지않게 춥다.

캐리어를 질질 끌며 공항 지하철이 있을법한 곳으로 걸어갔다. 한참을 걷는데 사람이 한 명도 보이지 않았다. 과장이 아니라 정말 한 명도 보이지를 않았다. 이상한 느낌과 눈치가 이곳은 잘못됐다는 것을 말해주고 있었다. 다시 처음 서 있던 곳으로 돌아왔다. 안내 데스크를 왜 지나쳤을까. 미련했던 나 자신을 자책하며 그곳으로 터덜터덜 걸어갔다.

시티로 가는 버스나 지하철이 있냐고 물어보니 지금은 시간이 늦어서 교통편이 마땅치 않다고 했다. 대신 사설 픽업 차량이 있으니 돈을 지불하면 시티까지 태워다 줄 것이라 했다. 준비해 간 영어에는 이런 돌발 상황이 있지 않았기에 손짓, 발짓을 해가며 내 상황을 설명했다. 앞뒤 말은 잘 들리지 않았고 (정정하겠다) 앞뒤 말은 잘 알아듣지 못했고, 25달러를 내라는 말은 용케 알아들었다. 그에게 돈과 여권을 보여주니 종이 한 장을 프린트해 준다. 쌀쌀한 호주에서의 첫 바람을 맞으며 삼십 분가량 차를 기다렸다.

정류장 주변을 서성이다 무언가 발에 채는 느낌에 아래

를 내려다보았다. 보랏빛으로 물이 든 꽃잎이 콘크리트 사이 꼿꼿이 서 있다. 넌 이름이 무엇이냐고 꽃에게 묻는듯한 기분이 들었다.

그때 "시티 센트럴!"이라는 말을 외치는 소리가 들렸다. 종이를 주머니에서 꺼내기도 전에 어서 타라고 등이 밀려 넣어졌다. 안에는 다른 피부색을 가진 사람들이 이미 자리를 잡고 앉아 있었다. 주춤하며 문 바로 옆, 간이 의자에 몸을 두었다.

웬만하면 말은 걸어주지 않았으면 하는 생각으로 고개를 꼿꼿하게 창 바깥쪽으로 돌렸다. 주황색 가로등 길을 한참을 달리며 이따금씩 드는 두려움에 주먹을 야무지게 말아 쥔 채 멀어지는 공항을 하염없이 바라봤다. 그렇게 한 시간 정도 달리다가 낯선 도시의 낯선 건물 앞에서 달림은 멈추었다. 웃옷을 벗고 욕을 하며 걸어 다니는 몇몇을 제외하고 도로가 죽은 듯이 조용했다. 어둠이 아니라 암흑이 내려앉은 기분이었다. 그리고 유리병 깨지는 소리도 이따금씩 들려왔다. 그렇다면 죽은 듯이 차가웠다고 표현하는 게 맞을 것 같다. '호스텔'이라고 적혀 있는 초록색 간판에는 온기가 느껴졌다. 가짜 나무처럼 보이는 문을 열고 들어가니 인상이 좋아 보이는 남자가 있다. 수염이 덥수룩해서 입 모양이 잘 보이지 않는 사람이었다. 나는 그 클레앙이라는 이름의 남자에게 여권을 보여주었고, 별다른 어려움 없이 체크인을 할 수 있었다. 이제야 비로소 시작이라는 생각과 함께 덜컥 겁이 났다.

브리즈번에서. 호기롭게 첫날의 아침을 맞이했지만 몸이 멋대로 일으켜지지를 않는 것이 몸살에 걸린 것 같다. 20도를 넘나드는 서울과의 일교차가 내 몸을 멋대로 흔들어 놓았나 보다. 머리를 감싸며 무거운 다리를 이끌고 밖으로 향했다. 눈을 찌르는 햇빛에 인상이 찡그려진다. 심호흡을 한번 하고 주위를 둘러보았다. 엘리자베스 스트리트, 조지 스트리트, 퀸 스트리트를 걷기 시작했다. 큼직큼직한 사람들 사이로 동양인 한 명이 파고 들어가는 모습이다. 첫 식사는 세븐일레븐에서 한다. 호밀빵의 텁텁한 맛이 입에 오래 남았다.

우선해야 할 것이 무엇인지부터 생각해 봐야 한다. 일단 집이 없다. 호스텔에서 지내는 건 한계가 있다. 또, 직업이 없다. 이건 나중에 찾아도 늦지는 않을 것 같다. 그래, 집부터 구해야겠다. 시드니, 멜버른, 브리즈번. 각각의 도시에는 한인 커뮤니티가 있다. 썬브리즈번이라는 이름의 웹사이트에 들어가니 방을 하나 두고 여러 명이 함께 거주하는 쉐어하우스 광고가 여럿 보였다. 활발하게 진행

되고 있는 커뮤니티의 규모에 조금은 안도감이 들었다.

그렇게 약간의 감정이 빠르게 마음속을 휘저은 뒤에 몰려오는 이것은 나를 피로하게 만들었다. 몸살 기운이 있다는 걸 잠시나마 잊고 있었다. 오늘의 일정을 더 이상 소화하는 건 무리. 아까 봐두었던 한인마트에 들렀다. 그곳에서 나는 배추김치와 청양고추, 라면 그리고 스팸을 샀다. 몸살 기운이 더 올라오기 전에 한국스러운 매운 음식을 먹고 끌어내려야겠다.

하얀색 벽으로 칠해진 차가운 호스텔의 주방에서 라면을 끓인다. 포크를 들고 있는 금발의 외국인들이 호기심 가득한 눈으로 흘기듯이 쳐다보고 가긴 했지만 그들과 말을 섞을 용기는 없었기에 본의 아니게 과묵한 식사를 했다. 한국 떠난 지 며칠이나 됐다고 몸살에 걸린 내 모습이 꼴사납다.

마지막 고춧가루까지 목구멍으로 털어 넣고 나니 은근히 땀이 난다. 샤워를 하고 이층 침대 위에 올라 눈을 감으려고 했지만 차가운 시트와 이불은 좀처럼 몸을 웅크려봐도 따뜻해질 줄을 모른다. 오늘 하루는 길었던 것 같다.


일주일 후, 주섬주섬 짐을 챙기며 나름 정들었다고 생각했던 센트럴 호스텔의 이층 침대를 다시 한번 돌아보았다. 감기와 함께 아쉬움도 떨쳐버린다. 캐리어를 끌고 밖으로 나가니 「마스터」라는 사람이 낡은 도요타의 코롤라를 끌고 앞에 와서 기다리고 있었다. 문을 조심스럽게 당겨 닫으며 인사말 같은 것을 몇 개 나누었다. 그의 첫 마디는 "담배 태우세요?"였다. 한국에서의 나의 삶, 그의 호주 생활의 고충, 집의 장점, 얼버무리는 단점들까지. 사색을 하기에 부족한 시간이었다. 예의상 그의 농담에 몇 번 끄덕여주며 지나쳐가는 도시를 물끄러미 봤다.

마침내 도착한 쉐어하우스는 40층이나 되는 곳이었다(정확히는 38층에 위치한). 엘리베이터로 층을 오르는 내내 내가 마치 부자가 된 듯한 기분이 들었다. 높은 곳에 산다는 것은 적어도 나에겐 그런 의미였다. 그리고 망상에 젖은 나를 깨우는 건 그의 낮지만 맑지 않은 목소리였다.

회색 카페트가 깔리고, 아이보리색 타일이 붙은 벽들을 지나 소음이 조금씩 새어 나오는 집 앞에 섰다. 집에는 총 여덟 명이 살고 있으며(물론 나를 포함해) 한 번 더 「마스터」라고 본인을 소개했다. 호주에는 여러 개의 호텔 체인들이 있다. 샬롯, 리버시티, 메트로…. 그들은 이들 「마스터」라 불리는 자에게 얼마간의 기간 동안 일정 금액의 돈을 받고 집을 빌려주는 계약을 한다. 물론 계약 시에는 네 명 내지는 다섯 명 정도로 계약을 하지만 실질적으로 그곳에 사는 사람은 그 이상이다. 소문이었으면 좋겠지만 들리는 말에 의하면 시드니 같은 이곳보다 더 큰 도시에서는 스무 명씩 살기도 한다고 했다. 닭장 쉐어라나? 아무튼 이곳도 그런 곳들과 비슷한 부류의 집이었지만 선택의 여지가 별로 남아 있지 않았던 나는 예수가 죽음을 양보하듯 이곳을 골랐다. 성큼성큼 방으로 걸어 들어가니 이층 침대 하나와 싱글 침대 하나. 지린내가 나는 화장실이 딸린 방이었다. 이 집에 있는 방 중에는 가장 크다는 방. 이층 침대의 위 칸에는 해가 하늘만큼 떠 있음에도 불구하고, 아직 잠들어 있는 남자가 한 명 있었고, 싱글 침대에 앉아 있던 앳돼 보이는 남자는 어정쩡하게 일어서며 우리를 맞이했다. 도수가 상당히 높아 보이는 안경, 헝클어진 곱슬머리, 하와이안 셔츠에 교회 반바지. 손에는 영어회화책 그리고 이어폰 속에서는 유행하는 한국 노래가 크게 흘러나오고 있었다. 그는 스물한 살이며, 아직 군대도 다녀오지 않은 상태라고 했다. 관심은 없기에 귀로 그의 말을 흘려들으며 눈으로는 방을 훑었다.

대화는 어느새 점심을 함께 먹으러 가자는 방향으로 흘러갔고, 한식당에 들어가니 익숙한 냄새가 났다. 자리에 앉아 브리즈번은 어떤 것 같냐는 뻔한 질문을 하며 설명을 장황하게도 늘어놓는 마스터의 말을 듣는다. 그의 모든 것이 탐탁지 않았다. 또한 여름이었던 한국에서의 나에게는 아직은 낯선 호주에서의 겨울이 몸을 움츠러들게 만들었다. 사장님이 미역줄기와 멸치볶음 같은 밑반찬과 하얀 연기가 모락모락 나는 설렁탕을 가져다주셨다. 이제 떠나고 나면 한동안은 냄새도 못 맡을 거라며 친구 녀석들과 지겹도록 먹고 다닌 이것들을 채 일주일이 되지 않아 다시 내 입에 가져다 댈 줄은 몰랐다. 참 어딜 가나 이 맛은 비슷하다. 아, 식사를 마치고 물을 마시는데 수돗물 맛이 강하게 났다.

　괜찮다면 시티를 둘러보는 것을 도와주겠다고 해서 어색하게 걸어 다니는 중이다. 간판이야 한국도 영어 간판인 추세라서 엉거주춤하지는 않았다. 월등하게 비율이 높은 외국인들의 개체 수만이 내가 비행으로 일곱 시간이 넘게 걸리는 곳에 와 있다는 것을 조금은 실감 나게 해주었다. 그래도 이곳의 낮 날씨는 참 좋은 것 같다. 덥지도 춥지도 않게 선선했다. 한겨울의 20도. 듣지 않았다면 몰랐을 겨울 날씨였다. 다시 돌아온 로비에서 38층을 눌렀고 40초 정도의 시간 동안 말없이 엘리베이터 문에 비친 우리를 봤다. 문을 열고 들어가니 아까는 마주치지 못했던 낯선 사람들이 부엌에 있다. 물론 그들에게도 내가 낯설었을 것이다.

"이번에 처음 들어오신 분인가 봐요?"라는 그 이상의 그 이하의 격조도 필요 없을 질문을 받은 나는, 장바구니를 탁자에 올려놓지 못한 채로 그들의 질문에 혼이 나듯 답해야 했다. 필요 충분과 필요 이상의 호구조사 과정이 끝나니, 겨우 그들의 덫에서 풀려날 수 있었다.

길게만 느껴지던 복도를 지나 방에 들어가니 이미 하와이안 셔츠와 교회 반바지를 입은 스물한 살은 제 자리에 들어앉아 노트북을 보며 이어폰을 끼고 있었고, 아까는 잠들어 있던 이층 침대의 이층 사람이 내게 인사했다. 첫 인사는, "그 침대 혹시 그쪽 분이 쓰실 건가요?"였다. 얘기를 들어보니, "2층에서 오랫동안 지내며 아래층 사람이 나가기만을 기다렸다. 매번 사다리 타듯 이곳을 오르내리는 것도 불편하고 낡은 기둥 탓에 움직일 때마다 많이 흔들리기에 1층으로 내려가고 싶었는데, 아침에 본인이 잠시 잠든 틈을 타서 당신이 짐을 풀어버려서 당황스럽다."라는 것이었다. 웬만하면 처음 만난 사람과의 앞으로를 위해 배려해 주고 싶었지만 들다 보니 그럼 나도 불편하게 느낄게 뻔한데 왜 나에게 이런 말을 하는 걸까 하는 생각이 들어 "죄송하다."라고 했다.

"아, 그럼 그렇게 하세요."

그는 다시 이불 속으로 기어들어 가며 내가 들으라는 듯이 한숨을 크게 내쉬었다. 잠시 그의 베개 끝을 보다가 지끈거리는 머리를 지그시 누르며 눈을 감았다.

시끄러운 알람 소리에 깨어나니 출근시간이다. 나는 요즘 새벽마다 건물 청소를 하고 아침에는 한식당 주방에서 일을 한다. 한식당이라고 해봐야 별것 없는 곳이다. 제육볶음, 김치찌개. 파란 눈의 외국인이 "소쥬. 주세요." 뭐 이런 곳. 세수도 하지 않은 얼굴 위로 모자를 뒤집어쓰고 열쇠 꾸러미를 챙겼다. 그냥 가지 말까 하는 생각이 새벽마다 머리를 스치지만 지난주에 카지노에서 잃은 돈을 떠올리며 침대를 벗어났다. 신발을 구겨 신으며 바나나 한 개를 물고 집을 나선다. 요란한 소리를 내며 기어가는 새벽 청소 트럭들과 술 취한 미성년 무리를 빠르게 무시하며 걸어가다 편의점에 들러 커피를 샀다. 오늘은 마카다미아 맛이다.

왼손에는 젤리빈을, 오른손에는 손걸레를 들었다. 이어폰을 꽂은 채 일을 하다가 어제의 일이 떠올랐다. 어제는 정말이지…. 마지막 한 시간이 특히 아쉬웠다. 세 번째 카드를 받지 말았어야 했는데, 라는 아쉬움이 계속 남는다. 그 전 게임은 뱅커에 걸었으면 좋았을 것이다. 잃은 돈이 얼마였더라. 칠백 불이었다. 일주일 치 주급. 이 기계 같은 생활을 버틴 일주일의 시간이 단 한 시간 만에 끝났다.

'내일은 기필코 다시 따와야지.'

카지노를 다닌 이후로 다섯 달째, 통장 잔고는 천 불을 넘기지 못하고 있다. 그래서인지 종종 분해서 일이 손에 잡히지 않을 때가 있다. 대신 담배만 늘어간다. 그리고 어느새 불을 붙인 그것을, 나지막이 연기로 내쉬며 눈을 감았다.

본사이 보타니카. 모카. 블렌딩 에콰도르. 퀸 스트리트 중간에 있는 카페에 왔다. 이곳의 모카는 진해서 참 좋다. 다른 도시로 이동할 계획을 세워보는 중이다. 쳇바퀴 같은 생활이 질려버리고 있기 때문이다.

퍼스. 서호주의 끝, 아름다운 바다가 있고 조용함. 한국인 많이 없음.

애들레이드. 예전 성직자들의 도시. 작지만 따뜻함. 한국인 거의 없음.

그리고 브리즈번보다 딱 네 배쯤 크고, 한국인 많고, 날씨가 하도 불규칙적이어서 하루에만 사계절이 있다고 하는 멜버른.

정하기만 하면 바로 떠날 수 있는데 그 결정을 미루고

미루다 오늘까지 왔다. 한참 블로그를 찾아보고 있는데 전화가 울린다. 오늘 저녁 술이나 한잔하자는 가게 사람들의 전화에 밝게 대답했다.

고민 끝에 멜버른에 왔다. 첫인상은… 파리가 아주 많다. 분명 해가 쨍-했었는데 차를 타고 공항에서 시티로 향하는 지금은 날씨가 매우 흐리다. 새로 이사한 쉐어하우스에 짐을 던져 놓고, 한국에서 알던 동생 하나를 만나기로 했다. 종종 이태원의 이코복스에서 만나던 동생이다. 도로에 깔린 트램은 철로를 따라 복잡하게 움직인다. 머리말마다 숫자가 쓰여 있는 그 트램들을 보자 혼란이 왔다. 마지막 트램의 번호는 21일 것 같다는 생각에.

(단언컨대 냉동이었던 스시를 먹으며) 멜버른에 대해 듣는 중이다. 한참을 떠들어 대다가 말이 없어진 틈을 타 물었다. 여기 카지노가 그렇게 크다며?

얼마나 잔 것인지 모르겠다. 오늘은 일주일에 한 번 있는 데이-오프였다. 그리고 어제는 증발하지 않는 물 같았다. 떨리는 손을 주머니에 넣어보았다. 역시나 있다. 「베스트」가 주머니에 들어 있다.

지난밤, 돈을 잃은 것에 대한 복수심을 못 이긴 나는, 다시 한번 카지노를 갔다.

삼십 분, 한 시간…. 나의 칩은 시간이 지날수록 티 나게 줄어들고 있었다. 한참을 고민하고, 나름대로 계산한 것과는 반대로 나오는 카드를 보며 속으로 욕을 하기도 했고. 주먹을 불끈 쥐면서 카드를 있는 힘껏 구겨버리기도 했다. 그리고 소리를 지르며 좋아하기도 했다.

여기서 멈추면 절반은 가져올 수 있는데, 그러지를 못했고, 잔액은 오르락내리락하는 중이었다. 잠시 소강상태에 접어들자, 담배를 태우러 나갔다. 핑크색 그림이 걸려 있는 화장실에서 볼일을 보다가 종이 하나가 보였다. 그것은 나의 눈에 정확히 들어와 맞았다. 무심코 오른손이 간다. 왜 주웠는지는 잘 모르겠다. 그냥 손이 갔다. 종이를 확인한 나는 고개를 들어 주위를 둘러봐야 했다. 공이 한두 개가 아니다. 주인이 놓고 간 걸까? 그럴 리 없었다. 잃어버린 것 같았다. 내가 주웠다는 걸 금방 찾을 수 있겠지. 아니다. 어디서 잃어버렸는지도 모르면서 카메라를 돌려볼 수는 없을 것이다. 그리고 여기는 화장실이다. 카메라가 있을 리 만무했다. 당연히. 그리고 적어도 그 순간에 나의 주변에는 아무도 있지 않았었다. 여기까지 고민을 마치는데 몇 초 남짓 걸렸다. 나는 빠르게 크라운 카지노를 나왔고, 보이는 노란 택시를 잡아탔다. 일단, 일단, 집으로. 그래. 아베켓 스트리트로.

집에 도착한 나는 처음으로 매춘부의 다리와 종아리를 쓰다듬어 보는 사람처럼 손을 덜덜 떨며 냉장고에 들어 있던 코로나 맥주를 꺼냈고, 뚜껑을 따자마자 들이킨 후에 담배를 태웠다. 오른쪽 주머니 안을 꽉 움켜쥔 채. 그리고 그렇게 잠이 들었다. 자세한 건 내일 생각하기로 하면서.

아무 일도 없었던 것처럼 아침을 맞이했다. 아직 새벽 근무를 위한 알람이 울리려면 한 시간이나 있어야 한다. 교활하게 눈을 감았지만 도무지 다시 잠이 오질 않았다. 술기운도 다해버린 것이다. 아직 떨리는 손이 말해주듯 이것은 지나치게 현실인 듯했다. 파르르 눈이 떨려왔고 이내 심장이 두근거렸다. 내가 무슨 짓을 해버린 걸까. 등줄기를 타고 식지 않는 땀이 흐르는 듯했다. 그 열기마저 식지 않은 시간만이 긴장감 있게 느껴진다. 아무것도 달라질 것 없는 아침일 뿐이라고 생각하자. 아무것도 달라질 것 없는. 아무것도. 달라질 것 없는. 그런 아침.

출근을 하려 하는데 유난히도 해가 나를 비추는 것 같다. 모든 것을 알고 있다는 듯이 뚫어지게 보고 있었다.

구름 하나 없는 하늘은 깨끗하지 못한 마음을 투영하고 있었다. 어제와 같은 오늘이 어제와 달랐다. 난 달라져 있었다. 물론 바쁘게 제 갈 길을 재촉하는 차들, 무심하게 뒤바뀌는 신호등, 건반처럼 늘어진 횡단보도, 스크램블처럼 규칙적이지만 제멋대로 섞여 있는 사람들은 그대로였다. 답답한 마음에 복도의 창문을 열었다. 한없이 멀어져 있는 바닥을 보며, 이백 미터 아래의 세상을 보며, 그곳으로 곤두박질치는 상상을 했다. 자유낙하 운동이 그것이랬나. 그 순간 다시 한번 등에서 식은땀이 났다. 긴장을 해버린 것일지. 그렇게 하고 싶지만 그렇게 하고 싶지 않았다. 두려움이라는 감정을 이제서야 느끼는 것 같다. 마음만큼이나 떠 있는 앞머리를 쓸어내리며 나를 다스렸다. 세수를 하는 것도 아닌 것이 연신 얼굴을 투박하고, 거친 손으로 문질렀다. 심장이 뜨겁게 뛰고 있었다.

새끼손가락 언저리에 검붉은 자국은 뭐지? 꿈이 아니라는 우연에 입술이 말라간다. 그것이 혓바닥 끝으로도 느껴졌다. 다시 한번 쳐다본 손가락. 온 신경이 그곳으로 갔다. 나는 지난밤, 사람을 죽였다.


영화에서 보면 흔적을 지우고, 목격자를 찾고, 쫓기던 용의자는 자살을 하기도 하던데. 솔직히 아무것도 실감이

나질 않는다. 왜인지 나만 말하지 않는다면, 아무에게도
티를 내지 않는다면, 이 세상 누구도 나의 실수를 몰라줄
것 같아서였으니까. 어쩌면 실수이니까 넘어갈 수도 있을
것 같았다. 길거리에 쓰레기를 버려놓고, 모른 체 지나가
는 사람처럼 말이다. 그 모습이 영수증을 바지 주머니에
넣으려다 떨어트린 채로 버스를 타러 가는 남자와 닮은
것 같았다.

저녁에서 밤으로 넘어가는 시간쯤이었다. 사람들 틈에
서 걷고 있었던 것이 기억이 난다. 「목적지」 없이. 집을 향
해 가는 중이었다. 퇴근이 늦은 동료들과 가벼운 술자리
가 있었지만, 취하면 안 되는 날이었기 때문에 말하기 민
망할 만큼 술을 마시지 않았다. 이것은 탈리스커 위스키
에 라임을 짜 넣을 정도로 정신없는 밤. 발걸음마저 경쾌
하게 들릴 만큼의 취기. 자리에 여자는 없었다. 자랑을 한
바탕 늘어놓고 싶은 욕망을 잘 억누른 것 같다. 이제 그
종이 쪼가리에 쓰여 있던 돈을 바꾸러 갈 때가 됐다. 그렇
게 샬롯 스트리트에서 제임스 스트리트로 꺾어지는 골목
으로, 나는 걸어갔다. 무채색의 거리를 거닐며, 주황색
가로등이 저만치서 빛을 발하는 것도 보고 있었다. 세상
으로 세상으로. 발을 내딛던 중에 나를 부르는 듯한 소리
에 뒤를 돌아보았다.

정확히 이 거리에는 그와 나만이 서 있는 듯했고, 나는 라임 넣은 탈리스커 한 잔의 취기 때문이었는지 망설임 없이 그를 바라봤다. "약간은 겁을 먹으며 돌아봤다."라고 해야 맞는 것 같다. 175센티미터쯤 돼 보이는 키에 다부진 몸. 카멜색 작업화를 신고 형광색 조끼를 입은 그의 겉모습은 일용직 노동자 혹은 엔지니어. 그 낯선 그림자는 천천히 내게 다가왔다. 무어라고 말을 했지만, 잘 들리지는 않았다. 이윽고 앞에 선 그의 얼굴이 낱낱이 눈에 들어왔다. 회색이 약간 섞인 파란 눈에 뿌리가 검은색인 금발의 머리, 몸에 비해 마른 다리에 제멋대로 나 있는 털, 먼지가 잔뜩 묻어 있는 손목시계, 손목 아래로 보이는 타투. 빠르게 말을 뱉는 그에게 다시 한번 말해줄 수 있겠냐고, 다시 생각해 보면 평소의 난, 그런 상황에서의 그런 대화를 좋아하지 않았다. 그냥 무시하고 갔어도 됐을 텐데 겁 없이 돌아본 이유를 아직도 모르겠다. 아무튼 그의 말을 인용해 보자면,

"화장실을 갔었다. 경계심 없이 당첨금이 적힌 종이를 올려놓았다."

"나간 사람은 내가 마지막. 들어간 사람은 네가 마지막. 그리고 태연하게 그것을 가지고 가는 너를 보았고 뒤따라갔다."

그는 목적이 있어 나를 찾아온 것이다. 품에 손을 넣고 가는 나를 빠르게 뒤따랐지만 어느새 차를 타고 홀연히 사라졌고, 그렇게 그는 나를 놓쳤다고 했다. 지금 그 종이가 들어 있는 오른쪽 뒷주머니가 뜨겁다. 그리고 뺨이 약간 떨리기 시작했다. 다리는 흥분을 멈출 수 없을 지경이었다. 이건 분명히 그의 것. 미안하다고 하면서 돌려주면 끝이 날까? 무슨 말을 해야 할지 모르겠다. 낮은 확률로 그의 것이 아닐 수도 있었지만, 최소한 그것을 아는 사람임에는 틀림이 없었고, 그 정도의 인지능력이 작동하고 있지도 않았다. 그의 워딩은 확실히 단호했다. "돌려주지 않으면 재미없어질 것."이라는 말과 함께 다부진 그의 주먹을 내보이며 누런 이를 드러냈다. 이것이 굳이 그렇게 인적이 드문 곳에서 나에게 말을 걸었던 이유였다. 그는 위협적으로 말을 하며 나에게 침을 튀겨댔다. 나는 쥐덫에 걸린 것처럼 절망적으로 발버둥 쳤고, 불안해하며 두려워했다. 아무런 대꾸를 할 수가 없다. 어떻게 하면 이 상황을 빠져나갈 수 있을까 하는 생각뿐이다. 그 이면에는 이것을 그에게 돌려주고 싶지 않다는 마음이 확실하게 있었다. 그가 굳이 경찰을 부르지 않은 이유는 무엇이었을까?

잠시간 대화가 없던 그곳에서 통을 깬 것은 그였다. 그는 나의 옷깃을 예고 없이 휘어잡았다. 장담컨대 그것은 그의 절반도 못 미치는 힘이었다. 나는 아무런 저항도 못한 채 2미터쯤 날아갔다. 아니, 던져졌다. 내 몸은 철제 쓰레기통에 우습게 부딪히며 요란한 소리를 냈다. 등과 허리를 움츠리며 본능적으로 손에 잡히는 건 일단 2미터쯤 허공에다가 던졌던 것 같다. 벽에 부딪히는지 그에게 부딪히는지도 모르겠는 둔탁한 소리가 이따금씩 났다가 연신 바닥을 뒹굴었고, 살아야 한다는 생각이 절실하게 들었었다. 어쩌면 그 모든 것이 탄로 날까 두려웠던 것 같기도 하다.

얼마나 뒤엉켰는지 모르게 소란은 빠르게 고요해졌다. 골목은 싸늘하게 식어갔고, 나는 투박한 숨을 몰아쉬었다. 못나게 감은 눈을 찡긋 떠보니, 원래 그랬는지 그렇게 된 것인지 모르겠는 빨간 벽돌이 그의 몸뚱어리 곁에 나란히 누워 있었다. 그리고 두 주먹만 한 그의 머리에서 끈적하고 따뜻했을 것이 흐르고 있었다. 거칠게 숨을 몰아쉬던 그는 나에게 더 이상 달려들지 않았다. 겁이 묻어 있는 손가락 끝으로 그를 찔러보았다. 움직이지 않는다. 이상하다. 조금 더 가까이 다가가 골라본 그의 숨결은 고르게 평이했다. 멈칫하며 떨리는 오른손을 그의 왼쪽 심장에 갖다 대 보았다. 요란하게 나를 밀어낼 것 같던 그것은 요동치지 않고, 가만히 있다. 나의 왼쪽 심장에 손을 대보

앞다. 그리고 다시 한번 그의 것에 손바닥을 가져갔다. 그는 여전하다.

그것을 보며 가장 처음 들었던 생각은 안도감이었다. 내 인생의 가장 아득하게 무서웠던 시간들 중 겨우 몇 분. 어둑해지던 골목길은 한 치 앞을 내다보기 어려울 만큼 고독해졌다. 이제 어떻게 하면 좋나… 라는 생각이 들던 것도 그 무렵이었다. 내 심장만이 빠르게 뛰기 시작한다. 얍삽하게 주위를 둘러보니, 이 골목에 다른 눈은 없는 것 같다. 더 확실히 해야겠다. 카메라를 빠르게 찾았다. 없다. 하나도 없다. 아무것도 없다고 믿고 싶다. 그렇다면 우리의 뒤엉킴을 본 사람도, 볼 사람도 없었다. 차분하게 숨을 고르며 생각했다. 거구는 아니지만 조금 오래 의식이 없는 이것을 어떻게 처리해야 할까? 눈빛이 반짝였다. 일단 제너럴 웨이스트라고 쓰여 있는 스테인리스 통들의 가장자리로 그를 구겨 넣었다. 이때 이미 혼자 들기 버거울 만큼 무거워서 질질 끌어야 했다. 그리고 입고 있던 겉옷을 벗어 시체를 덮어놓고, 티 나지 않게 걸어야 한다는 생각으로 골목을 걸어 나갔다. 기억이 맞는다면 이 근처에 있다. 횡단보도를 건너 「보틀 숍」이라고 불이 켜진 곳에 들어갔다. 점원에게 인사도 하지 않은 채 가장 저렴한 보드카 두 병을 샀다.

다시 두리번거리며, 시체가 있는 골목길로 돌아갔다. 골목의 어둠은 빠르게 나를 덮쳐왔다. 그의 그림자가 이곳까지 뻗쳐 있는 것 같았다. 벗어둔 옷가지를 걷어내며 그가 멀쩡히 걸어 나갔을지도 모른다는 발칙한 상상을 했지만 역시나 그대로 늘어져 있었다. 방금 산 보드카를 그의 몸에 들이붓는다. 물인지 피인지 모르는 그것들이 미지근하게 내 몸에도 튀었다. 손바닥으로 물자국을 문지르며 휴대폰을 꺼냈다. 며칠 전 낚시를 하러 갔던 호수, 에드런까지 20킬로미터 남짓. 삼십 달러가 넘어가는 우버의 예상금액을 보자 아깝다는 생각을 했다. 이윽고 고요한 골목 속 유일하게 살아 있는 전화가 요란하게 울렸고 드라이버가 들으라는 듯이 "좀 일어나 보라."라는 혼잣말을 크게 하며 그의 차에 탔다. 지독한 보드카 냄새에 드라이버는 "이 자는 왜 이렇게 취한 것이냐."라고 내게 물어오며, 혹시나 차에다가 토를 하면 안 된다는 경고도 했다. 나는 변변찮은 변명으로 둘러댔다. 친구가 애인이랑 헤어지더니 만취한 것 같다고.

그 후로도 기사는 몇 번 더 말을 걸어왔지만 단답으로 일관한 나의 태도에 서운했는지 말없이 운전대를 잡고 밤이 내려앉은 길을 나아갔다. 에드런 호수 근처 주황색 벽돌집이 보이는 곳까지 오자, 이곳에서 멈춰달라는 말을 했다. 차에서 내린 나와 그것은 외딴 숲길을 걸어갔다. 정확히는 의지가 없는 그의 다리를 내가 끌고 있었다. 한 발자국 내디딜 때마다 가파르게 날숨을 내뱉었다. 에드런 호수에는 잔잔한 달빛이 은은하게 깔려 있었다. 오직 이곳의 풀벌레 소리만이 나를 편안하게 해주고 있다. 보드카를 담았던 캐리어백의 손잡이 끈 두 개를 뜯었다. 그것들을 연결한 후에 눈에 보이는 것들 중에 크기가 맞아 보이는 돌 하나를 주워 둘러 묶었다. 그리고 그 끝을 시체의 발목에 매달았다. 다시 질질 끌어 호숫가까지 발이 잠기게 들어갔다. 이윽고 배부터 끌어 올린 소리를 내며 가까스로 그 짐을 물 안쪽으로 던져 넣었다. 강가에서 돌멩이를 날렸을 때와는 다른 소리가 났다. 첨벙 소리를 내며 탁한 물속으로 빠르게 잠수하는 그의 모습을 보니 이게 꽤 현실이라는 것이 떠올랐던 순간이었다. 여기까지. 그리고 지금이다. 지난 새벽 집으로 돌아온 나는 샤워를 네 번이나 했다. 지워도 지워도 지워지지 않는 것 같은 추한 느낌 때문이다. 하지만 잠은 금방 들었나 보다. 멜버른 경찰서에서 전화라도 와 있지 않았을까 하며, 떨리는 마음을 억누른 채 침대 위에서 뒤집혀 있는 전화기를 들었다. 아무것도 없다. 혹시 뉴스에서 이 사건이 보도된 건 아닐까 빠르게 찾아봤지만, 어디에도 그와 나의 흔적은 있지 않았다. 아직. 직원용 휴게실에 있는 간이 화장실에서 문을 걸어 잠그고, 가지고 있던 그 종이를 다시 꺼내 보았다. 일, 십, 백, 천… 십만이었다. 십만. 이제는 돌이킬 수 없다. 무언가 생각이 스친 나는 오피스 보스에게 전화를 걸었다.

"노티스를 내고 싶다."

통화를 마친 나는 캐비닛에서 짐을 챙기고, 쉐어하우스로 돌아왔다. 그리고 그때까지의 모든 과정 중에 어제의 실수만 없었던 것처럼 행동했다. 그냥 이 종이가 나에게 생겼다고 말이다. 그래서인지 갑자기 허기가 밀려온다. 살인자의 몸도 결국은 똑같다. 냉장고를 열어 반쯤 남은 오렌지주스를 꺼냈다. 하지만 뚜껑을 열자마자 헛구역질이 밀려오기 시작했다. 화장실로 급히 달려가 커버를 내린 변기 위에 주저앉았다. 식은땀이 났다. 신장이 다시 빠르게 요동친다. 세면대 물을 적당히 틀고 속을 게워냈다. 갑자기 왜 이러는 걸까? 고통의 눈물인지 참회의 눈물인지 모르는 것도 세면대의 물과 함께 흘려보냈다. 아니다. 아무래도 안 되겠다. 샤워를 해야겠다. 속옷을 벗어 미온수에 몸을 넣었다가 온도를 조금 올렸다. 뜨거웠지만 참을 만했다. 머릿속에서는 하염없이 어제의 시간이 재생되고 있다. 고개를 휘저으며 물을 끄니 한기가 느껴졌다. 하지만 어제의 그 몸이 내뿜던 차가움만큼은 아니었다. 딱 내 양심만큼 차가웠다. 얼마나 물속에 있었던 건지 바깥 공기를 쐬자 현기증이 났다. 밖이라도 나갔다 오는 게 나을 것 같다는 생각이 들었다. 옷을 입는데 여기저기 팔과 다리를 부딪쳤다. 신경이 온통 그곳에 가 있는 탓이었다. 잠시 눈을 감았다.

탕탕탕 치는 소리에 정신을 차리니 내 몸은 밧줄로 우악스럽게 묶여 있었다. 아래를 내려다보니 죄수들이나 입는 주황색 옷을 입고 있었다. 추하다. 연신 터지는 플래시에 눈을 깜빡였다. 익숙한 목소리에 뒤를 돌아보니 낯익은 얼굴들이 보였다. 어떻게 여기까지 왔을까? 오열하는 그들의 모습을 보며 미안하다는 생각이 들었다. 내 손으로 잔인한 무언가를 했기 때문에는 아니었다. 그냥 그들에게 실망감을 안겨준 게 미안하다. 안타까움에 다시 눈을 지그시 감았다.

먼지가 피부에 달라붙는 느낌에 놀라 주변을 둘러보니 회색빛 콘크리트 속에 들어 있다. 한 평 남짓한 그곳은 온전히 나만의 공간이었다. 일정하게 나 있는 창틀을 바라보았다. 딱 내 눈높이 만큼에 있었기에 감정 없이 그곳을 올려다볼 수 있었다. 그 틈을 비집고 햇볕이 내리쬔다. 보랏빛으로 물이 든 꽃잎이 콘크리트 사이 꼿꼿이 서 있었다. 꽃에게 물었다. 나는 누구인가? 한참을 대답이 없던 것이 불현듯 내게 말했다.

"너."

머리끝이 저린 느낌이 들며 감았던 눈을 서서히 떴다. 부은 눈 때문에 앞이 잘 보이지 않았다. 멍한 기분이 든다. 이곳이 어디인지 나는 무엇을 하고 있었는지 생각이 나지 않는다. 잠시, 상황이 머릿속에 들어오지 않았고, 기억을 더듬어 꿈을 좇으려 했지만 그럴수록 내게서 달아날 뿐이었다.

"아침 먹고 갈래?"

한참 동안 나를 지켜보고 있었던 것 같은 표정을 하고 있는 여자가 물었다. 아직 현실인지가 되지 않는 중이다.

"무슨 꿈을 꾸길래 그렇게 인상을 쓰고 있었대."라고 말하고는 스트라이프 팬티를 보이며 얇은 꼼데가르송 카디건을 걸친 채로 주방으로 갔다.

"아니야. 아무것도."

유독 한 곳으로 시선이 가는 채로 말했다.

육식동물

「나이트 캡」. 자는 동안 머리가 헝클어지는 것을 피하기 위해 쓰는 챙 없는 모자이다. 지금은 잠들기 직전에 마시는 칵테일이라는 의미로 더 많이 쓰고 있다. 럼, 브랜디, 육두구, 아니스가 들어간 술, 뜨거운 우유. 대체로 달고, 은은하며, 가볍지 않은 것들이다. 목마름이 느껴지는 지금은 단순히 물로는 채울 수 없는 것이 있었다.

"차라리 스푸모니가 좋겠다."라고 혼잣말을 하며 곧장 택시를 잡아탔다. 압구정 로데오역. 바 제스트. 일요일 오후에도 영업을 하는 곳이다. 표현이 유치해 보이지만 "일요일의 살인마." 타이틀을 들고 간다. 왜 옛날 영화에서 나올 법한 것들 말이다. 낮에는 교회를 다니지만 밤이 되면 전기톱을 들고 엽기적인 살인을 하러 다니는 이중인격 완벽주의자? 그리고 미제 사건이 된 그것을 좇는 시골 형사의 이야기. 제목을 짓는다면 우스꽝스럽지만 썬브리즈 번으로 할 것이다.

"스푸모니 한 잔 부탁드립니다."

아이보리색 니트 위에 에이프런을 입은 바텐더가 자몽을 꺼내 썰기 시작했다. 드뷔시의 아라베스크 같은 청량하고, 때 묻지 않은 향기가 났다. 눈이 녹지 않은 산 위에 올라 고요한 강물이 흐르는 것을 지켜보고 있는 기분이다. 이따금씩 물결이 흩어지는 곳. 스푸모니는 금세 내 앞에 놓였다. 아래에서 위로 솟구치는 탄산을 보는 것만으로도 갈증이 가시는 것 같았다. 나는 그것을 한 번에 들이켰다. 바텐더는 잠시 놀라는 듯하더니 이내 평정심을 되찾고 나에게 추가 주문은 없는지 물었다.

"같은 걸로. 한 잔 더 주세요."

그는 속으로 '한 번에 두 잔을 시켰으면 좋았잖아.'라고 생각했을까? 모르겠다.

오후 5시가 조금 넘은 시간. 스푸모니 세 잔을 연달아 마시고 나왔다. 물은 일절 손에도 대지 않은 채. 유난히 긴장한 오른팔이 어깨부터 저려온다. 그러고 보면 유토피아라는 건 어렵지 않다. 다만, 수평선으로 왔다가 지평선으로 사라질 뿐이다. 내가 보고 들은 세상. 데뷔가 만지고 느낀 세상. K의 이상향. 그리고 A의 낙원. 순간의 강렬한 색채와 비틀지 않은 그림자. 지극히 도회적인 삶. 때로 목가적인 것을 추구한다. 빛이 없는 시골의 밤과 낭만이 없는 서울의 아침. 돌아가고 싶은, 돌아갈 수 없는. 검은 머리의 이방인처럼 도시의 거리를 활보했다. 그의 안식처는 어디에도 없다는 듯이 멈출 생각을 않는다. 그렇게 나는, 데뷔는, 그는, K는, A는. 걸어보지도 않은 채 길을 잃었다. 그곳에 B는 없었다.

*

"데뷔!"

나무 끊는 소리가 들린다. 쇠소깍이 부딪힌다. 이내 쨍그랑거리며 불안정한 선반 위에 올라가 있던 유리 플라스크가 떨어졌다. 온통 흰 벽으로 막혀 있는 방에 있다. 자세히 보니 벽 사이로 작은 틈이 하나 있다.

"데뷔…"

공기를 찢고 들리는 소리는 이름 모를 남성의 것이었다.

"목숨이 달린 일이라고 생각을 해야 해."

데뷔가 말했다.

"목숨은 언제나 달려 있어. 끝을 내는 방법 역시도 알고 있고. 다만……."

"다만?"

"두려움인 건지 자기 기만인 건지 모르겠어."

K가 말했다.

"뭘 망설여 살인도 한 주제에."

데뷔가 냉소적인 표정으로 K를 바라봤다. K가 말을 잇지 못하자 데뷔가 말한다.

"그것과 그것은 다르다? 그들은 죄가 있고, 그들은 죄가 없다? 그들은 아프고, 그들은 웃음이 없다. 그들은 있고, 그들은 없다. 여기서 그들이 누구고 그들이 누구인지는 그의 마음에 달려 있다. 그렇다면 그들은 누구인가? K. 너는 가짜 거미줄을 만들고 있는 가짜 거미일 뿐이야. 「진짜」가 아닌 「가짜」. 실체 없는 대상을 향한 무차별적인 분노를 드러내고, 빛을 보면 어둠으로 숨는 거미처럼, 진실과 상관없는 선동을 하면서 이성적인 판단이 결여된 모순적인 모습인 것이라고."

"네가 보는 나는 그런 거야?"

K가 고통스럽게 입을 열었다.

"주황색 같은 사람."

"주황색?"

호기심 가득한 눈으로 K가 데뷔를 바라봤다.

"그래. 주황색. 듣자마자 떠올린 생각이야."

흥미가 생기는 말이다.

"그게 뭔데?"

"음, 밝지만 어딘지 모를 울적함 같은 것이 보인다고 해야 할까."

K는 조용히 고개를 끄덕이며 맞장구를 쳤다.

"울적함…."

"우울하면서도 외로움이 느껴지는 그런 거지. 봄이야. 4월 중순 즈음. 꽃이 막 활짝 펴 있고, 싱그러운 소리가 나고, 햇살도 따스한 때. 찬찬히 그것들을 내려다보던 네가 주황색이라는 색깔을 발견하는 거야."

눈을 감고 상상하던 K가 지그시 눈을 뜨자 데뷔가 말을 이었다.

"그때의 느낌이랑. 이번에는 겨울인 거야. 11월도 끝나가는 눈이 오기 전의 겨울. 퇴근 시간도 지난 밤. 오가는 사람도 몇 없는 것 같은 거리는 앙상한 나뭇가지와 가로등 불빛 그리고 그 그림자만이 있어. 그곳을 지나던 넌 우연히 발견하는 거야. 그 속에서의 주황색을."

"아."

육식동물 **183**

"그때의 느낌. 봄의 것과 겨울의 것이 네게서 동시에 보인다고 해야 할까?"

"그래서…"

허공을 응시한 채로 K가 말했다.

"응. 주황색."

그렇게 반 시간 가까이 횡단보도 옆에 서 있던 K를 아는 체하는 사람은 한 명도 없었다.

*

아직 에어컨 냄새가 빠지지 않은 지하의 작은 바에 들어갔다. 빨간색 페이즐리 넥타이와 검은 바탕 위에 흰 줄이 세로로 그어져 있는 스트라이프 베스트를 입은 바텐더가 그날 쓰게 될 레몬과 오렌지를 닦아서 정리하고 있다. 의자를 빼주는 서비스는 없지만 상관없는 것 같다. 나는 미지근한 물 한 잔과 재떨이를 부탁했다. 그리고 메뉴판은 주지 않아도 된다는 말도 덧붙였다.

"네그로니 한 잔. 레몬필로 부탁드립니다."

그와 눈은 마주치지 않은 채로 칵테일 한 잔을 주문했다. 저녁 식사 대신으로 마시는 것치고는 비터 한 조합이다. 가장 끝자리 바로 머리 위에 있는 스피커에서는 존 콜트레인의 '나이마'가 낮게 들린다. 쾌락과는 거리가 멀고,

영겁보다 길게 느껴지는 음악이다. '나이마'에는 썩은 무화과 잼과 매끈한 유리, 꾸밈없는 남색, 지극히 사적인 어떤 것들이 떠오르게 하는 힘이 있다. 그리고 얼음과 술이 스터를 통해서 섞일 땐 왈츠만큼 부드러운 경쾌한 소리가 난다.

잠시 후 아스팔트가 춤을 추고 있는 것처럼, 울렁이는 잔 하나가 내 앞에 놓였다. 산뜻한 레몬 향기에 무의식적으로 코를 가까이 가져다 댔다. 한 모금 가득 마신 후에 습관처럼 꺼내든 만년필로 의미 없는 문장들을 적어 내려가기 시작한다. 내 행동들은 누군가가 보기엔 명민하고, 실리적인 것처럼 보였을 것이다. 사각형인데 정사각형은 되지 못하는 것들만 반복적으로 그리는 중이라는 것만 모를 수 있다면 말이다. 비중 차이에 의해 녹은 얼음은 위로, 진, 캄파리, 버무스 따위의 것들은 아래로 내려가기 시작했다. 미술에서는 이것을 그라데이션이라고 한다.

"이건 그저 싱거운 네그로니일 뿐이지."

아무도 들을 수 없게, 그러나 나 자신에게는 확실하게 들릴 수 있는 목소리로 소리 내어 말했다. 레몬과 오렌지의 분류를 마친 바텐더가 서서히 테이블 사이를 지나다니는 것이 보인다. 버건디와 골드가 반씩 섞인 그의 페이즐리 넥타이가 턱의 오른쪽으로 돌아가 있었지만, 나는 그와 그 이상의 잡담은 나누고 싶지 않았으므로 싱거운 네그로니만 기꺼이 마시기로 했다. 입안의 축제는 축제라기보다는 인위적인 황홀경에 가까웠다. 시간에 쫓기지 않고 있었기 때문이다. 하지만 형편없는 네그로니를 마시는 게 금요일 저녁을 혼자 보내는 것보다 가치 있다고 생각했기에 나는 만족했다. 미지근한 물이 계속 채워지고, 나의 왼쪽과 오른쪽에는 각기 다른 옷을 입은 잔들이 쌓여간다. 빨라지는 템포를 따라서 취기가 오르고 있다. "아직 이른데."라는 말을 하며 두 번째 그리고 세 번째 잔을 주문했다. 바텐더는 "잠시만 기다려 주시겠어요?"라는 말을 하며 작은 검은색 돌 플레이트에 초리조 몇 개를 구워서 녹은 네그로니와 라임 껍질이 떠 있는 마가리타 사이에 주었다.

"넛츠를 먹고 싶을 땐 어떻게 주문하면 되나요?"

없는데 모르는 것인지, 있는데 못 찾는 것인지, 내 말을 들은 그는 찬장을 열었다가 표시가 없는 유리병의 뚜껑을 열었다가 했다. 그를 기다리며 퀸과 잭을 한꺼번에 삼켜버리는 킹처럼 거만하게 앉아 앞에 놓인 두 개의 잔을 연달아 보는 중이다. 이곳에서 내가 얻어 갈 수 있는 것이라고는 조금의 호의와 금요일의 기억을 날려버릴 이백 밀리리터 정도의 알코올뿐이지만, 에어컨 냄새를 신경 쓰지 않을 만큼 지금의 내가 느끼는 것들은 자극적이지 않았다.

*

정신을 차리니 동그란 손잡이가 있는 철문을 두드리고 있다. 한낮의 햇빛이 계단 옆 창틈으로 강하게 들어오는 시간이다. 몇 시쯤인지 모르겠지만 가늠은 되는 정도? 술에 절어서인지 눈이 부셔서인지 모르게 얼굴을 찡그리고 몇 번 더 철문을 두드렸다. 이윽고 안에서 누군가 문을 열고 나왔다.

"이렇게 갑자기 찾아오면 어떡해! 넌 경우도 없어?"

화가 난 목소리로 B가 말했다.

"일단, 일단 들어갈게."

데뷔는 막무가내로 그녀를 밀치고 안으로 들어갔다. 신발도 벗지 않은 채로.

"너 진짜 뭐 하자는 거야? 나 경찰 부를 거야. 당장 내 집에서 꺼져!"

"잠깐 얘기 좀 해. 잠깐이면 돼."

"네가 하는 말 들을 생각도 없고, 듣고 싶지도 않아."

데뷔는 무어라 말을 했지만, 어느 나라의 말로도 표현할 수 없는 수준의 중얼거림에 불과했다. 그리고 버릇처럼 손을 씻기 위해 화장실로 갔고, 그를 뒤쫓아온 B가 말했다.

"넌 정말 최악이다. 데뷔."

그는 그녀의 다음 말을 들을 수 없었다.


데뷔는 원래의 색보다 더 진해진 붉은 벽돌을 내려놓았다. 그것은 칙칙한 화이트가 전부인 이곳의 분위기를 크리스마스에 맞게 바꿔보자며 한편에 쌓아두었던 것들 중 하나였다. 수사슴 오너먼트와 플라스틱 트리도 보인다. 오른손은 미세하게 떨리고 있다. 핑계가 필요했다. 살인 충동쯤이야 한 번씩 고개를 내밀 때가 있었지만, 적당한 명분이 없었달까…. 저녁을 만드는 B가 칼을 쥐고 있을 때마다, 자신을 먼저 좀 찔러줬으면 하는 헛된 망상도 있었다. 그러고 보니 문득 그녀가 하려던 뒤의 말이 무엇이었을까 궁금해졌다. 한바탕 욕을 했으려나? 욕조 옆에 놓여 있던 세면도구를 집어던졌으려나? 굳게 닫힌 대문처럼 무거운 입술을 들어 올려 이빨을 손가락으로 두드려 보았다. 화장이 지워진다며 인상을 쓰고 있었을 텐데, 라는 생각을 했다. '이제 어떻게 하지?'라는 마음이 '왜 그랬지?'라는 마음보다 앞서 들었다. 이건 마치 길가에 아무렇게나 떨어져 있는 은행을 하나씩 짓밟으며 가는 사람이 된 기분이다.

내려놓았던(지금은 살해 도구가 된) 빨간색 벽돌을 다시 집었다. 맥박이 없는 건 진즉에 확인했지만 몇 번 더 내리쳐 보고 싶은 충동이 일었기 때문이었다. 밀가루 반죽을 수영장에서 던지는 소리가 났지만 처음만큼의 쾌감은 없다. 계획과는 다르게 순간적으로 저질러 버린 일에 난처한 감정이 든다. 치밀하지 못했다. 이미 저질러진 일이니 수습은 스스로 해야 한다. 지금부터 남는 지문들에 신경을 써야 한다는 생각이 들었다. 팔꿈치로 간신히 세면대의 물을 틀어 손을 씻을 수 있었다. 비누는 거품이 묻은 채로 쓰레기통에 버렸다.

자르고, 토막 내고, 불투명한 비닐봉지에 담아 버릴 담력이 아직은 없었기 때문에 찬장 앞으로 가 남은 위스키가 있나 찾았다. 잭다니엘이 한 병 있다. 뚜껑은 한 손에 쥔 채로 그것을 벌컥벌컥 마셨다. 장기 깊숙한 안쪽에서부터 구토를 하고 싶은 마음이 올라왔다. 현실을 부정하고 싶었지만, 욕조 옆 작은 공간에 B가 구겨져 들어가 있다. 사방으로 선홍색 피와 혈관 조각들이 흩뿌려진 상태로. 다시 생각해 보니 어떤 기분으로 그녀를 내리쳤던 것이었는지 기억이 나지 않는다. 지극히 낮은 확률로 방금 일어났던 일의 시간이 되돌아가는 경우가 있지만, 대개의 이유 정도로는 세상이 열역학의 법칙을 무시하며 과거로 돌아가지 않는다. 인생의 많은 부분이.

그렇다. 화장실에 애인의 시체가 있다.

*

형태를 알아볼 수 없게 망가진. 여러 개의 고철을 풀을 잔뜩 먹인 반죽으로 뭉쳐놓은 것 같은 이것을 자꾸 보다 보니 역겨운 느낌이 든다. 이 지저분한 장면이 슬슬 지루해지고 있었다. 두 사람이 한 공간에 있었지만 한 사람만 있기 때문이다. 세면대 안으로 벽돌을 던졌다. 부딪히는 소리가 크게 났다. 손을 씻고, 머리를 정돈했다. 근처의 시가를 태울 수 있는 곳으로 가서 술을 한 잔 더 해야겠다. 비릿한 냄새가 머리칼에서 나는 것 같았는데, 향수를 몇 번 뿌리니 금세 묻혀버렸다. 바닐라처럼 달콤하고, 스파이시한 여자 향수 냄새가 강하게 나고 있다. 루트를 적을 노트와 펜, 지갑을 챙겼다. 머리가 복잡할 때 손으로 적어보는 버릇이 있다.

"청담동으로 가주세요."

몬테크리스토 시가를 한 대 입에 물었다. 젖은 이끼, 체다, 삼나무의 향이 났다. 자카파 럼 한 잔을 주문하고 보니 바 안은 만석이었다. 생각을 정리하러 들린 곳에 소음만이 가득하다. 경찰들이 곧 들이닥치겠지? 감옥에도 갈 것이다.

'무기징역이려나⋯.'

첫 살인이니 어느 정도 감형이 있을 것이다. 앞에 놓인 럼 한 잔을 단숨에 들이켰다. 살인죄는 공소시효가 없다. 갑작스러운 긴장감에 몸이 떨린다. 고등학교 때 사귀었던 여자친구에게 삽입을 할 때와는 다른 종류의 떨림이다. 술에 잔뜩 취해 갔던 가라오케의 접대부와 침대에 누웠을 때 느꼈던 긴장감이다. 성병이 있을지도 모르고, 장기밀매 조직에 팔아넘겨 버릴지도 모를 여자의 나체를 보면서 말이다.

매출이 안 나와서 걱정하는 매니저의 얘기를 들어주다가 충동적으로 우드포드 한 병을 주문했다. 이곳은 마지막 신용카드 사용처가 될 것이다. 형사들은 다음 주, 이르면 수일 내로 이곳을 찾는다. 매니저에게 술을 권하니, 그는 나의 악의 없는 잔을 받았다. 상투적인 말들이 오고 간다. 자신의 눈앞에 앉은 남자가 칼을 쓸 자신이 없어서 빨간 벽돌을 쓴 살인범이라는 사실을 모르기에, 도피 생활에는 별 도움이 되지 않지만 얼마간의 시간을 때우기에는 충분한 이야기들을 잘도 했다. 나는 의외로 그의 말을 귀 기울여 듣고 있었고, 그는 그것을 모르는 것처럼 보였다.

남은 우드포드는 매니저의 이름으로 킵을 했다. 이유를 묻기에 "그냥 선물."이라고 대답했다. 그는 더 이상 묻지 않았다. 근처의 조용한 곳으로 가는 것이 좋겠다는 생각으로 이곳을 나왔지만 딱히 갈 곳이 떠오르지는 않는다. 하지만 청담동은 널린 게 위스키 바라 괜찮다.

"저기가 좋겠네."

지하로 내려가는 계단 앞에 레드 카펫이 깔려 있다. 위에는 조명이 하나 달려 있었다. 꺼져 있지만, 그 레드 카펫을 비추고 있었어야 했을 것같이 보였다. 그것이 마음에 든다. 마음껏 드나들어도 그림자가 지지 않는 곳. 계단을 내려가니 좀 전에의 곳과는 다른 바이브가 흐르고 있다. 정교하고, 쿨했다. 구석에 자리를 잡으려, 혼자 앉아 있는 여자가 보여 그 옆으로 가 앉았다.

검은 이브닝드레스를 입은 여자. 그녀와 하룻밤을 보내는 상상을 했다. 죄책감은 혼자 삼키기로 한다. 왼손잡이인 나는 아마도 그 이브닝드레스의 왼쪽부터 벗겼을 것이다. 그때, 신고 있던 하이힐을 벗은 그녀는 그것을 한 손으로 들었다.

"방금 무슨 생각 했어요?"

어느새 이쪽을 보고 있는 여자가 물었다. 나는 아무 말도 할 수 없었다.

*

화려하지만 녹이 슨 곳. 아침보다 밝은 밤. 그러나 어둠보다 어두운 밤이 있는 곳. 유리와 크리스탈, 다이아몬드 사이의 어딘가. 청담동이다. 호스티스는 아니지만 이런 공간에는 비교적 익숙해지려던 참이다. 지하에 있는 바에 내려가며 정신은 한낮인데 방향성이 저녁 즈음인 것을 묻어버렸다. 숨이 가쁜 듯한 기분이 든다. 자욱한 시가 연기만큼이나 존을 채우고 있는 것은 뭘까? 자리에 앉아 잠시 고민을 할 시간도 주지 않을 만큼 눈치 없는 바텐더가 얇은 침묵을 깨기 위해 이쪽으로 걸어오는 것이 보인다. 고개를 떨구려던 타이밍을 놓친 탓에 그와 말을 섞는다.

"인생은 무엇일까요."

이 정도 질문쯤이면 한참은 의미 없는 소리로 보낼 수 있겠지. 하지만 이어진 그의 말은 매끄러운 조약돌을 만지는 기분이 들게 만들었다.

바텐더는 "죽기 위해 걷고 있는 것"이라고 말하고는 소심하게 덧붙였다. "…이 아닐까요."

"죽기 위해."

위한다라. 나는 그의 말을 천천히 곱씹었다. 그 사이에 그는 내가 주문해놓았던 올드 패션드를 만들기 시작했다. 데메레라 설탕, 앙고스튜라비터스와 라이 위스키. 오렌지 필로 마무리한 올드 패션드 한 잔이 가져다주는 안정감이 있다. 각이 져 있는 차가운 얼음과 닿고 나면 뾰족하고 거친 느낌의 호밀로 만든 술이 한껏 부드러워진다. 빠르게 돌아가는 호박색의 소용돌이를 가만히 앉아 보고 있자면, 스치듯 지나쳐간 오늘의 색깔들이 떠오른다. 새벽녘의 가로등 불빛. 유난히 눈에 띄는 초록색 옷을 입은 사람들. 회색 도시. 갈색의 지하철. 한강진역. 어제 하늘색은 피콕 블루. 오늘은 가만 보니 오리엔탈 블루. 아직도 광화문의 색은 노란색. 그중에서도 리본 색. 여전히 그림자는 진하지 않은 검은색. 낮에도 밤에도. 한눈에 다 들어오지 않는 술들이 모여 있는 작지 않은 바에 구석 바로 옆자리에 혼자 앉아 올드 패션드 한 잔을 기다리는 시간이다. 더 이상 마주치고 싶은 색깔은 딱히 떠오르지 않는다. 그저 천천히 다가오고 있는 내 앞의 호박색이 마지막이었으면 좋겠다는 작은 생각. 홍상수의 영화 제목처럼 '지금은 맞고, 그때는 틀리다'. 하루만 더 먼저 "죽기 위해

걷고 있는 것"이라는 이 불쾌한 해답을 들었다면 어땠을
까. 나에게는 언제나 친하지 않은 시간들이 있었다. 시기,
질투, 교태, 사랑, 공포, 체념 등등. 한 가지 익숙해진 것
이 있다면, 죽는 방법. 이제는 이 정도 양이면 대충 몇 시
간쯤 있다가 팔에 주사를 꽂은 채로 눈을 뜨겠지 하는 기
대감도 있다. 묘한 실망감과 함께.

　나에게 섹스는 필요악 같은 존재였다. 기억하고 싶지 않
아도 떠오르는 처음의 그날은 우산을 써도 젖는 어깨 끝
의 가장자리처럼. 보이지는 않아도 축축한 느낌이 들곤
했다. 나는 꽤나 독실한 신자다.

　"였다."라고 하는 게 맞으려나 아무튼.

　하나님을 만나기 위해서는 그분들과도 하나가 되어야
한다는 개소리를 믿었다. 그 정도 따위에도 그저 충실하
게 알량한 민음을 넘겼다. 더러운 과거는 씻어내고 새로
태어날 수 있게 해준다던 이상 속의 그 날과는 거리가 멀
었다. 낡은 여관, 누런 자국이 있는 침대. 그 끝에 걸터앉
아 있던 그는 마시던 종이컵 속 믹스 커피가 내려다보일
만큼 낮은 자세를 하고, 나의 벨트를 황급히 풀었다. 이유
는 없었다. 내가 물어보지 않아서였을 것이다. 나는 그의
빈 정수리를 내려다보며 아무런 감정이 들지 않았다. 분노
가 어딘가에서 소리치는 것도 같았는데… 언제나 일요일

이면 나의 영혼까지 들어오던 그의 몸은 이미 내 안에 들어와 있었지만, 웬일인지 영혼은 들어오지 못했다. 영혼을 담고 있는 그릇은 꼭 이런 형태는 아니라는 것을 알게 됐던 순간이었다. 허리를 만지면 높이 들어주었고, 발목을 잡으면 넓게 벌려주었다. 고통은 없었다. 거친 호흡만이 남아 있는 공간에 홀로 남았다. 양말은 저기 탁자 위에. 팬티는 바닥에.

　구깃구깃 뭉쳐진 휴지 몇 개와 다 꺼진 담배꽁초가 눈에 들어왔다. 조바심에 욕실로 달려간다. 누군가 그때의 모습을 지켜보고 있었다면 추했을 정도로 엉거주춤한 자세였다. 샤워를 한 번, 두 번, 세 번. 거품 같은 건 저 시커먼 구멍으로 잘 흘러내려 가는 것 같은데, 이 씻기지 않는 차가움은 뭘까. 팔다리가 서서히 떨렸다. 비탈진 산길을 달리는 차보다 더 덜컹거렸다. 변기에 머리를 처박고 눈물인지 침인지 알 수 없는 것들을 게워냈다. 후회 같은 미지근한 것들과는 결이 다른 것이었다. 다음 날도, 그다음 주도. 로맨스는 쏙 빼놓은 사랑놀이를 했다. 바지가 벗겨지고 다리를 벌리던 시간이 끝이 나면 그는 꼭 사랑한다는 말을 속삭이고는 깨끗하지 못한 검은 옷을 챙겨 입고 서둘러 싸구려 여관방을 나갔다. 그리고 나는 끈적하고 주인 없는 액체를 닦으며 욕실로 향했고, 손이 퉁퉁 붓

게 샤워를 꼭 세 번씩 했다.

어두운 곳에만 간헐적으로 나타나던 영혼이 몸속으로 갑자기 들어왔던 밤. 졸피드라는 이름이 붙어 있는 하얗고 작은 통을 꺼냈다. 그것을 나이만큼 손바닥에 털었다. 그리고 그때부턴 기억이 없다. 그저 마지막으로 했던 생각이라면 지난주에 갔던 강릉보다 더 먼 여행을 떠날 수 있을 것 같다는 것이었다.

목이 막히는 느낌에 눈을 뜨니 꾸불꾸불한 이상한 모양이 있는 칙칙하게 하얀 천장. 비스듬한 형광등. 하나는 꺼져 있었고, 다른 하나는 인상이 써질 정도로 밝았다. 이내 머리가 깨질 듯이 아팠다. 기다란 바늘을 따라 시선이 닿은 곳에는 엄마가 잠들어 있었다. 잠들어 있다기보다는 멈춰 있는 것처럼 보였다.

그로부터 시간이 대충 4년쯤 지났다. 여름도 봄이고, 가을도 봄이라는 생각이 들게 하는 사람을 만나게 됐다. 약의 후유증이 남아서 한낮에도 한 번씩 정신을 잃어버리는 나를 자정이 될 때까지도 지켜주는 사람이었다. 우리는 주말이면 영화를 보고 함께 저녁을 먹었다. 유치하지만 내 숟가락은 그의 입으로 종종 향했고, 나의 입술을 닦아주는 그의 투박하지만 정이 묻은 손이 좋았다. 뻔한 곳이었지만 공원 가로등 아래에서 키스도 했다. 느리지만 묵직하게 우리는 앞으로 나아갔다. 그도 은근히 나와의 어떤 밤을 기대하는 듯했다. 그리고 그것을 눈치채고 있는 내가 싫지 않았다. 그와의 데이트가 있던 날이면 이불을 들썩이며 두세 시간은 잠에 들지 못할 정도로 그가 좋아졌었다.

여전히 어떤 장면을 떠올리면 식은땀이 나고, 손이 차갑게 굳었지만 애써 모르는 체했다.

우리의 첫 여행은 가평이었다. 시냇물 소리가 졸졸졸 들리는, 이름만큼이나 예쁜 펜션이었다. 해가 지려는 시간 즈음, 따뜻한 물에서 함께 와인을 마셨다. 깨끗하고 잘 정리된 수건으로 온기가 남아 있는 서로의 몸을 천천히 닦아주었다. 베르가못. 그래 베르가못이었다. 은은한 향기가 나는 주황색의 영롱한 불빛만을 켜놓은 채 우리는 침대로 갔다.

그날 밤은 내 생에 가장 행복한 화요일이었다. 그리고 시간에 무색하게 우리는 빠르게 가까워졌다. 곧 모든 일상을 공유하는 사이가 됐다. 아침은 그로 시작해서 잠들 때까지 함께였다. 사소하게 커피를 마시는 시간에도 전화를 하고, 일상의 많은 부분에 서로의 색을 덧칠했다. 사람을 그릴 때는 검은 펜만 쓰는 게 아닐 수도 있다는 생각

을 했다. 빨간색으로 칠해도, 연두색을 칠해도 나쁘지 않
을 수 있다는 걸 알게 됐다. 그것이 재밌었다. 하루하루가
재밌었다. 그의 퇴근을 기다리던 을지로의 작은 카페에
서 홀로 커피를 마시다가 문득. 때가 됐다는 생각이 들었
다. 끊어진 발찌처럼 채우지 못했던 영혼의 벨트를 보여주
기로 했다. 스카이 블루가 잘 어울리는 남자가 문을 열고
내 앞으로 왔다. 이 냄새가 그리웠다는 말로 컵 근처에 있
던 내 손을 코로 가져가며 앞자리에 앉았다. 그에게 오늘
의 안부를 물었다. 안녕하다고 했다. 오늘은 어땠냐는 물
음에 글쎄라고 했다. 동그랗게 커지는 눈이 참 귀엽다. 오
늘은 누가 또 기분을 망쳐 놓은 것이냐며 멋있는 남자의
표정을 지어 보였다.

"하고 싶은 말이 있어."

"하고 싶은 말? 사실은 하늘에서 내려온 천사였다는 건
어쩐지 설렁할 텐데."

내 눈이 가늘어지며 정해져 있지 않은 허공을 향했다.
그리고 입을 열었다.


스무 살의 오후.

여관.

곰팡이 냄새가 나던 이층의 세 번째 방.

낡은 정수기와 빈 물통.

싸구려 콘돔.

사용한 적 없음.

종종 찢겨졌던 스타킹.

따뜻하지 않은 온기.

세 번의 샤워.

졸피드.

엄마의 손과 바늘 자국이 남은 왼쪽 팔.

그리고 아직도 집에 혼자 있는 날이면 모든 불을 켜고, 티브이조차 켜놓은 채로 방문을 잠그고 잔다는 사실까지.

나의 말을 듣는 그의 표정은 일그러졌다가 주먹을 쥐었다가. 이따금씩 테이블을 쾅 하며 내리쳐서 주변 사람들을 놀라게 했다. 초점 없는 눈으로 어딘가를 응시하고 있는 나의 눈엔 언제부터 흐르고 있었는지도 모르는 눈물길이 나 있었다. 그는 온기가 느껴지는 눈으로 나를 보고 있었다. 그것은 내게 안정감 비슷한 뭔가를 심어주기에 충분했다. 말없이 나를 보던 그는 심호흡을 깊게 한번 하고는 그것을 닦아주며 나지막이 말했다.

"걸레 같은 년."

어떤 기대를 했던 것인지는 모르겠다. 무엇을 기다려 왔
던 것인지도 모르겠다. 그날 나는 을지로에서부터 네 시
간을 넘게 걸었다. 현관의 비밀번호를 누르고 나서야 구두
밖으로 튀어나온 발가락에서 피가 철철 흐르고 있는 것을
알 수 있었다. 갈라진 입술 뒤로 때늦은 갈증이 느껴졌다.
볼을 타고 흐르는 물기를 무신경하게 닦으면서 방으로 갔
다. 오늘 엄마는 여행을 가셨더랬다.

꿈일까? 연기가 많은 공간에 서 있다. 손을 보려는데
손이 보이지 않는다. 힘껏 소리쳐 보았다. 채 미터를 넘기
지 못한 것 같았다. 달렸다. 제자리에서. 무력감이 느껴졌
다. 어느새 눈에 보이던 나무가 흐릿해져 갔다. 눈을 뜨고
있었는데 새로운 눈을 또 뜨는 느낌이었다.

이내 이마 끝을 바늘로 쿡쿡 쑤시는 느낌이 들었다. 시
선의 아래에서 엄마는 내 손을 부여잡고는 하염없이 울
고 계셨다. 여전히 따뜻한 느낌이라고는 받을 수 없는 형
광등이 거슬렸다. 무슨 이기심일지 모르겠는 나의 눈에도
뜨끈한 기운이 흘렀다.

어제의 엄마는 내가 좋아하던 시금치무침을 내오면서
웬일인지 식탁에 앉았다. 보통 이 시간에 나는 저녁을 먹

는다. 그리고 엄마는 작지만 든든한 등을 보여주며 설거지를 하신다. 새삼스럽게 맛있냐는 물음에 고개를 끄덕였다. 엄마는 바지춤에서 산 지 한 달은 돼 보이는 말보로 한 갑을 꺼냈다.

"갑자기 웬 담배야?"

"그냥."

생전 그렇게 아빠에게 뭐라고 했으면서. 식탁에서 불을 붙인다. 아빠에게는 공공연한 비밀이었지만 갖은 회식으로 두 시가 넘도록 들어오지 않는 아빠를 기다리며 엄마는 깍두기를 안주 삼아 캔맥주 한 캔과 담배 하나를 피웠었다. 그리고 그런 엄마를 문틈으로 종종 말없이 지켜봤었다. 한참을.

"엄마 암이래."

방금 티브이를 꺼버리고 나면, 시끄럽게 떠들어대던 직전까지의 티브이 속 대화가 잘 기억이 나지 않는 것처럼 엄마의 말은 알아듣기 어려웠다. 아랫배가 영 불편한 게 병원이라도 한번 다녀와야겠다던 며칠 전의 말이 떠올랐다. 분명 입에는 뭘 넣으면서 우물쭈물 씹고 있었는데 통삼키기가 어려웠다. 우리는 부둥켜안았다. 덕분에 내가 좋아하던 된장국이 엎어졌고, 색이 변한 찌개 속 호박 몇 개가 바닥으로 굴러떨어졌지만 신경 쓸 겨를이 없었다. 글쎄, 아무런 생각이 들지 않았지만 한 가지 확실했던 것은 나에게 남은 건 이제 정말로 없을 것이라는 것이었다.

다음 날, 아침이 되었다. 얄궂게도 아침은 온다. 밤을 더 길게 잡아두고 싶은 마음이야 어쩌지 못했다. 잠시 눈을 떴지만 이내 감아버렸다. 이 시간을 인정하고 싶지 않아서였다. 출근을 알리는 알람이 시끄럽다. 전화기를 꺼버렸다. 조용해서 참 좋다.

이런 느낌에는 비교적 익숙해지려던 참이었다. 사람 죽는 게 뭐 대수라고. 출입문을 나서려는데 급하게 달려오신 경비아저씨가 티셔츠를 거꾸로 입었다는 말만 하지 않았다면 모르고 넘어갈 수 있었다. 별게 다 신경 쓰이게 한다 참.

말을 하지 않아도 딱딱 멈춰주는 것이 필요했다. 택시를 탄다면 가고 싶은 목적지가 없음이 탄로 날 게 분명했기 때문이었다. 301번 파란 버스에 올라 창가 자리에 앉았다. 그리고 딱 여덟 정류장을 가서 내렸다.

걸었다. 걷다가 횡단보도에서 섰다. 파란불로 바뀌었다. 다시 걸었다. 세상은 아직 초저녁에 가까운 시간이었지만 괜찮다. 지하는 어둡기 마련이다. 작은 옷을 입은 듯한 느낌이 들었다. 평소처럼 하려고 하는데 누군가가 나를 훔쳐보고 있는 두려움이 일었다. 내가 평소 같지 않다는 걸

모두가 눈치채고 있는 기분이다.


"죽기 위해 걷고 있는 것…."

그런 그의 말을 곱씹었다.

"하지만 저는 그것이 꼭 내리막길이라고 생각하지는 않아요."

말장난 같았다. 바텐더는 나에게 말장난을 치고 있다.

"삶의 끝에 뭐가 있을지 모르는 거잖아요. 어제까지 실패만 하다가 하루아침에 인생역전을 하기도 하고. 조금은 슬프지만 망하기도 하니까요. 그 과정을 모두 알 수 있다면 쉽지만 재밌지는 않을 거예요."


그때 갑자기 익숙한 냄새가 났다.

베르가못! 그 향기의 끄트머리를 잡아끌듯이 읊조렸다. 어깨 끝이 축축한 느낌이 든다.


"낭떠러지도 있다는 걸 아세요?"

나의 말을 들은 바텐더의 말문이 막힌 게 보인다. 그리고 그는 천천히 내 앞을 벗어났다. 새로운 남녀의 앞에 서서 금세 쾌활한 모습을 되찾은 그의 옆모습을 빤히 쳐다봤다. 그렇게 한참을 나는 아무 말 없이 그의 왼쪽 얼굴을 봤다. 그 적막을 깬 건 다시 옆자리의 베르가못 냄새였다. 고개를 돌려보니 그도 나를 보고 있었던 것처럼, 아니면 어떤 생각을 하고 있었던 것처럼 표정으로 놀라는 것이 보였다. 그래서 나는 그에게 물었다.

"방금 무슨 생각 했어요?"

**

창틈으로 떨어지는 빗방울을 맞으며 잠에서 깼다. 눈이 부시게 흐린 하늘을 찡그리며 올려다봤다. 이렇게 흐린 날은 방 천장과 구분이 가질 않는다. 커튼이 없는 지금은 빈속에 마시는 에스프레소 같은 아침이다. 쓰리고, 울렁인다. 종종 이렇게 눈만 끔뻑이며 한참을 누워 있을 때가 있다. 일요일이라든가 월요일에 그러는 편이다. 열어둔 창문으로 들어온 비에 책상은 이미 흥건하다. 잉크가 번진 메모, 반병 남은 생수, 무인양품 필통 등이 젖어 있다. 그래도 노트북은 무사하다. 바깥은 바람이 약간 분다. 에어컨을 꺼도 될 만큼 쌀쌀하다.

"아직 팔월인데…"

혼잣말을 하며 리모컨을 손에 쥔 채로 다시 누웠다.

머리가 아프다. 빗방울을 맞아서는 아니다. 바깥에서 불던 바람이 카페트도 훑고 지나갔는지, 지난밤에 쏟은 캐나디안 클럽 위스키 냄새가 훅 났다. 아깝다는 생각은 하지 않았다. 그것으로 말미암아 하게 된 섹스 두 번이면 충분했기 때문이다. 그녀가 "가끔 이렇게 몰래 만나는 게 재밌어."라고 했던 것이 기억이 났다. 어제 같은 어제를 보내고 나면 약속을 한 것처럼 한 달 가까이 연락을 하지 않는다. 그리고 다시 어제 만난 사람처럼 밤을 보낸다. 통금이 있고, 애인이 있기 때문이다. 그녀는 주로 가볍게 저녁을 먹는다. 섹스를 두, 세 번 하고, 위스키를 조금 나눠 마시다가 택시를 타고 집으로 간다. 지난달에는 생선회를 먹었고, 어제는 작은 찌개집을 갔었다. 근사한 분위기를 냈던 적은 없다. 본인들도 불륜한 관계라는 걸 알고 있다는 것처럼, 숨어다니지 않지만 떳떳하게 걷진 않는다. 그래도 손은 잡고 걷는다.

손목 끝에서 발끝까지 내려다보니 손목에는 시계를 차고, 바지는 말려 올라가게 벗은 상태로 잠들어 있었다가 깼다. 몸에서는 여전히 벨벳, 로즈메리, 사향노루의 페로몬 같은 것들이 섞인 향수 냄새가 난다. 부드럽고, 아로마틱하고, 머스크했다. 그렇다면 샤워는 하지 않았던 것 같다.

'포테이토 샐러드'라는 노래를 틀었다. 그리고 이내 "낮잠 자기 좋은 날씨야."라고 하며 눈을 감았다. 금방 잠에 들지 않으려는 것인지 여러 가지 감정들이 머리를 훑고 지나간다. 그것은 마치 설레는 마음으로 엄마가 오기를 기다리는 아이와도 같았다. 늑대와 함께 춤을 추던 선댄스 영화제의 그녀처럼 치맛자락이 바람에 흩날리는 모습이 보였다. 해 질 녘의 노을과도 같이 따뜻한 빛을 가진 미소가 특히 눈부시게 아름다웠다. 빨간 입술은 꼭 타오르는 태양과 닮아 있었다. 그림자조차 희미하게 보이는 풀밭에서 뛰어놀고 있는 모습이 그려졌다. 지금의 이것을 팔레트 위의 색으로 표현한다면 연보라색이다. 그 라일락 나무의 향기에 입꼬리가 올라갈 즈음, 화창함이 적당히 느껴지는 일요일에 고개를 끄덕이며 눈을 깜빡였다. 이건 참 납득이 가지 않는 평화로움이다. 산에 불을 지르는 것이 산을 이롭게 하는 것이라는 말을 들을 때처럼, 끝을 낼 줄 모른다면 끝을 아는 것은 소용이 없다. 나는 머지않아 이것이 변한다는 것을 알고 있다. 다만, 징검다리가 무너진 강을 건너는 사람이 되어 다가올 것들을 무릅쓸 마음과 회한의 현재를 살아가야 함을 잊지 말아야 할 것이다.

*

　여전히 비가 그치지 않는 오후. 검은색, 빨간색, 초록
색, 파란색 우산이 어지럽게 섞였다가 흩어지는 신촌 현
대백화점 앞 광장에 나와 있다. 우산을 쓰고 있는 모습은
존엄해 보이지 않는다. 그렇게 한 야드 되는 공간만이 잠
시 비가 멈춰 있다. 젖은 길을 걷고, 그 한 야드의 공간은
다시 젖을 것이며, 이 정도 존엄성으로는 내리는 비를 막
을 수 없다. 용의자 K는 이내 본인의 처지가 가여운 듯 힘
없이 우산을 접었다. 지근에 있던 행인 두 명이 힐끗 돌
아볼 뿐이다. 내리는 비를 온전히 맞아주는 사람이 흔하
지는 않은 탓이다. 그리고 그마저도 고개를 떨군 그의 시
야에 멈춰 선 네 개의 다리가 보였을 뿐, 그들이 그의 접
힌 우산을 보고 있었을지는 미지수였다. 바지 뒷단이 젖
지 않게 하려고 (이미 얼굴을 타고 내리는 빗방울을 닦아
낸 상태) 조심하며 발걸음을 옮겼다.
　꽃 원피스를 입고 캐릭터 우산을 쓰고 가는 여자, 선탠
이 과한 중년의 남자. 그는 몸에 튀는 비는 개의치 않으며
담배꽁초의 불이 꺼지지 않게 하려고 애쓰고 있다. 눈썹
이 가려지는 앞머리를 하고 있는 미소년까지. 앙상블이다.
이름 없는 욕구가 솟구쳐 올랐다. 그래서 무작정 그들 중

한 명의 뒤를 따라가기로 했다. 낯선 지방에서 버스에 올라타는 것만큼이나 대책 없는 행동이었지만 만족스러웠다. 이대로 가다가 허기가 지면 멈출 생각이다. 용의자 K는 이것이 마지막이라는 것을 직감적으로 알 수 있었다.

파란색 양키스 모자를 쓴 남자가 지나간다. 처음에 그를 파란색 우산을 쓴 남자라고 생각했었다. 그는 윈드브레이커를 입고, 슬리퍼를 신고 있다. 한 손에는 여러 가지가 들어 있는 듯한 비닐봉지, 이를테면 슈퍼마켓의 플라스틱 봉투. 그는 자신의 목적지가 본인을 알아보는 듯, 거리낌 없이 직진을 했다. 수다스러움 이 덜한 골목으로 들어서자, 바깥의 소리라고는 비닐 천막에 빗방울이 떨어지거나 슬리퍼를 끌고 있는 소리뿐이었다.

그곳에서 더 이상의 이야기는 없을 것 같은 느낌이 들어 양키스 모자를 쓴 남자의 뒤를 밟는 것을 멈췄다. 그리고 그 골목길을 억지로 밀고 들어오는 택시의 클랙슨 소리에 놀라 자리를 피했다. 지금 K가 가지고 있는 무모함의 정도를 말하자면, 이 빌라촌의 집들 중에 한 곳에서. 슬립을 걸친 여자가 "한잔할래요?"라는 말을 하자마자, 그녀의 집으로 기꺼이 들어갈 수 있을 정도의 무모함이었다. 그렇게 다시금 허기가 질 만큼 걷다 보니 시간은 자정을 훌쩍 넘겼다.

딱딱한 월넛 의자에 앉아 캔맥주를 마시고 있다. 피로한 것인지 술이 오르는 것인지 눈꺼풀이 무겁다. 간간이 적막을 뚫고 들리는 모깃소리를 자장가 삼아 잠이 들고 말았다.

*

낭만. 이 도시를 떠올린 내가 가장 먼저 기억해 낸 단어였다. 엄지와 검지를 구부려 만든 손가락 앵글로 말미암아 훑어본 프라하는 경이롭게 아름다웠다. 특별한 누군가와 함께였다면 더할 나위 없이 좋았을 것이라는 아주 못된 생각이 들 만큼. 그러고 보니 하나 빠뜨린 게 있었다. 겨울 유럽여행의 장점이 무엇인지 묻는다면 해가 빨리 진다는 걸 말이다. 손에 꼽히는 야경을 다른 계절보다 빨리 볼 수 있다. 그리고 앞서 말한 단점처럼, 어둠이 깔린 도시는 별이 오기 전에 불빛을 내리고, 밤이 뜨기 전에 낮을 보내버린다.

길을 잃기 전에 걸음을 재촉하기로 했다. 동유럽의 주정뱅이를 상대하기엔 왜소하다. "웬만하면 안전하게 다니자."라는 생각도 한몫했다.

옷차림과는 어울리지 않을 거친 숨을 뱉으며 울퉁불퉁하게 만들어져 있는 돌길을 올랐다. 두 번째 표지판보다

앞선 곳을 바라보다 민트색 야상점퍼에 눈이 갔다. 뒷모습을 향해 발걸음을 재촉한다.

"또 보네요!"라는 문장이 닿기도 전에 인내심을 가지지 못한 나의 손은 이미 그녀의 등 언저리에 가 있었다.

"어? 여기서 또 보네요?"

그녀였고, 그녀는 그다지 놀라는 눈치는 아니었다.

"역시 여행하는 루트가 다 거기서 거기인가 봐요."

눈치 없이 반가운 마음이 들었다. 그리고 수줍음이 겨울처럼 이불 속으로 쏙 들어가 버렸다.

"어쩌다 보니요."

방어기제처럼 두른 퉁명함이 지나쳤나 싶었지만 신경이 쓰일 정도까지는 아니었다.

"참 아름다운 곳인 것 같아요."

"그렇죠. 체코라는 나라가. 눈, 프라하, 빨간 지붕. 이느 것 하나 빠질 게 없는 조합이죠."

"굳이 하나를 추가하고 싶을 정도로요."

"추가를 한다고요?"

수평선보다도 먼 곳을 보고 있는 것 같은 그녀가 성벽 위에 두 팔을 올리며 말했다. 2부 공연의 시작을 알리는 뮤지컬 배우 같았다. 아련하면서도 복잡한 감정을 담은듯한 깊은 눈은 덤이었다.

"사랑."

실이 세 가닥 정도 풀려나와 있는 하얀 벙어리장갑을 보며 미소가 지어졌다. 솜사탕 같아 보이기도 하고.

"로맨틱한 말이네요. 사랑이라니."

숨을 한번 크게 들이마신 그녀가 말했다.

"저는 나중에 이곳은 꼭 다시 오고 싶어요."

"프라하에요?"

"네. 사랑하는 사람이랑요."

"글쎄요. 전. 그런 감정은 뭐랄까 낭비 같기도 하고."

"낭비요? 어떻게 낭비일 수가 있죠?"

"그게 설명하기가 약간 복잡할 수가 있는데."

"전혀요. 그럴 리가 없어요."

그녀가 이해를 할 수 없다는 듯이 고개를 저으며 말했다.

"그러니까 그게 약간 이상하게 들릴 수도 있는데. 저는 보통 감정이라는 것에 크게 무게를 두지 않는 삶을 지향해요. 가족이라든가 친구라든가 애인이라든가. 그들에게 크게 기대를 하지도 않고, 그들이 저에게 바라는 어떤 것을 위해 많은 노력 같은 것도 하고 싶지도 않고. 뭐랄까. 이게 은근 설명하기가 복잡하네요."

"그래서 한다는 거예요, 만다는 거예요."

"어떤 것을요?"

더는 기다릴 자신이 없다는 듯한 표정으로 그녀가 급히 물었다.

"그러니까 사랑은. 사랑 쪽은 어떠냐구요."

마른침을 삼키며 입술을 입안으로 밀어 넣었다. 무언가 고민이 될 때면 으레 하는 무의식적 행동 같은 것이었다.

"하는 편이에요. 종종."

그 무렵에 사랑은 내게 꾀병과 절대선 같은 것쯤으로 치부되고 있었다. 브라우니 위에 얹은 초콜릿 소스만큼 악랄하고, 레드 오너먼트보다 빨갛다고 생각했다. 커피만 마시면서 살 수는 없지만 커피 없이 살 수도 없지 않을까. 적어도 나는 그렇다. 그리고 기네스 맥주는 이미 나의 삶에서 비중이 크다. 단역을 거치지 않고, 화려하게 데뷔한 주연배우처럼 말이다.

둘 사이의 어떤 감정을 감추고 싶어 하듯 프라하성의 밤에는 이른 어둠이 왔고, 그들의 그림자가 포개지고 있다는 걸 아는 사람은 없었다. 흐뭇한 눈을 하고 있는 저 초승달과 그의 마음만큼이나 뿌연 구름을 제외하고는. 성공적으로 2부 공연을 마친 주인공은 피날레를 준비하고 있었다. 달콤하고 농밀하면서도, 온기가 적당히 전해지는 것이었고, 저마다의 색깔이 있는 것이었다. 하나의 징표 같은 모습을 하고 있기도 하고, 누군가 훔쳤다가도 빼앗기듯 줘버리기도 한다. 함께일 때 빛이 나는 그것.

성을 따라 나 있는 올드타운의 계단을 내려오는 동안 우리는 수다스럽게 걸었고 서로의 그림자를 밟지 않으려 무던히 애를 썼다. 가로등 빛을 피해 낡은 건물의 밑을 따라다녔고, 맨홀 뚜껑 위를 폴짝 넘었다. 눈가에는 당신과 당신만이 맺혀 있다. 그렇게 꽤 오랜 시간을 추억할 기억을 걸었다. 말벡 와인으로도 취하지 않을 순간에 빠진다. 허우적거리는 모습에 서로를 감싸 안을 수 있었다. 그날 밤, 우리는 잘 잠들었다. 함께였기 때문이다.

그녀가 나를 때 묻지 않은 눈으로 바라보는 그 시간이 좋았다. 목적 없는 손과 악의 없이 꼬고 앉은 두 다리. 마치 나의 모든 말을 기억이라도 하려는 듯이 고개를 끄덕이곤 했다. 그것은 라벤더 티가 들어 있는 머그잔의 온기를 손으로 감싸주는 것 같았다. 따뜻하고, 부끄럽고, 기분이 금세 좋아지는 향기가 났다.

"어디서 들은 말인데 이런 표현이 있더라고. 사랑을 많이 받아본 사람이 잘 줄 수도 있다. 내 생각인데 그 말은 틀렸어. 사랑을 많이 주는 사람이 잘 받을 수 있는 것 같아. 앞과 뒤의 주체가 다른 거지. 사랑이라는 건 여러 가지 모습을 하고 있잖아. 부부의 사랑, 부모와 자식의 사랑, 연인 간의 사랑, 친구와의 사랑, 우리 강아지 마루와 나의 사랑 등등. 그 다양한 위치에서 나는 받는 사람이자 때로는 주는 사람이고. 더러는 주고받는 사람으로 살고 있지. 너도 그럴 테고. 아마 대부분 크게 벗어나지 않는 모습을 하고 있을 거야."

그녀가 고개를 끄덕였다.

"갓 태어났던 때를 상상해 봐. 기억은 잘 나지 않겠지만. 아예 안 난다고 해도 그렇다고 치고. 가장 처음으로 사랑이라는 감정으로 마주하는 대상은 어머니 혹은 아버지일 확률이 높잖아. 왜냐면 태어나자마자 옆자리 침대에 누워 있는 갓난 친구한테 말을 걸진 않을 테니까. 아, 나는 걸었으려나? 그런데 어릴 때 부모님의 사랑을 받지 못했다고 해서, 예를 들면 학대를 당했다거나, 불의의 사고로 부모와 일찍 헤어지게 됐다거나 먹고사는 게 너무 바쁜 나머지 할머니 손에 자랐다거나 해서, 그 사람은 연인 간의 사랑이나 친구와의 사랑을 잘 못하는 사람이라고 할 수 있을까? 얘기를 조금 더 바꿔서 부모님의 사랑을 무럭무럭 먹으면서 자란 아이가 학교에서 따돌림을 당했다고 해서 평생 사랑이라는 걸 못하고 생을 마감할 것이라고 확신할 수 있을까? 난 아니라고 생각해. 그 사람을 만드는 건 특정한 어떤 부분이 아니라 다리가 세 개인 의자처럼 전체적인 형태인 것인데, 그렇게 일부분만 보고 단정 지어 버리기엔 사랑이라는 감정은 단순한 것 이상이기 때문이 아닐까? 이 세상 어디에도 존중받지 말아야 할 사랑은 없어. 첫사랑은 니스보다 아름답고 짝사랑은 온기가 느껴져서 따뜻해. 함께하는 사랑은 마치 겔레르트 언덕에서 도나우강을 내려다보는 것과 같지. 바꾸어 말하자면, '이 세상에 이보다 더 빛나는 순간은 없어.'일 거야. 말 나온 김에 나중에 같이 부다페스트 여행을 가는 것도 좋을 것 같아. 계절은 여름. 아마 언어라는 게 발명된 이유도 몸으로 표현하는 사랑에 한계를 느낀 신이 자신의 넘치는 감정을 보여주기 위해 만든 게 아닐까 싶어. 뜬금없겠지만 난 네가 좋아. 왜냐고는 묻지 않아도 돼. 네가 지금 떠올리는 그 수많은 뻔한 이유가 전부 나의 이유니까 말이야. 나를 아는 모두와의 관계가 그리고 그들의 사랑이 나를 만들었다고 한다면 그 모든 걸 주고 싶은 건 너인 것 같아."

"좋다. 이런 로맨스."

"그리고 이건 아까 산 꽃인데."

품 안에 넣어두었던 꽃 한 송이를 건넸다.

"수국이야?"

"응, 수국. 꽃집 아주머니가 묻더라. 꽃은 왜 사는 거냐고. 그래서 기분을 사는 거라고 했어."

"너답네."

"나는 수국이 좋아. 냉정, 진심, 변덕, 처녀의 꿈 같은 꽃말이 좋아서는 아니야."

"그럼?"

"이 흐릿한 색감이 좋아. 몽글몽글한 생김새도 좋고, 은은한 향기도 좋아. 폭신하게 부드러운 촉감이 좋고. 그러고 보니 너를 좋아하는 이유와도 닮았어."

다리에 쥐가 나며 월넛 의자에서 떨어지고 말았다. 이것은 몇 년 전의 B와 나의 프라하였다. 돌이킬 수 없는 보통 존재의 밤. 이데올로기를 아슬하게 비틀거리는 나를 내가 불러 세운 것이다. 나의 에고와 트루 러브로는 이해할 수 없는 그간의 궤적을 뒤따르는 것처럼. 솔잎을 손바닥에 굴리던 나는 이것을 이내 발아래로 굴려버렸다. 이것이 플라토닉의 한 형태였다. 떨어진 그것과 우리의 감정. 이것을 주우려다 문득 주위를 둘러보니 연기가 돼 홀연히 자취를 감춘 그녀와 나의 잔향만이 손목 언저리에 남아 있는 것이다. 허무함을 느끼기에 소원해진 마음을 추스르며 이 새벽을 아울렀다.

*

몽롱한 상태로 잠에서 깬 것 같다. 무서운 이야기를 해 달라고 조르는 사촌 동생들처럼 듣고 싶어 하면서 듣고 싶지 않은 진실을 알게 된 기분이다. 머리가 깨질 듯이 아프기 시작하자 두통약을 찾았다. 정량의 두 배를 입에 털어 넣고, 다시 침대에 누웠다. 그렇게 도둑처럼 살며시 잠에 들었다.

안개가 가득한 길을 걷고 있다. 새벽녘에 숲길을 걷고 있는 것 같다. 다리를 들어 걸음을 옮기는 게 무거웠다가도 가볍다. 반팔을 입고 있지만 이상하게도 춥지가 않다. 가까이 보이는 것들조차도 뚜렷하게 보이지 않는다. 얼마 전에 헤어진 할아버지가 잠깐 보였다가 사라졌다. 어색함 같은 것은 미처 느끼지 못했다. 숲길은 서서히 멀어졌고 이내 주변에는 건물들이 있다. 교복을 입은 학생들 사이에 우두커니 서 있다. 초등학교 친구들, 중학교 친구들, 고등학교 친구들까지도 한 공간에 같은 교복을 입고 서 있다. 갑자기 시점이 바뀐다. 일인칭이었던 나의 시점은

관찰자가 됐다.

어디선가 소리가 들린다. 이곳의 소리가 아니라는 것이 본능적으로 느껴진다. 무언가에 단단히 고정돼 있었고 팔과 다리에 감각이 잘 돌아오지 않았다. 가위에 눌린 것처럼 불안감과 공포감이 동시에 밀려왔다. 그리고 당연스럽게도 저항할 수 없었다. 식은땀이 나는 것 같다. 잠들 수 없을 것 같았지만 눈꺼풀이 다시 무거워졌다.

어느새 안개가 가득한 길을 걷고 있다. 새벽녘 숲길을 걷고 있는 것 같았다. 반팔을 입어서일까 한기가 강하게 느껴진다. 을씨년스러움 같은 것? 다리는 가볍다 못해 날고 있는 것도 같다. 오래전에 헤어진 할아버지가 말을 걸고 있다. 무어라 대답을 하고 있지만 말이 아닌 것을 중얼거리고 있는 느낌이다. 어색한 느낌이 강하게 든다.

하늘 위에서 건물을 내려다보고 있다. 교복을 입은 학생들이 저 멀리 보인다. 아는 얼굴은 하나도 없는 듯하다. 이곳을 벗어나고 싶다는 생각이 들었지만 그럴 수 없다는 것조차도 알고 있는 모습이다. 서서히 페이드아웃 된다.

"꿈이 아니다."

초점 잃은 눈과 얇게 떨리는 손은 안개를 뚫고 노를 저어 나아가는 나룻배의 뱃사공과 닮아 있었다. 갑작스레, 가히 의도적으로, 했던 살인이라는 부정할 수 없는 두 글자의 무게가 나의 존재를 부정하며 어깨 위부터 짓눌렀다. 스스로에게 머리칼이 곤두서며 화가 났지만 이내 잦아들었고, 다리 중간 즈음이 저린 느낌이 들며 식은땀이 났다. 착각이 아니다. 맥박 소리가 귀 옆에서 들리고 있었다. 죄책감의 물결을 유람하는 듯했다. 그것의 색은 어둠보다도 어두운 검은색이었다. 빛은 존재하지 않는 밤과도 같았다. 당황스럽고 말이 잘 나오지 않는다. 그것은 끝이 보이지 않는 분노였다가도 다리가 풀리는 절망이었다. 고통의 눈물이었다가도 후회의 서러움이었다. '살고 싶다.'와 '죽고 싶다.'의 역설적 생각이 강하게 든다. 그리고 습관적으로 전화기를 들었다가 내려놓았다. 내려놓을 수밖에 없었다. 기록은 증거가 된다. 나는 나의 부분을 부정하고 하면서도 경멸했고, 안도했다. 그건 육식동물의 처절한 비명 같은 것이었다. 대낮에 황무지의 초원을 달리는 얼룩말에 무참히 짓밟히는 이름 모를 들풀이 이를테면 그들 중 하나였다. 솟구치는 태양빛을 감당하지 못하듯 곳곳에서는 미처 숨지 못한 그림자가 일그러진 공간을 집어삼키고 있었다. 어쩌면 나도 잠식당해버린 그중에 하나였고, 창살 우리의 너머엔 감히 무언가가 짐승의 형태로든 존재할 수 없었다.

*

나는 이번 일련의 과정들을 통해 이 나라의 시스템이 생각보다 비어 있다는 것을 눈치채게 됐다. 남몰래 지방 대학 축제에 나가 락스타가 되는 상상을 하는 것처럼, 논현동 한복판을 가로지르는 420번 버스에 앉아 있기 때문이다. 처음 한강진역 블루스퀘어 앞 버스정류장에서 이 버스를 탈 땐 긴장이 됐다. 무심코 카드를 들다 왼쪽 엄지손가락에 아직 지워지지 않은 핏자국을 봤기 때문이다. 내 뒤로 네 명이나 되는 사람들이 더 서 있었지만, 그들 중 누구도 "애인을 살해했다."라는 보기 드문 쾌감을 경험한 사람이 바로 앞에서 카드를 든 채로 몇 초간 몸을 떨고 있었는지 몰랐을 것이다.

시체를 처리한 지 두 시간이 채 되지 않은 시점이었다. 프리랜서이자 한국에 연고가 없는 유영이 주변인들에게 닿는 시간? 최대 일주일. 그 이상은 무리다. 우선 방을 정리하는 게 맞을까? 피가 묻은 손가락이라니. 이렇게나 허술한 살인범일 줄은 몰랐다. 아니지. 준비는 완벽했다. 계획은 빈틈이 없었지만 그걸 실행하는 사람이 어설펐을 뿐이다. 그래, 그렇게 생각하는 것이 좋겠다.

내 마음을 아는지 모르는지 버스는 가다 서다 하기를 반복하고 있는 중이다. 하차벨을 누를까 고민했다. 빨갛게 불이 들어와 있는 저것을 보며 터지려는 웃음을 간신히 참고, 고개를 돌려 창밖을 보다 문득 이런 생각이 들었다. 내가 무슨 짓을 저질러 버린 걸까? 살인범이 살인을 가장 후회하는 순간은 언제일까. 저항하지 않는 지인을 죽였을 때? 양팔이 포박된 채 손목을 조이는 수갑의 냉기를 느낄 때? 피해자의 가족이 뱉은 침을 맞을 때? 저걸로는 나를 죽일 수 없을 게 분명한데 그것이 마치 정의인 양 나무망치를 두드리고 있는 판사를 보고 있을 때? 내 대답은 "예스." 살인에 대한 후회는 하지만, 그 순간이 명확하지 않다는 뜻이다. 순간이라는 게 사실 우리의 것이라는 것을 아는 것부터가 시작이다. 누군가를 혹은 무엇을 살해해야겠다고 마음을 먹는 순간부터, 그들의 시간은 우리가 정할 수 있다는 것이 되기 때문인데. 나는 이것이 사전적 의미처럼 다분히 「예술적-」이라고 생각한다. 특별한 재료, 기교, 양식 따위로 감상의 대상이 되는 아름다움을 표현하려는 인간의 활동 및 그 작품. 이것이 「예술」의 정의이다. 장도리, 토막, 암매장, 시체. 지금 이렇게 버스의 하차벨을 보다가 창밖을 보는 순간에도 시간은 가고 있지만, 어떤 시간에는 시간이 가는 자가 시간이 가는 자의 시간을 가지 않게 만들 수가 있다. 이것은 피지 못한 꽃과는 다르다. 아름다운 꽃을 가까이에서 보기 위해 꺾어버리는 것이 아니다. 그 꽃을 꺾어버림으로써 그 꽃이 그곳에 존재하지 않게 만드는 것이다. 그러니까 우리는 꽃의 죽음을 슬퍼할 게 아니라 의미 없는 예술이 된 꽃에 위로를 건네야 하는 것이다. 결국 죽을 것은 죽는다.

다시 처음으로 돌아와서, 살인범이 살인을 가장 후회해야 하는 순간은 언제인지? 의미 없는 살인을 한 순간을 살고 있는 자신의 시간에 후회를 해야 한다. 저기 하이힐을 신은 여자가 간신히 들고 가는 저 짐처럼 나는 어쩌면 감당할 수 없을지도 모를 커다란 짐을 풀어헤친 것일지도 모른다. 지금 내가 느끼고 있는 감정은 쾌락, 번민 따위의 것들이 작은 흥통과 함께 스며들고 있다. 목소리가 들리지 않는 버스 안의 전광판이 새삼스레 반갑다. 아마도 지금의 나로서는 별것 아닌 소식도 엄격한 톤으로 발음하는 아나운서의 말들이 칼날처럼 옷깃을 할퀴고 갔을 것이기 때문이다.

"뱅뱅… 사거리…."

이번 정류소는, 이라는 말과 함께 들리는 것을 무심코 따라 했다. 그 말이 의미하는 건 지금 내가 다섯 정류장이나 지나쳐 왔다는 것이었다.

무더운 여름날에는 예상보다 빠르게 부패가 진행된다. 탁하고 점액질로 가득한 녹색의 물이 곳곳에서 흘러나오기 시작했다. 구역질은 두어 번쯤 하고 나니 익숙해졌다. 머릿속으로 수십 번을 계산해 봤지만 클라이맥스까지 가본 적은 없었기에 그렇다. 이 짓에 익숙해지고 싶은 생각은 없지만, 실수 없이 끝내야 한다고 마음을 다잡았다.

실톱과 전기톱, 쇠망치, 콘크리트용 못, 줄자, 여행용 캐리어를 늘어놨다. 집에서 멀리 떨어진 곳에서 사 온 것들이다. 아킬레스건 쪽에 못을 넣고 쇠망치를 두드리자 손가락 하나가 겨우 들어갈 수 있을 정도의 구멍이 생겼다. 피를 빼둬야 시체를 들기에 용이하다는 말을 어디서 들은 것도 같아서였다. 팔부터 잘라야 하나 다리부터 잘라야 하나를 고민하다가 상대적으로 크기가 더 작은 팔부터 잘라보기로 했다.

도시에서 자랐기 때문에 전기톱 소음이 이렇게 크다는 건 방금 처음 알았다. 그것을 갖다 대자마자 얼굴을 비롯해서 사방으로 피가 튀었고, 기분 탓인지 온기가 남아 있는 느낌을 받았다. 나는 즉시 변기로 달려가 구토를 했다. 편집증에 걸린 사람처럼 비누로 손과 목덜미를 씻어내고,

옷을 갈아입었다.

"이쯤 어디…."

속옷을 넣어두는 서랍 안쪽에 두 번 접어서 넣어두었던 종이 메모를 찾았다.

「과산화수소는 혈흔을 없애는 세정작용 x. 색을 띠는 물질을 화학적으로 변형, 색을 잃어버리게 하는 원리. 약국에서 3%의 과산화수소 용액을 사서 부어놓으면 십 분 후 혈흔 색이 없어짐. 이때 잔거품 발생. 혈흔에 존재하는 효소 등에 의해 과산화수소가 물과 기체인 산소로 변함」

펑퍼짐한 체크 셔츠와 진청색 리바이스진을 챙겨 입고, 다시 한번 밖으로 나왔다. 과산화수소, 소주 한 병과 종이컵 묶음, 컵라면, 음료수 두 캔을 사기 위해서다. 게워낼 만큼 게워내고 얼마 안 가부터 허기진 배에서 소리가 나고 있다.

자르고, 토막 내고, 세숫대야에 조금씩 옮겨 담아 부엌으로 갔다. 내장이나 눈알 따위의 것들은 큰 냄비에 넣어 삶아야 한다. 냉장고에 있던 생강이랑 마늘, 대파도 함께 넣었다. 삶아진 것을 다시 실톱을 이용해 조금씩 잘랐고, 변기에 넣어 물을 내려버렸다. 문제는 크기가 큰 뼈와 털이 있는 부위들이었다. 목과 분리된 머리와 음부, 정강이와 갈비뼈 같은 것들. 사람 피부에 이렇게 잔털이 많았는지도 처음 알았고. 그것을 태우는 냄새가 단어로 표현할 수 없을 만큼 지독하다는 것도 처음 알았다.

　바닥에 업소용 랩을 넓게 펼쳐 그것들을 한데 모아 잘 감싸서 캐리어에 넣었다. 작은 가방 하나에는 더 이상 쓸 수 없게 된 고글과, 일회용 마스크, 니트릴 장갑과 티셔츠를 넣었다.

선데이서울

끝물이 남은 장마가 서럽게 울고 있다. 코르크로 만든 슬리퍼는 거칠게 길 위를 쓰다듬고, 아직 길에서는 비 냄새가 난다. 발끝이 약간 젖었다. 습한 기운이 드는 오후이다. 그다지 쾌적하지는 않다. 이제는 정말로 서울을 떠나야겠다고 생각했다. 압박감 같은 것이 느껴졌기 때문이다. 그건 생각보다 간단한 과정이 아니었고, 오늘은 생각을 할 시간이 필요하다. 생각할 시간을 생각해 봐야 되는 삶이라니. 애처롭다. 커터 칼 하나로 손목을 슥 그어버린다면 모든 게 끝날 것 같으면서도, 용기가 나지는 않는다. 며칠 전엔 실톱으로 사람 내장의 개수를 세 가며 다 썰었으면서도 겁을 먹고 있는 것이 아이러니이긴 하다.

"저녁은 카레를 먹고 싶네."

그리고 혼잣말이 늘었다. 앞으로 더 늘어날 예정이다. 나는 그렇게 어딘지도 모르는 카레집을 향해서 무작정 걸었다. "이쯤 가면 있겠지." 하면서. 월요일이지만 성수동엔 사람이 많다. 특히나 지하철역 쪽에 가까이 갈수록 더더욱이다. 줄이 길게 늘어선 가게를 몇 개 지나 영업시간이지만 조용해 보이는 곳에 들어갔다. '우콘 카레'라는 간판이 일본어로 쓰여 있는 곳이다. 널찍한 내부에 비해 손님이라고는 나뿐이다.

"모둠 카레로 부탁드립니다."

그중에서도 가라아게와 새우를 얼른 맛보고 싶다. 반숙 달걀도 하나 추가하고 버릇처럼 맥주를 주문했다가 "맥주는 죄송하지만 취소할게요."라고 말했다. 오늘은 생각할 시간이 필요하다. 완벽한 알리바이는 없다고 믿는 내가 완벽한 알리바이를 준비해야 한다. 그것은 최소 10년짜리 증거가 돼야 한다. 아마 그때쯤이면 살인은 경범죄 취급을 받고 있을 수도 있다. 고등학생이던 내가 군대를 다녀온 것처럼 세상은 어떻게 변할지 모른다. 엊그제는 러시아가 우크라이나를 침공했다. 그러고 보면 작은 주사위같이 생긴 카메라를 꽂아서 사진을 찍던 전화기가 있었던 기억도 있다. 지금은 아침에 일어나면 인터넷부터 켜서 세상과 나를 연결한다.

　반숙 계란이 추가된 모둠 카레가 나왔다. 갈릭칩이 올라가 있는 게 거슬린다. 나는 그다지 마늘향을 좋아하지 않는다. 목적이 없어 보인달까? 버릇처럼 뿌려대는 깨나 대파처럼 갈릭칩도 그런 역할로 보인다.

　"살인에도 목적은 없었지…."

　장사가 잘되지 않는 식당의 장점이라면 중얼거리는 나의 말을 아무도 들을 수 없는 것이라는 것이다. 그리고 카레도 그저 그랬다. 여러 가지 생각을 하느라 왼손으로 숟가락을 들고 있었다는 것도 모르고 먹었다. 잊고 있었던 것인데, 아버지도 왼손잡이셨다. "시계를 차야 할 땐 어떻게 하시나요?"라고 물었을 때 "어차피 손을 쓰는 일이 잘 없어."라고 했었다. 지금 생각하면 참 엉뚱한 대답이다.

　좀 걷고 싶은 마음이 들어 무겁지는 않았지만 안경을 벗고, 가볍지만 마스크는 썼다. 흐린 날에 다크 네이비 슈트를 입고 걷고 있는 모습이 꼭 큰 그림자가 걸어가는 것처럼 보였다. 앞으로 필요한 말만 해야 하고, 필요 이상으로 취할 수 없고, 필요하지 않은 것들을 가지고 있을 수 없을 것이다. 만년필이라든가, 브라운 스웨이드 로퍼라든가, 캐나디안 클럽 위스키 같은 것들이 생각났다. 그냥 도망치고 싶다. 그리고 내일이면 그렇게 될 것이다. 그렇게 돼야만 한다. 요동치는 마음이 안쓰러운 나는 그 사실들로부터 도망치고 싶다. 도망치는 데에 기어코 성공한다면, 그다음으로는 술을 한잔하면서 잊어버리고 싶다. 위로는 커티샥이면 충분하다.

피난을 가야 한다면 나는 어떤 것들을 원망하게 될까? 피난을 갈 수밖에 없는 상황일까? 버려지는 물건들에 대한 아쉬움일까. 지금 내 상황이 그렇다. 불완전하고, 나태하고, 흐리다. 몇 년 후의 내가 지금의 나와 우연히 만나서 대화를 할 수 있다면 나는 어떤 대답을 할까? "신은 죽었다."라고 말하는, 믿기 어려운 것들을 들을 땐, 듣는다기보다는 입 모양이 쉴 새 없이 움직이는 걸 그냥 보고만 있는 느낌이기 때문이다. 싸구려 철학, 망가진 삶, 핏빛, 소셜클럽 그리고 주인 없는 크리스마스 트리처럼 화려하게 외롭다는 것도.

"어렵다. 어려워."

매화, 로즈라는 이름의 간판이 있는 곳으로 들어가는 사람들이 많은 길을 걷고 있다. 그것들은 봄의 이름을 하고 있었지만, 겨울은 눈치채지 못하게 다가오는 중이다.

*

"너만 몰랐고, 우리는 알고 있었어."

나는 그의 말에 대꾸할 수 없었다.

"나와 우리를 페르소나로 만든 건 바로 너야 K."

발 디딜 틈이 없는 그곳에서 가면이 벗겨진 배우는 자리에 주저앉아 버리고 말았다. 비좁은 화장실에는 무려 네 명의 사람이 서 있었기 때문이다.

"겨를이 없었어."

"그리고 넌 망설임도 없었지."

"이제… 이제 어떻게 하면 좋지?"

"문제가 무엇인지 그 문제의 답이 무엇인지도 너는 알고 있어. 이제 그 답을 쓸 시간이야. 답을 쓰지 않는 문제는 결국 맞출 수 없다는 걸 잊지 않았으면 해 K."

"모르겠어. 데뷔. 내 선택에 확신이 들지 않아."

"지금부터 우리는 너와 함께하지 않아. 하지만 너는 우리를 쫓아야만 해."

다크 네이비 가면을 손에 쥔 남자, 검은색 가면을 손에 쥔 남자, 나무 가면을 손에 쥔 남자는 연기처럼 사라졌다. 남겨진 남자가 신음하며 손에 쥐고 있는 건 푸시아핑크색 가면이었다.

\*

이태원으로 간다. 가구 거리 뒤쪽으로 「선불폰」을 파는 가게들이 있기 때문이다. 케밥집과 피자집 사이 골목으로 들어가니 간판 없는 곳들이 있다. 강화유리로 된 케이스 안에는 소위 「구식」 공기계들이 나란히 있었다. 본인을 방글라데시 사람이라고 소개한 사장은 유창한 한국말로 가격과 종류에 대해 설명했다. 지금은 단종된 모델이었지만 가격대가 적당한 것을 하나 현금으로 샀다. 내가 의심 없는 호구였던 건지 "유심칩은 서비스!"라고 그가 먼저 제안했다.

"와이낫. 나쁠 거 없죠."

나는 한국말을 쓰는 외국인에게 영어로 말해주려는 습관이 있다.

"문제 생기면 다시 와."

사장이 악수를 한 번 청한 뒤에 작은 종이 가방에 선불폰과 유심칩을 넣어 주었다.

"또 와야 되는 상황이 생기는 건 응급상황."이라는 그는 못 알아들을 말을 하며 가게를 나섰다. 그러자 들어갈 때는 몰랐던 종소리가 짤랑 울린다. 문에 달려 있었나 보다.


선불폰을 들고 가장 먼저 한 일은 아르바이트를 구하는 것이었다. 바로 깡시골을 가서 빈집에 박혀 있는 것도 생각했는데, 그러기엔 충동적으로 저지른 살인이 일렀다.

최소한의 도피자금이라고 적어뒀던 돈까지 오십만 원 정도가 부족하다.

사람과 사람 사이에 유대가 적은 것들을 찾았는데, 그중에 물류센터 보조 아르바이트가 있었다. 어차피 신분증 조회는 안 되고(공개 수배가 아닌 이상 모른다) 급여는 실업 수당을 받는 중이라 현금 수령으로 해 달라고 할 생각이다.

지원한다는 문자를 보낸 지 한 시간도 안 돼서 팀장이라는 사람의 전화가 왔다. 그는 나에게서 출근 약속을 받은 뒤, 이름과 나이, 사는 곳 등을 적어서 보내 달라고 했다. 그렇게 세 개 조로 돌아가는 물류센터 일 중, 새벽조에 배정이 됐다.

지금 시간은 저녁 8시. 사당역 4번 출구 앞으로 오면 된다는 말만 믿고 이곳으로 왔다. 사람들이 쭈뼛쭈뼛한 걸음으로 하나, 둘 모이기 시작한다. 마르고 키가 큰 사람, 안경을 쓰고 엑스라지 옷이 안 맞을 것 같은 사람, 털 비니 모자를 쓴 장년, 형광색 점퍼를 입은 사람까지.

정확히 8시 15분이 되자 전세버스가 앞에 섰다. 탁한 조명이 켜지는 버스였다. 조명이 어찌나 어두운지 기사의 얼굴이 잘 보이지 않았다. 옆에 앉는 사람이 없었으면 좋겠다는 생각을 하며, 중간 자리 창가에 앉았다. 몇 분 지나지 않아 버스가 출발했고, 옆에는 아무도 앉지 않았다.

한 시간 정도 달리는 동안 바깥을 보며 복잡한 마음이 들었다. 이런 생활을 얼마나 더 해야 할지 모르겠는 막막함 때문이다. 물을 주던 화분이 전에부터 뿌리가 썩었었다는 것을 알게 됐을 때의 기분과 닮았다.

'아직 시작도 안 했다. 마음 단단히 먹어야 한다.'

주황색 가로등이 전부이던 길을 달린 지 한참 됐을까? 「하남물류센터」라고 쓰여 있는 곳이 보이기 시작한다. 각자의 자리가 있는 것인지 전혀 다른 곳에서 온 버스들이 막힘없이 하얀 실선 안에 주차했다. 꺼졌는지 켜졌는지 잘 구분이 가지 않는 탁한 조명이 다시 켜졌고, 표정 없는 사람들이 내리기 시작했다. "가방은 두고 내리나요?"라고 물었지만, 기사는 대답 없이 고갯짓으로 아니라고 했다. 가까이서 보니 눈이 상당히 크고, 광대가 튀어나온 노인이었다. 그리고 특이했던 건 그 큰 눈보다 두 배는 큰 안경을 쓰고 있었다는 것이다. 체온을 재고, 사무실로 들어가니 전화를 했던 팀장이 앉아 있었다.

"앞에 종이 하나씩 드렸어요. 사인해 주시면 됩니다. 일일 근로 계약서이고, 퇴근하시기 전에 제출해 주시면 됩니다."

품 안에서 만년필을 꺼내려는데 신입처럼 보이는 직원이 돌아다니며 볼펜을 나눠주기 시작했다. 그는 기어들어가는 목소리로 휴게 시간과 식당의 위치, 흡연 구역 등을 알려주었다.

"아저씨. 이쪽으로 오세요."

빨간 목장갑을 나눠주던 남자가 나를 불렀다.

"개인 짐은 이곳에 두시고 이제 들어가실게요."

"바로 시작하나요?"

"네. 두 시간이요–"

말끝을 흐리면서 먼저 가버리는 남자를 따라 이중으로 된 문을 열고 들어간 물류창고 안은 입김이 나올 정도로 매우 추웠다. 마스크를 쓰고, 장갑을 낀 사람들이 냉동 빠레트 위에 냉장육, 쌀, 통조림 캔 같은 것들을 쌓고 있다. 그리고 그 사이를 노란 불빛이 들어오는 사이렌을 울리며 지게차 운전사들이 바쁘게 움직이고 있었다.

"이렇게 모양 맞춰서 쌓으신 다음에 비닐랩으로 감싸면 돼요."

조장이라고 했던 사람이 말했다. 그는 이것을 말해주는 시간조차 아까운지, 이쪽을 한 번도 보지 않은 채로 손을 움직이며 말을 하고 있다.

"고기는 돼지고기, 소고기, 닭고기가 있고, 등급이 여섯 단계로 나눠지기 때문에 잘 보고 분류하셔야 돼요. 여기 보시면 한우 부위도 여덟 가지. 같은 일 두 번 하는 게 시간 낭비가 더 하니까 자신 없으시면 그냥 저쪽 가셔서 남는 빠레트 들고 오시는 일 하시면—"

할 말을 끝낸 조장은 한쪽만 빼고 있던 이어폰을 다시
끼고, 저쪽으로 가버리면서 "아시겠어요?"라고 했다.

*

장갑을 벗으며 작업장을 떠나는 사람들을 따라서 밖으
로 나왔다. 입김이 나오던 물류센터 안은 일을 시작한 지
삼십 분도 되지 않아서 땀이 나는 곳이 됐다.

그들은 자판기 앞에 모여서 담배를 태우고 있다. 콜라
한 캔을 뽑아서 자연스레 그들 옆에서 불을 붙였다. 붙임
성이 좋은 사람 하나가 이 사람, 저 사람에게 말을 걸고
있었다.

"아저씨는 밖에서 뭐해요?"

"대리도 뛰고, 가끔 이렇게 물류센터도 나오고."

"학생은 좀 어려 보이는데 몇 살이야?"

"열아홉이요. 이번에 새로 나온 조던 사려고 잠깐 일하
는 거라."

"학생이 용돈도 안 받고 기특하네. 기특해."

붙임성이 좋고, 말이 많은 남자는 자판기에서 캔커피
하나를 뽑아서 학생에게 건넸다. 그리고 나는 금방 자리
를 떴다. 내 차례까지 오는 게 싫다. 흡연 구역 뒤편으로

가니, 인터넷을 하거나 전화를 하고 있는 사람들이 거리를 두고 연석에 주저앉아 있었다.

"아빠 오늘은 늦어. 먼저 자고. 엄마는?"

멀끔한 정장을 입은 사람이 졸음이 가득 담긴 목소리로 말했다. 그는 회사에서 정리해고를 당한 사실을 집에 알리지 못하는 사람이었다. 나는 '물류센터 일이 저런 정장을 입고 하기에는 쉽지 않을 텐데.'라고 생각했다. 그의 밤이 꽤 길 것이라는 생각도.

"한 타임 더 하고 식사시간 있습니다. 들어들 오세요."

말이 느리고, 행동이 빠른 조장이 사람들을 불렀다.

일이 끝난 건 오전 6시가 다 돼서였다. 다들 녹초가 된 몸을 이끌고 버스에 올라탔다. 그리고 언제 잠들었는지도 모르게 잠이 들어버렸다.

"우리가 관계를 맺는 건 일종의 약속 같은 거야."

B가 말했다.

"왜 그렇게 생각해?".

"결국 내 우주는 하나니까."

자신감이 넘쳐 보이는 표정. 고개를 사선으로 밀치며 말하는 모습. 그녀의 마지막 말은 소리가 목 안쪽으로 말

려들어가며 "하나님."으로 들렸다. "하나니까."였을 것이라
고 넘겨짚었을 뿐이다. 그리고 이 모든 건 B가 자신의 생
각에 확신이 들었을 때 하는 행동이다.

"유니버스, 갤럭시. 외계인이 돼서 낯선 것은 나의 우주
로, 나는 내가 아닌 다른 행성으로. 이 남자가 혹은 이 여
자가 나의 세상을 파괴하지 않을 것이라는 맹신. 그 근거
없는 믿음이 약속을 만들고, 관계가 된다고 생각한달까?
겨우 옆에 누워 있는 사람의 우주조차도 넘볼 수 없는데
말이야."

K는 문득 이런 생각이 들었다.

"네가 말한 그 근거라는 게 「말로 표현할 수 없을 만큼
커져버린 마음」 뭐 이런 걸로는 설득력이 부족한 거야?"

"그게 가장 근거가 없는 소리지."

"그런가."

K가 멋쩍게 웃는다.

"지금 당장 네가 이곳에서 사라져 버린다면 나는 너를
찾겠지. 몇 시간? 몇 달? 몇 년이 지난다면, 네가 없는 나
를 비관한 내가 스스로 목숨을 끊을 수도 있고. 그렇게
파괴되는 건 결국 내 우주 하나뿐이겠지만."

"그렇지만 너를 사랑하는 많은 사람들이 꽤 슬퍼할 수
도 있잖아."

"격변은 새로운 창조를 만드는 거야. 마치 블랙홀과 우주처럼."

"무슨 말인지 모르겠어."

연못에 다이버가 들어가듯 작은 물방울 소리만을 남긴 채 K와 B의 모습이 흐릿해져 간다.

어느새 얼음으로 가득 채워진 유리잔 안에 들어와 있다. 알코올 냄새가 나고, 얼음은 아주 차가웠다. 무슨 사우나 안에라도 들어가 있는 사람처럼 어깨 높이의 얼음들에 기댔다.

손을 모아서 알코올 냄새가 나는 것을 퍼담는다. 코에 가져다 대니 위스키? 라는 생각이 들었다. 의구심이 들었지만, 가벼운 궁금함을 가지고 있던 나는 그것을 조금씩 맛보기 시작했다. 스카치인가? 그러기엔 조금 달콤한데? 시나몬, 말린 체리, 체다우드. 이건 버번위스키다. 내가 왜 버번이 가득 찬 유리잔 안에 들어와 있지? 의지로 선택을 했다기엔 기억이 없다. 마지막으로 마셨던 버번의 이름이 뭐였더라….

우드포드 버번위스키, 멕시코산 시가, 리바이스 진, 워터맨 만년필 그리고 B. 요즘 내가 빠져 있는 것들이다.

그때 "하차하세요!"라고 기사가 소리치는 바람에 잠에서 깼다.

*

사당역을 다시 내려가는 계단에서 다리에 쥐가 나 두 번이나 주저앉았다. 오전 7시. 이른 출근을 하는 사람들이 넥타이를 고쳐 매거나, 신문을 팔짱에 낀 채로 급하게 승강장으로 가고 있다.

빈자리가 많은 열차가 들어온다. 자리에 앉으니 따뜻한 바람이 나오고 있다. 졸음이 쏟아진다.

어디론가 달리고 있다. 언제부터였는지도 모르고, 언제까지일지도 모르는 것 같다. 그리고 호흡이 가빠지기 시작하자마자 멈춰버렸다. 마치 오래전부터 달릴 수 없었던 사람같이 뒤늦은 괴로움이 밀려온다.

바큇살이 부러진 자전거처럼 몸은 흔들리고, 위태롭게 멈췄다. 휘낭시에로 만든 쿠션을 만지는 기분이다. 정체가 불분명한 포근함이 느껴졌다. 그것이 꽤 이상했다.

어느새 손에는 커피 한 잔이 들려 있다. 얼음과 우유가 들어간 커피이다. 나는 평소에 이것을 마시지 않는다. 쓴 커피는 내 취향이 아니다. 맞은편엔 기척 없이 앉아 있는 친구가 있다.

그의 이름은 기억나지 않지만 친구라고 할 수 있었던 것은 그를 손이 닿을 수 있는 거리에 두고 있으면서도 경계하고 있지 않아서였다. 몽환적? 그렇게 표현할 수 있는 느낌일까? 고개를 기울이지 않았는데, 기척 없이 앉아 있는 친구와 얼음과 우유가 들어 있는 커피와 뒷걸음질을 치고 있는 것처럼 보이는 사람들이 갑자기 사선으로 움직이기 시작했다. 그것은 정확히 왼쪽 아래 8시 방향에서 오른쪽 위인 1시 방향으로 일정했다. 그런데 한 가지 이상했던 것은 이 모든 것이 그다지 어색하지 않은 것처럼 느껴진다는 것이다. 그때 친구가 말을 걸었다.

"어서 먹어."

인위적으로 올려놓은 여섯 개의 딸기 위에 슈가파우더가 잔뜩 뿌려진 생크림 케이크를 그가 내게 건네며 말했다. 자세히 보니 그는 조력자 A였다. 나는 의심 없이 그것을 받아 들었다.

"생일도 못 챙겼잖아. 그래서 가져왔어."

가만히 듣다 보니 그는 피해자 B의 목소리를 하고 있다. 이건 어딘가 이상하다고 생각했다. 왼손으로 케이크를 건네는 그가 아닌 그녀의 오른손엔 영문으로 쓰여 있는 두꺼운 책이 들려 있었으며 그가 아닌 그녀는 파란색 양키스 모자를 쓰고 있었다. 그 위에는 세모와 네모의 중간 정도 되는 프레임을 가진 선글라스가 끼워져 있었지만, 그는 이미 오렌지색 컬러렌즈가 들어간 선글라스를 쓰고 있었다. 손톱보다 큰 알맹이가 족히 스무 개 이상은 꿰어 있는 진주 목걸이를 하고 있었으며, 트위드 블라우스와 교복 바지를 입고 있었다. 조력자 A의 바지가 교복이란 것을 알 수 있었던 건 그것이 내가 고등학교 내내 입었던 바지와 같은 것이었기 때문이다. 하지만 그는 나와 같은 학교를 나오지 않았는데?

"언제 준비한 거야?"

나는 중의적인 문장을 그녀의 목소리를 한 그에게 던졌다. 그러자 조력자 A는 목각인형처럼 천천히 고개를 돌리며 말했고, 그것이 동물의 울음과 비슷하다는 생각이 들었다.

**

오늘이다 싶은 날에 떠나기로 마음먹은 게 며칠 전인지 기억조차 나지 않는다. 그게 오늘이다. 매뉴얼대로 빨래를 돌려놓고 나니 아직 샤워는 할 수 없다. 옥탑방은 세탁기가 돌아갈 때 물이 나오지 않는다. 그래도 양치질 정도는 할 수 있다. 할 수 있는 걸 하면서 시작하자는 마음이다. 쓰레기를 버린다든가, 이불을 정리하는 따위의 일들 말이다. 이제 세상에는 용의자 K만 남는다. 그 혹은 그것들은 다 태운 성냥처럼 날아갈 것이다. 바람이 부는 곳으로.

며칠 전에 꺼트린 시가 몇 개가 옥상의 초록색 바닥을 굴러다니고 있다. 새벽에는 바람이 많이 불었나 보다. 나는 침대 앞, 작은 카페트가 깔려 있는 바닥에 여러 가지 물건들을 펼쳐놓았다. 이 중에서 함께 갈 수 있는 건 몇 개 안 될 것이 분명했지만, 직접 눈으로 확인하고 싶었다.

선불폰 하나와 천이백팔십만 원 정도의 현금, 두 개 남은 시가와 위스키가 들어 있는 플라스크 한 개, 흰색 티셔츠 두 개와 팬티 두 장이 이번 여행의 짐 전부이다. 10년 정도 떠나는 긴 여행치고는 라이트하다. 플라스크 안에는 어떤 위스키를 넣어두었는지 모르겠지만 적어도 싱글 몰트는 아니겠다고 생각했다. 요즘 나는 버번을 마시기 때문이다. 다크 네이비 수트와 하늘색 스트라이프 셔츠를 꺼냈다. 양말은 보라색을 신을 것이다. 집세를 보낸 지 겨우 일주일이 채 안 됐기 때문에 이 집에게 남은 시간은 한 달 정도? 그 안에 가능한 한 멀리 떠난다. 그게 전라남도 해남이 될 수도 있고, 강원도 영월이 될 수도 있지만 섬진강은 보고 싶다.

로크 구두를 탁탁 신으며 문을 닫았다. 순간 기시감이 들었다. 문은 굳이 잠그지 않기로 했다. 다음 달에 이곳을 찾을 사람들에게 그 이상의 수고로움은 남겨주지 않는 것이 좋을 것 같아서였다. 빨랫줄에는 수건 몇 개가 널려 있다. 시선만 한 번 던지고는 고개를 숙여 지나쳤다. 비에 젖고, 바람에 날리다 떨어져서 개미들이 짓밟고 다닐 것이다.

"진짜 단출한걸?"

턱이 높은 옥상 계단을 내려가며 나지막이 읊조렸다. 그리고 색이 바랜 녹색 대문은 발로 밀어 닫았다. 집 앞 골목에서 따뜻한 냄새가 난다. 이건 내렸던 비를 머금고 있던 아스팔트 도로의 수증기가 증발하며 나는 냄새이다.

아직 버스 시간이 남았는지 정류장에는 사람이 몇 서 있다. 자연스레 그들 뒤에 가방을 가져다 대고 몸을 세웠다. 옆으로는 강아지풀들이 길게 늘어선 채로 도로 위에 누워 있다. 벌러덩 드러누운 것과는 얘기가 다르다. 무수히 많은 차가 밟고 지나간 모양이다. 그리고 그것과는 별개로 햇빛이 강렬하다. 오늘은 눈을 찡그리게 만드는 날씨이다. 레이밴 선글라스를 챙기길 잘했다고 생각하며, 가방을 열었다. 시가 케이스를 뒤로 밀고 손가락을 구부려서 그것을 꺼냈다.

그때 초록색 버스 하나가 어슬렁 하고 오는 것이 보인다. 손이 바쁜 나는 마음이 급해졌다. 카드를 지갑으로 다시 넣을 새도 없는 것처럼 지갑 채로 가방에 던져 넣었다.

버스 안은 냉랭했다. 남에게 시선을 던지지 않는 사람들이 양옆으로 앉아 있다. 에어컨 바람이 강했던 것도 있다. 다행히 내가 선호하는 왼쪽 구석 자리는 비어 있다. 플라스틱 의자 옆으로 배가 나온 가방을 꽂으며, 바지를 위로 당겨 구김이 가지 않게 앉았다. 이대로 종로까지 갈 생각이다.

아. 카메라를 챙기지 못했다. 아쉽지만 어쩔 수 없다. 더 이상은 짐일 뿐이다.


「엉망진창이네 알아서 정리할게 그만 얘기하는 게 좋겠다. 괜히 전화해서 쓸데없는 이야기 했다. 최대한 빨리 챙기고, 많이 챙겨서 나갈게. 우리 인연은 이미 끝났으니 이에 관한 이야기는 여기서 더 붙여지고 말고, 더 빼는 것도 마는 걸로…」

마지막 문자메시지를 읽고 있는데 옆자리에 아주머니 하나가 앉았다. 이 정도 거리에서는 이 글이 보일 리가 없지만, 괜히 찜찜한 기분이 들어 화면을 껐다. 그렇게 철저히 남들과 분리되어 나 역시도 남에게 시선을 던지지 않는 사람 중의 하나가 됐다.

*

　버스는 어느새 동대문을 지나 종로 쪽에 접어들고 있
다. 청계천이라는 물이 흐르고, 동서남북에 문이 있는 낯
선. 서울. 그 나라의 말을 모르는 이방인이 된 것처럼 눈
을 크게 뜨고 눈이 가는 곳마다를 기억해 보려고 노력했
다. 이곳은 누구와 걷던 곳 혹은 거닐던 곳. 다시 오지 않
을 곳. 증발하는 알코올처럼 향수가 날아가고 있다. 아쉽
지만 종로1가행 버스는 빨리 달린다. 햇빛을 받으며 앉아
있다 보니 머리는 차갑고, 등은 땀으로 젖는 게 느껴진다.
머리는 차갑고 가슴은 뜨겁게, 라는 말이 갑자기 생각난
건 우연이 아닐 것이다. '그때는 에어컨디셔너라는 게 없었
을 때였을 거야.'라고 속으로 곱씹었다.


　"이번 정류장은 종로5가— 종로5가."
　시선이 주목되는 것이 싫어서 하차벨을 누르고 싶지는
않는데 운이 좋게도 내리는 사람이 더 있는 모양이다.
나는 자연스레 그들 틈에 섞일 수 있었다. 그렇게 종로5가
버스 정류장에서 종로3가 지하철역까지를 걸으면서 "하
차입니다—"라는 말을 기계처럼 반복했다. 어떤 말을 하고
싶지만 누구에게 들키고 싶지는 않을 때 내가 주로 하는

버릇이다. 주얼리라고 쓰여 있는 가게들을 지나치고, 유행이 지난 짝퉁 옷을 파는 곳들을 지나쳤다. 먼 길을 떠나기 전, 때가 묻은 구두를 닦고 갈까 싶어 구둣방을 눈으로 찾았다. 이건 확실히 어떤 미신 같은 것이다. 하지만 근래에는 흔하지 않은 장사라 그런지 몇 블록을 가도 구둣방은 보이지가 않았다.

그때 빨간 명판에 「구두」라고 칠한 반 평짜리 컨테이너 하나가 보였다. 옆으로 작게 난 창은 샷시가 내려와 있어 가까이 가보기 전까지는 문을 열었는지 닫았는지 알 수가 없었다. 삐걱대는 미닫이문을 살며시 밀고 들어가니, 도수가 높은 안경을 쓰고 있는 노인이 앉아서 컵라면을 먹고 있다. "지금 구두를 좀 닦고 싶은데…"라고 하자 그는 말없이, 젓가락과 종이컵을 내려놓으며 손수건으로 입을 닦았다. 검댕이 묻은 것인지, 세월의 때가 탄 것인지 모르겠는 그 손수건은 본래의 색을 잃어버린 듯했다.

"4천 원."

그가 말했다.

나는 발에 맞을 것 같은 갈색 슬리퍼로 갈아 신으며 그에게 로크 구두 한 쌍을 건넸다. 무수한 무게에 눌린 것인지 슬리퍼의 바닥은 많이 닳아 있었고, 쿠션감은 전혀 느껴지지 않았다. 노인이 상표가 거의 지워진 구두약의 뚜껑을 열자 라면 냄새를 덮는 쾌적한 악취가 났다. 이것은 오일리하면서도 싱거우며, 담백하지만 끈적한 점액질이 묻은 나뭇잎을 무심결에 만졌을 때의 그것과 닮았다.

그가 왼손과 오른손을 재빠르게 움직이며 광을 내는 구두를 보며 나는 감탄했다.

"요즘도 구두를 닦으러 오는 사람이 있던가요?"

나는 마이스터 같은 태도의 노인과 어떤 유대감 같은 걸 만들고 싶어 말을 걸었다.

"잘 없지. 그래도 배운 게 이것뿐이라 연명하는 정도."

그는 열여섯이 됐을 때부터 이 일을 했으며, 정확히는 구두를 날라다 주는 일을 했다고 했다. 기술을 가르친다는 명분으로 일 년 반 정도는 보수를 받지 못했다고 했다. 그가 기억하는 첫 월급은 13만 원.

다시 얼마간 정적이 흘렀다.

노인은 한 번 신어보라는 듯이 왼쪽 구두를 들었다. 손에 약간의 구두약이 묻었지만 바지에 슥슥 닦아버리며, 그것을 발에 맞춰봤다.

"깨끗하네, 요."

나는 지갑을 꺼내 4천 원을 건네려다 만 원짜리 한 장을 꺼냈다.

"잔돈은 괜찮습니다."

한사코 손사래를 치는 노인에게 만 원을 쥐여주려는데 그는 결국 검은 양말 한 족을 주고서야 나를 보내줬다. 짐이 하나 더 늘어버렸지만, 마음은 가벼웠다.

동선상으로는 택시를 타며 수사 선상에 혼란을 주는 것이 좋을까 싶었지만, 오히려 지하철로 이동하는 게 알리바이와 수사 인력 낭비에 적절할 것 같다는 확신이 들었다. 그렇다면 출발이다. 이제 더 지체할 시간이 없다.

종로3가역 4번 출구 쪽에 있는 물품 보관함 앞으로 갔다. 하루에 만 원. 최대 보관 기간은 열흘이다. 기한 내에 찾아가지 않은 물품은 분실물 보관센터로 간다고 한다. 열흘이면 충분하다. 지금부터 신용카드는 쓸 수 없기 때문에. 2500원을 넣고 보관함 문을 열었다. 액정이 깨진 핸드폰은 이제 이곳에 두고 간다. 보관함 안에 가방과 손을 넣고 보조배터리를 꺼내 연결했다. 전원은 끄지 않고 저전력 모드를 설정한다. 실험을 해본 결과로는 보름 정도 켜져 있었었다. 선불폰을 샀었지만 원래 쓰던 것 역시도 버리지 않고, 가지고 있었던 이유는 수사가 시작되는 시점부터 핸드폰을 버렸다는 것이 알려지면 용의자로 특정하고 나의 동선부터 따고 들어올 것이 분명했기 때문이다. 용의자가 아니라 용의 선상에 오르는 것으로 시작되어야만 이 적당한 도피가 가능하다. 또한 만약 이곳에서 전원을 꺼버린다면 기지국에 마지막 기록은 이곳이라고 남을 테고, 전원을 끄고 어딘가로 이동했을 것이라는 추론을 할 시간을 단축해 주는 꼴이다. 하지만, 전원이 꺼지지 않은 상태로 이곳에서 시그널이 잡힌다면, 위치를 특정할 순 있지만 정확한 좌표까지는 제공이 되지 않는 지피에스의 특성상 경찰들은 사물함 앞에 서서 닫혀 있는 사물함들의 번호를 보며, 지하철 안전공사 쪽으로 공문을 보내야 할 것이다. 주인 없는 컨테이너를 무작정 잡아 뜯을 수는 없을 테니까 말이다. 그렇게 단 몇 시간이라도 얼마간의 시간이 더 필요할 테고, 이것 역시 나의 시간을 벌어다 준다.

지하철 3호선 남부터미널까지는 30분 정도가 걸렸다. 아직 출발까지 한 시간 남은 버스를 기다리기 위해 대합실에 앉았다. 계절에 맞지 않는 긴팔 셔츠를 입은 사람부터, 지나칠 정도로 시끄러운 목소리를 내는 중년의 여자, 몸체만 한 선풍기 앞에 앉아 연신 물을 마시고 있는 20대 초반의 여자, 수수한 차림의 커플과 권태로운 표정을 하고 있는 군인이 각각 목포행, 부산행, 대전행 버스를 기다리며 공간을 구성하고 있었다. 그 모습은 마치 색동저고리를 입은 원숭이처럼 유치찬란하고, 화려했으며, 부자연스러웠다. 나는 흰옷에 담뱃재를 떨어트린 것처럼 엉성한 자세로 편의점과 대합실 의자 사이를 기웃거렸다. 그사이 앳된 얼굴의 군인은 8번 승차 홈으로 가버리고 말았는데, 우연처럼 에릭 사티의 '짐노페디'가 자연스레 떠올랐다. 표지판과 승차 티켓을 번갈아 보느라 멈칫멈칫하는 모습이 마치 눈이 내린 길을 소복하게 걸어가는 모양새를 닮았기 때문이다. 왼손에는 보따리를 들고, 오른손으로는 내리는 눈을 가리기 위한 우산을 든 그 모습.

대합실 옆 승차 홈 가는 길에는 '잔치국수'라고 쓰여 있는 가게 세 개가 나란히 붙어 있었는데, 보고 있자니 갑자기 허기가 졌다. 가장 한적해 보이는(그래봤자 두어 명 앉아 있는 것이 전부인) 첫 번째 국숫집에 앉았다. 가방을 내려놓고, 종이컵에 물을 따르는 사이에 얼굴만 한 스테인리스 그릇이 앞에 놓인다.

"빠르네."

함께 내어주는 것이라고는 김치와 단무지가 전부이다. 국수 위에 올라가 있는 양념간장을 잘 비볐다. 면은 그럭저럭 먹을 만했지만, 멸치육수 국물에서는 수돗물 냄새가 강하게 났다. 배만 조금 채우자 싶어 반 정도 먹은 그릇을 수돗물 향이 나는 국물과 함께 남겼다. 주인으로 보이는 여자는 나를 힐끗 보고는 다 쓴 휴지 뭉치와 '반' 그릇을 가져갔다. 그녀의 뒷모습을 보며 나는 '어차피 다시

선데이서울 **253**

볼 일 없을 사람이다.'라는 생각을 했다. 뜨겁지는 않았지만 그래도 따뜻한 국수를 한 그릇 먹었더니 등줄기를 타고 땀이 흐르는 게 느껴진다. 그와 동시에 어깨를 누르는 재킷이 무겁다. 하지만 웃옷을 벗는 건 버스 안에서 하기로 했다.

포터 가방을 챙겨 승차 홈으로 간다. 승차 계단에 서서 티켓의 절반이 조금 안 되는 부분을 찢어 기사에게 주었다. 노인들이 대부분 타고 있는 것 같은 버스이다. 이 차는 에어컨을 꺼둔 채로 목적지까지 달릴 것이다. 하동까지 꼬박 세 시간 이십 분이 걸린다는데, 나는 이름 모르는 저들의 더위에 녹고 추위에 얼어버리는 나약한 몸뚱어리에 대해 짜증 한 번 내지 않고 앉아 있을 수 있을까를 생각했다.

\*

시골 쪽으로 갈수록 산보다 높은 집을 찾는 것이 드물다. 얽혀 있는 전선이 보기 성가신 전봇대조차도 그렇다. 그래도 도시에 비해 색은 더 생기 있다.

"에버그린."

자로 잰 듯이 반듯하게 제단 된 벼 길은 말 못 할 풍요로움까지 더듬거리듯 찾게 만든다. 이것은 레이밴 선글라스로는 가려지지 않는다. 피스타치오 색(본래는 스피아민트에 더 가까운) 고가도로와 인적 드문 길을 걷듯이 천천히 달리고 있노라면 이 땅의 주인은 본래 인간이 아니었다는 무력감이 여실히 느껴진다. 플랜테이션이라든가 가변차로 같은 것은 모르겠고, 옥수수를 주식으로 하는 부족의 일원이 된 기분? 이제는 사람의 손을 타지 않아서 아무렇게나 자란 풀숲이 도로까지 튀어나오는 곳을 지나고 있다.

「구례」라고 쓰여 있는 표지판을 끝으로 동굴에 들어가는 차의 신호가 끊긴다. 터널을 달리다 보면 역방향으로 뛰쳐나가는 것처럼 보일 때가 있다. 지금이 특히 그렇다. 하얀 타일과 콘크리트를 뒤로 보내며 어두울 만큼 어두운 빛이 그림자 위로 깔린다. 그렇게 터널은 한참이나 이어졌다. 익숙한 멜로디가 나오고, 이내 덜컹이며 버스가 휴게소로 진입했다. "나를 버리고 가시는 임은―"이라는 노랫말이 자동으로 떠오르는. 하차벨 소리였다. 탄천 휴게소. 잠자코 구석에 몸을 숨기고 있는 편이 좋았겠지만, 그렇지 못했다. 저녁을 먹기에 애매한 시간이라 그런지 내부에는 사람이 많지 않다. 타이밍이라면 지금이다. "5746―, 5746―." 두 번이나 번호를 외며 화장실로 갔다. 하지만 내리면서부터 보인 앞사람의 빈 뒤통수를 보느라 어느새 번호는 잊어버리고 "영화여객을 이용해 주셔서 감사합니다."
라는 말만 머릿속에 남았다. 손바닥 자국이 여러 개 있
는 유리문을 마치 잼이 묻은 스콘을 집는 것처럼 세 손가
락으로 밀고 들어가니 누런 타일 사이에 물때가 끼어 있
는 낡은 화장실이었다. 벽에는 색이 많이 바랜 꽃 그림이
걸려 있다. 저 색깔은 왠지 푸시아핑크였을 것 같다. 갑자
기. 어떤. 사람이. 생각이. 났다.

'하이웨이 투 헬'을 들으며 말보로 미디엄 한 개비를 꺼
낸다. 커피 한 잔이 필요한 정신이었지만, 정차시간이 촉
박하다. 가운데 머리가 벗겨지고, 갈색 워커를 구겨 신은
사람이 흡연 구역 가까이로 오고 있다. 차 키가 꽂혀 있는
열쇠고리를 손가락으로 돌리고 있는 이 남자가 신경 쓰는
것이라고는 내가 서 있는 바로 이곳, 휴게소 앞 의자에 빈
자리가 있나 뿐이다.

자리로 돌아가야겠다.

출발하지 않는 버스에서 창밖을 보고 있는데 인기척이
느껴졌다. 기사가 눈으로 사람의 수를 세는 듯했다. 그는
그것 외의 불필요한 말이나 행동은 하지 않았다. 날씨가
좋지 않냐든가 따위의 것들 말이다. 기계적이지 않은 모
습이라면 출발 전에 물을 한 모금 마시는 정도. 해는 정
확히 도로 위에서 지고 있다. 바로 그 해는 이 버스의 가

장 끝자리인 30번보다도 더 뒤에 있다. 물론 그것이 남긴 노을은 산에 걸린 연무를 뚫지 못한다.

*

푸른 안개가 산과 강을 덮고 있다. 오후라는 것을 알고 있지 않았더라면 새벽녘과 채도가 같아서 괴리감이 없을 정도였다. 반대편에서 오는 차의 라이트도 흐릿하게 보인다. 국도를 위태롭게 달리는 버스는 멈출 생각이 없어 보인다. 빗방울은 거칠게 창문에 맞아 부서졌다. 불이 꺼진 내부에는 뒷모습 그림자만 몇 개 있다. 저들이 가지고 있는 사연은 무엇일까 궁금했지만 알 방법이 없는 나는 무기력하게 산등성이 너머만 내다볼 뿐이다.

잠시 버스가 멈추고, 불이 환하게 들어왔다. 기사가 무어라 소리치자 자리에서 벌떡 두 명이 일어섰다. 하지만 내가 있는 뒤쪽까지는 잘 들리지 않았다. 시골 정류장에 멈췄다는 말이었겠거니 하고 다시 고개를 돌렸다. 우리가 어디서부터 이 빗길을 뚫고 왔을지 알 리 없는 사람들이 한데 모여 있는 정류장 옆 작은 카페를 지나고, 간판은 꺼진 채로 문이 열려 있는 식당 등을 지나며, 여전히 위태롭게 버스는 달렸다. 지금 바깥세상은 주황색과 군청색뿐이다. 이건 다분히 이데올로기적인 길이다. 우산을 쓰고 데리러 나온 여자에게 전화를 걸며 일어서는 남자가 내리고, 핸드백 안에서 작은 핑크색(푸시아핑크가 아닌) 우산을 꺼내든 젊은 여자가 내렸다. 어느새 버스 안에는 나와 운전기사 단둘이 남았다.

얼마 가지 않아 위태롭고, 서른 개 창문마다 부서진 비가 묻어 있는 버스가 멈췄다. 2층 정도 되는 높이에 아지랑이가 피어오르는 것처럼 뿌옇고 하얀 글씨로 「하동역」이라는 간판이 보인다.

오후 8시 35분. 우산이 없는 정장 차림의 남자를 내려준 버스는 미련 없이 문을 닫고 어딘가로 가버렸다. 나는 두리번거렸지만, 주위에는 여름 나무와 불 꺼진 가로등, 유행 지난 음료수가 들어 있는 자판기뿐이었다. 이렇게 시작부터 막막한 기분이 드는 건 오랜만이다.

스치듯이 봤던 편의점을 향해서 왔던 길을 되돌아 걸어가기로 했다. 그곳에 당도할 즈음에 '이미 너무 젖어버려서 처음 보는 정장 차림의 남자를 경계하고 싶은 마음이 들게 하지만 않았으면 좋겠다.'는 생각을 했다. 다행히 그리 멀지 않은 곳에 세븐일레븐 하나가 있었다. 하동읍내점이라고 쓰여 있는 그곳엔 검은색 뿔테안경을 쓰고 파란 조끼를 입은 아르바이트생이 응대를 하는 곳이었다. 일단 우산 하나를 샀다. 다시 짐이 늘어버렸지만, 이것 역시도 최소한의 어떤 것이라는 핑계를 마음속으로 읊조리며 집어 든 물건이었다.

"잠시 말씀 좀 여쭐게요."

바코드를 찍는 기계를 엉성하게 든 채로 그가 나를 쳐다본다.

"이 근처에 혹시 식사를 할 만한 곳이 있을까요?"

"아⋯."

그는 계산을 받는 게 먼저인지, 나의 물음에 답을 해주는 게 먼저인지 혼란이 온 것처럼 머뭇거리기 시작했다.

"일단 계산 먼저."

내가 현금을 건넸다. 아르바이트생은 암산에는 자신이 있는 것처럼 계산대 화면을 보지 않은 채로 잔돈을 꺼냈다. 그 손놀림이 덩치에 비해 빠른 것이 인상적이었다.

"동네가 워낙 시골이라 아마 없을 거예요."라고 말하며, "술집 빼고."라는 말도 덧붙였다. 수돗물 냄새가 나는 잔치국수만 아니었더라면 이런 것들을 고민할 필요도 없었을 텐데, 라는 생각이 들었지만, 감사하다는 인사를 전하고 작은 비보호소를 나왔다. 동네 파출소를 지나고, 고양이 그림이 있는 애견숍이라든가, 소재가 불분명한 건물을 몇 개 지나쳐서 걸었다. 걷다 보면 뭐라도 보이겠지.

저 멀리 보이는 빨간 간판을 보기 위해 가까이 가니 커피를 팔고 있는 듯했다. 마감까지 한 시간 남은 카페였다. 커피는 따뜻하게 마셔야 한다는 나름의 철칙도 무르고, 아이스 아메리카노 한 잔을 주문했다. 불쾌할 정도로 옷이 젖었고, 머리가 아프고, 여름이었기 때문이다. 도피처를 향해 간다고는 하지만 더 이상의 무계획을 용인한다면 이대로는 위험하다.

또래보다 나이가 들어 보이는 직원의 등 뒤로 깨끗하게 씻어서 말려놓기 위해 널어놓은 빈 유리잔과 머그컵들이 보였다. 그녀는 진심으로 내가 테이크아웃을 해서 나가주기를 바랐겠지만, 나도 나의 사정이 있는지라.

그 직원은 화장실이 어딘지 묻는 나의 물음에 대꾸를 하지 않고, 손짓으로 한 곳을 가리켰으며, 비를 피해 문 앞에서 담배를 태우려고 하자 "이곳에서 흡연하시면 안 돼요."라고 퉁명스럽게 말하고 유리문을 닫았다.

다시 자리로 돌아오니 커피 한 잔이 놓여 있다. 옷은 반쯤 젖었고, 저녁은 안 먹었고, 어디에서 자야 할지도 모르겠지만 맥주는 마시고 싶다.

얼마 안 가 땀이 좀 식은 셔츠를 뚫고, 에어컨 바람이 강하게 느껴졌다. 아직 이 몸은 많은 걸 느끼고 있는 것 같다. 잊지 않고 "감사합니다."라고 하며, 십여 분 뒤에 불이 꺼질 곳을 나왔다.

'여관을 봤었던 것 같은데.'라고 생각하며 걷다가 도착한 곳에는 전혀 들어가고 싶지 않은 외관의 낡은 건물이 간신히 버티고 있었다. 창문이 몇 개 깨져 있었고, 들어가는 입구 옆으로는 수풀이 우거져 있었고, 날벌레가 많이 날아다녔다. 그리고 계단과 계단 앞 계단의 색이 달랐다. 수상할 정도로 활짝 열려 있는 출입문도 수상했다. 그래도 보이는 게 다가 아닐 수도 있다는 생각이 들었다. 술을 좀 마시면 가볼 수도 있겠다 싶어 술집을 찾아보기로 했다.

다시 튀기는 비에 조금씩 젖으며 한참을 걸어 다니다 찾은 곳은 「소주방」이라고 쓰여 있는 곳과 「서울바베큐」라는 이름의 호프집뿐이었다. 소주방은 불투명 스티커가 외벽을 둘러싸고 붙어 있어 내부가 전혀 보이질 않았다. 안에서 목소리가 들리긴 했지만, 중년 이상의 낯선 남자들 목소리뿐이었다. 그에 비해 서울바베큐는 내부가 훤히 보여 경계심이 상대적으로 덜했다. 나무로 된 간판 구석에 거미줄이 몇 개 있는 것만 빼면 말이다.

왜인지는 모르겠지만 돼지삼겹김치볶음을 팔고 있는 그곳에서 소주 한 병을 함께 주문했다. 네이비 정장을 입은 남자 한 명이 앉은 테이블을 마지막으로 내부는 만석이 됐다. 지문이 마구잡이로 묻고, 습기가 차서 초점이 맞지 않는 안경을 벗어 테이블 위에 올렸다. 피로감이 몰려온다. 냅킨 한 장을 뽑아 안경을 잘 닦았고, 이내 나온 소주는 글라스에 가득 따랐다. 웅성거리는 소리가 차츰 줄어들더니 한 점으로 향하는 것이 느껴진다. 외지인에 대한 경계인지 모르겠지만, 그들은 이 테이블을 응시하지 않은 채로 응시하고 있다. 기분 탓인지 내가 내는 소리가 그들에게 들리는 것 같았다. 의식하지 말자고 생각하며 글라스 속 소주를 입에 넘치게 마셨다. 이 정도 속도라면, 음식이 나오기 전에 한 병 정도는 비울 수 있을 것 같다.

*

밖에는 아직 비가 오는 중이다. 담배 하나와 라이터를 챙겨 나왔다. 우산은 쓰지 않는다. 지근거리 건물에는 처마 역할을 할 만한 게 있었다. 일직선으로 정직하게 비가 내리는 날에 내뿜는 연기는 그것이 바닥으로 스미는지 하늘로 올라가는지 잘 구분이 안 될 때가 있다. 여기서 「정직하게」란 「바람이 불지 않는」. 종업원이 접시를 들고 주방을 나와 의자 하나만 튀어나와 있는 테이블 앞을 얼쩡거리다 갔다.

다 타지 않은 담배꽁초를 하수구처럼 보이는 곳에 던져버리고, 처마 역할을 하는 곳에서 나와 거미줄 아래의 나무문으로 돌아갔다. 다시금 소리가 한 점으로 모였다가 퍼진다. 나는 이것을 절대 포용이라든가 안도 따위의 감정이 느껴져서는 안 되는 타이밍이라고 잘 알고 있다.

어느새 술기운이 올라오는 것 같기도 하다. 젓가락을 집어 오돌뼈가 붙은 고기를 골라냈다. 이 공간 안에는 적막과 반야가 공존한다. 얼큰한 분위기는 민들레 꽃씨를 운반해가는 가을바람처럼 서울바베큐 곳곳을 헤집고 다녔다.

문득 데뷔와 C의 얼굴이 떠오른다. 홍조를 띠고 있을 데뷔와 길이감이 맞지 않아 보이는 블라우스를 걸친 C의 몸이 눈앞에 아른거리는 느낌에 달갑지 않은 기분을 느꼈다. 고사리 화분을 보고 있다 보면 그 초록 잎들 사이로 햇빛에 타버린 갈색 잎들이 보일 때 가 있다. 그것은 미처 눈치채지 못했지만 서서히 발목을 잠식해 들어가는 갯벌의 반조처럼 어느새 나의 정신과 몸에서 온전함을 거두어 간다.

나는 램프에 불을 켜듯 단번에 그리고 확실하게 자리에서 일어났다. 스스로 약속했던 주량이 된 것 같기 때문이다.

모두가 앉아 있는 이곳에서 유독 이 한자리만이 스포트라이트를 받아 빛나기 시작했다. 한밤중에, 달처럼 밤을 넘는 이들은 하나의 점을 향해 경계심을 걸치고 갔다. 다소 억지스러운 전개였지만 모텔 하나를 찾아서 걷기 시작한다.

이프

허무한 연극이 끝난 기분이 든다. 네온사인 사이로 물 흐르듯 미끄러지는 사람들이 있다. 그 틈으로 나는 이 밤을 마무리할 곳으로 간다. 요즘 나는 뉴스가 나오면 얼굴을 붉히며 채널을 넘겼고, 신문은 애써 외면하며 보지 않았다. 건망증이 심한 사람인 것처럼 내가 나를 잊어가기 시작했지만, 밀가루가 묻은 손뼉을 터는 것만큼이나 어려웠다. 밤이 된 도시를 달리는 차는 라이트를 입에 문 채로 가는 것 같다. 나는 뒤쫓는 사람 아니면 목덜미를 물린 늑대. 쫓기는 그림자 아니면 잔가지가 많은 파도. 사람은 무너지고, 행동하며, 봄을 느끼고, 물을 마신다. 늑대는 무리를 이루고, 고독하며, 눈보라에 자취를 감추고, 웅덩이를 밟는다. 그림자는 일렁이고, 작열하지 않으며, 두려움을 느끼고, 블루하다. 파도는 밀 수 있지만, 잡히지 않으며, 서툴고, 마르지 않는다. 연민 없는 사랑만큼이나 돌아갈 곳 없는 초행길은 어렵고, 여유가 없다. 눈부시게 빛나는 이곳은 겨우 네온사인 몇 개가 켜진 밤거리일 뿐이고, 아침이 없는 내일은 해가 하나 달랑 떠 있을 들판이다. 들판에서 달리는 개는 과연 개인가 여우인가. 나는 그 의미를 정의 내리지 못하고 있다. 관객 없는 무대 위 그들은 과연 개인가 여우인가. 연극은 끝났고, 허무함이 남았다.

*

나에게 살인의 이유를 묻는 건 더 이상 임팩트를 갖지 않게 됐다. 술을 마셨고, 기억을 잃은 건 팩트지만 살해 동기가 무엇이었는지 누군가 묻는다면 "딱히."라고 할 것 같아서였다. 판사에게 반성문을 쓰고 싶은 마음도 없고, B의 가족에게 합의나 용서를 구하고 싶은 마음도 없다. 걸리지 않았으면 좋겠고, 잡힌다면 고통스럽지 않게 생을 마감하고 싶은 마음은 있다. 내가 이기적인 건가. 사람도 죽였는데, 이 정도 마음먹는 건 크게 죄가 되지 않는다. 분명히 책임감 때문은 아니다. 그리고 매뉴얼은 효과적이었다. 두 달이 넘은 지금까지 나를 찾는 사람은 없다. 아, 여전히 꿈은 꾼다. 주변인들에게 안부를 묻던 사람은 아니었던지라 외로운 건 없는데, 때때로 불편할 때가 있다. 불러내서 섹스를 할 사람을 찾을 수 없을 때, 바다를 보고 있을 때, 밤에 달이 뜨지 않았을 때. 바다라는 생각을 하다 보니 떠오르는 게 있다.

한 달 전쯤에, 안목 해변에 누워 미셸 텔로의 노래를 듣고 있었을 때의 이야기이다. 미국에 사는 주상이가 한국에 왔다. 우리는 자주 연락을 하던 사이는 아니었지만, 이렇게 어쩌다 만나는 사이였다. 그는 나의 비밀을 적당히 모르고, 나는 그의 고민과 걱정을 애써 모른 척해주는 사이. 내가 살인을 했다는 것을 그가 모르고, 그의 전 애인이 낙태를 해본 적이 있는 것을 내가 아는 것처럼 말이다.

시간이 조금 지나 목덜미를 타고 땀이 한 방울씩 맺히기 시작할 즈음일까. 낮빛이 강렬하게 내리쬐는 중이었다. 우리 중에서는 비교적 이른 나이에 결혼한 이 녀석이 한 시간째 바다 건너의 아내와 통화를 하고 있었다. 이따금씩 철썩하며 들리는 파도 소리를 뚫고 「아이 세우티 빼고」라는 가사가 들어온다. 내 것과는 제법 다른 의미의 평화로움과 날씨를 향한 권태로움을 느끼는 친구의 시간이 새삼 부러웠다. 그녀가 물어오는 것과 그의 대답들 역시 지극히 일상적이지만 그들의 사랑이 푸시아핑크빛을 내기에 이만한 타이밍은 없었을 것이다. 못 배운 인간과 아이는 생생한 색을 좋아한다는 괴테의 말처럼 역시 나는 아무래도, 이 색을 내는 이 시간을 좋아하는 것 같았다. 그렇게 잠깐의 소회 이후에 우리는 다시 헤어졌다. 친구는 서울로 갔고, 나는 남쪽으로 왔다. 그리고 다시 만날 수 있을 거라는 막연한 믿음과 강제력이 없는 약속을 했다.

**

돌길을 오래 걸었더니 지친다. 섬진강을 벗어난 지도 꽤 흘렀다. 배가 고프면 멈추었고, 기대 누울 수 있는 곳을 찾으면 잠들었다 가는 여정이었다. 민들레인가 아닌가 하며 이름 모르는 풀꽃을 건드리며 걷고 있다. 바닥을 때리는 나무 소리에 고개를 드니 한 노인이 마주 서며 걸어오고 있다. 힐끗 나를 보고 다리를 절며 지나가는 그에게 말을 걸었다.

"선생님 여기에 쉬었다 갈 만한 곳이 있을까요?"

가던 길을 멈추고 가만히 듣던 노인은 잠시 왔다 가도 좋다는 말을 했다.

나는 나무 두 그루가 우거진 길 사이로 작은 사람 길이 나 있는 곳으로 그를 따라 들어갔다. 사립문 같은 문을 지나자 관리되지 않은 풀밭 사이에 기와집 하나가 보였다. 혼자 살기엔 커 보였고, 둘이 살기에도 과해 보였다. 그 기둥 옆에는 벽돌을 쌓아 올린 개집이 있었고, 그곳 안의 것은 제 덩치에 족히 여덟 배는 될 것 같은 나를 보며 맹렬하게 짖어댔다. 시골 똥개는 성질이 사나운 것 같다. 노인은 "끼익―" 소리가 나는 제 키 반만 한 문을 열고 쭈그리며 들어갔다. 곧이어 물 끓이는 소리가 나자 '커피라면 괜찮은데'라고 생각했다. 약간의 경계심을 가진 채로 구석구석을 살펴보니 팔이 닿지 않는 곳부터는 세월 먼지가 있는 집이다. 바비큐 통이 있고, 대청마루가 있다. 보라색, 핑크색 고무신이 질서정연하게 벗어져 있다. 푸시아 핑크는 아니었지만 여름 햇살만큼이나 강렬한 원색이었다. 그 위로는 20년은 넘었을 탁자와 서랍이 보인다. 그곳에 선데이서울이라는 잡지가 꽂혀 있다.

"소싯적에 나팔바지 좀 흔들던 양반인가."라고 혼잣말을 하며 선데이서울의 비키니 여인 사진을 조금 더 가까이 보기 위해 일어나려고 할 때, 노인이 물 자국이 있는 쟁반을 들고 나왔다. 물을 넣을 때 흘린 것인지, 손을 떨어서 흘린 것인지 모르겠다.

그는 "한 잔 들어요."라고 하고는 본인은 마시지도 않는 잔을 들고 나를 빤히 쳐다봤다. 젊은 사람은 오랜만이라고 했다. 나도 이 정도 나이의 사람과 독대를 하는 건 꽤 오랜만이다. 할아버지가 돌아가시고 나서는 기억이 없다. 딱히 할 말이 없어 괜스레 주위를 두리번거렸다. 햇볕에 말려놓은 고추들이 가지런하다. 그것은 그의 솜씨가 아님을 알 수 있었다. 물 자국이 있는 쟁반 때문이다. 듣는 이 하나 없지만 시끄럽게 짖어대는 개 한 마리가 거슬린다.

"댓마리에 앉지 그래."

대뜸 노인이 말했다.

퍼뜩 정신이 든 사람처럼 깜짝 놀란 나는 바지에 커피를 조금 흘리고 말았다. 그의 정만큼이나 미지근한 온도였기 때문에 괜찮았다. 다만 그 자국이 남는 게 싫을 뿐이다.

"혼자 사시지는 않는가 봐요?"

말을 마치고 한 모금 머금었다.

무언가 할 말이 있는 것처럼 입을 오므렸다 폈다를 반복하던 노인은 "집사람하고 둘뿐이지."라고 했다. "이제…"라는 끝말이 흐릿하게 들렸던 것도 같다. 다시 들으니 그의 목소리는 쇠 긁는 소리가 났다. 나는 그 뒤에 나올 말들이 궁금했지만, 대화가 길어지면 지루해질 것 같아서 묻지는 않았다. 그리고 그도 굳이 덧붙이지 않았다. 식는 것을 기다릴 필요도 없이 커피 한 잔을 금세 마셔버렸다.

이만 일어날까 하는 마음과 하룻밤 자고 가는 걸 묻지 않는 것에 대한 서운한 마음이 동시에 들었다. 공간에는 달그락거리는 소리만 이따금씩 나고 있었다. 그때 성질이 사나운 개가 다시 짖기 시작했다.

햇빛을 받아 파스텔처럼 탁하고 영롱한 연보라색 파마머리를 한, 노인의 아내로 보이는, 여자가 작은 검은색 비닐봉지를 왼손에 들고 걸어 들어오고 있었다.

"어떻게 된 거예요?"

그녀는 다짜고짜 나를 넘어 내 뒤에 있는 노인에게 말을 걸었다. 정확히는 그녀의 말이 나를 뚫고 지나간 것 같았다.

"제가 잠시 쉴 곳을 여쭤봤습니다. 어머님."

그녀와의 거리가 은근했기 때문에 나는 소리쳐 말했다. 그녀도 노인 못지않은 나이처럼 보였기 때문인 것도 있었다. 지근거리까지 다가온 그녀는 대청마루 위에 검은 비닐봉지를 툭 하고 내려놓으며 "날도 더운데 안에 드가 계시지…"라고 말했다. 그러고는 본인을 노인의 아내라고 소개했다. 그녀는 전선을 방금 연결한 선풍기를 내 앞으로 놓아주었다. 이, 삼 년쯤 건들지도 않은 것 같은 먼지가 쌓여 있는 것이었다. 부는 바람이 더운 건지, 불어온 먼지가 내 몸에 쌓여서 답답한 건지 모르겠다.

"아들놈하고 똑 닮았네 그래."

여자가 말했다.

"거 쓸데없는 소리를 하고 있어!"

노인이 버럭 화를 내며 선풍기를 발로 쳤다. 의도하지는
않았지만 자기 분을 못 이겨서 그런 것처럼 보였다.

"시골이라 잘 데도 마땅치 않을 텐데 하루 자고 가요."

노인의 아내가 말했다. 화제를 돌리기 위함이었지만 나
에게는 안타 같은 홈런이다.

나는 짐짓 고민하는 척 "그래도 괜찮을까요."라고 했다.
이 부분에서는 노인도 긍정적으로 대답했다.

"젊은 사람이 밖에서 자 버릇하면 못써."

있어도 좋다는 뜻이다.

"그럼 실례가 안 된다면 신세 좀 지겠습니다."

가방끈은 진작부터 놓고 있었지만, 그들의 호의에 감사
를 표하는 건 지금이었다.


그 후로는 둘 줄은 몰랐지만 노인과 바둑을 두었고, 그
사이에 노인의 아내는 저녁 식사를 준비했다. 집 된장을
넣어서 은근하게 끓인 우렁 된장찌개, 흑미밥, 김장김치와
미역줄기볶음이 기본 찬으로 나왔고, 평소에는 식탁에 오
르지 않았던 것 같은 느낌의 계란말이도 나왔다.

온기가 넘치는 밥상을 받아보며 생각했다. 이렇게 몇 년 숨어지내는 것도 나쁘지 않을지도 모르겠다고 말이다. 성질이 사나운 개가 짖는 소리와 텔레비전의 채널을 돌리는 소리, 달그락거리며 설거지를 하는 소리 그리고 이른 시간에 어둠이 깔리는 이곳이 거슬리지 않아서 좋았다. 그 모든 것을 이들이 만든 건 아니었지만, 그 모든 순간에 이들이 있다. 나는 기꺼이 그 일부가 되고 싶은 마음을 가지고 있다는 걸 깨닫고 있었다. 구름 한 점 없는 밤에는 달이 멈춰 있는 것이 아닐까 하는 생각이 드는 것처럼, 아들을 닮았다는 것 따위가 그들이 나를 보는 시선의 전부인 이곳에서 나는 잠시 멈추고 싶다.

*

얼마가 신세를 졌던 노인들의 집에서 가깝게 닿은 곳에 머물고 있다. 여노인이 반찬을 만들어 남는 날엔(노파의 주장에 의하면 손이 커서 우연히 남았다) 그것을 가져다줄 수 있을 정도의 가까움이다. 아무튼 그들은 빈집을 보증금도 없이 내어주었다. 그곳은 공장일을 하다가 내려온 구미 사람이 세를 내던 곳이었다고 했다. 밥솥이며, 냄비며, 하다못해 썩어가는 애호박이 냉장고에 있었지만 그 정도의 이유는 이곳의 결격사유가 되지는 못했다. 마켓에서 장을 보고, 근처 산길을 걷는 것이 일상인 생활을 하는 중이다. '마켓'이 아닌 '마퀱'이라는 간판이 달려 있기에 나는 매번 "마케트."라고 읽곤 한다.

오늘도 어김없이 점심을 때운 뒤에 걷고 있었는데 멀리 익숙한 얼굴이 보였다. 편지봉투를 들고 가다가 우연히 빨간 우체통을 발견한 기분이다. 작년까지 성수동의 커피바를 찾던 손님이었는데, "좀 멀리 갈 생각이다."라는 말을 마지막으로 보지 못했었다.

해도. 그는 아직도 내게 특이한 손님으로 기억되고 있다. 가령, 상온에 있는 보드카를 주문한다거나, 유키 구니라는 이름의 일본어로 읽히는 칵테일을 주문했다. 유키 구니는 겨울 눈을 상징하는 설탕 장식과 글라스 안 녹색의 리큐어가 어우러지며 눈이 내린 아름다운 모습을 한 잔에 담고 있다. 그리고 그는 한 달 내내 일정한 길이의 앞머리를 가지고 있었다. 또, 잘 닦여 있는 안경이 묘한 신뢰감을 주기도 했다. 그는 이따금씩 대화를 하던 중에 메모를 하는 습관이 있었는데, 그 내용에 대해서는 대화를 나눈 적이 없었다. 내 마지막 문장을 받아 적었겠거니 하는 생각만 할 뿐이었다. 이번에도 그는 브랜드를 알 수 없는 하얀색 스니커즈를 신고 있다. 번번이 물어보는 것을 잊어버린 그것이었다. 이곳과는 어울리지 않는 차림이었지만, 무심하게 왼손에 들려 있는 풀꽃 더미만큼만 길과 들에 녹아들어 있는 것처럼 보였다. 콘크리트 사이에서 간신히 고개를 내밀고 있는 새싹을 2월 중순에 우연히 발견한 기분이랄까. 이르고, 단단하다. 나는 다리가 맞지 않은 의자에 앉은 것처럼 삐걱거리며 그에게 악수를 청했다.

"정말 오랜만입니다. 그건…."

그의 왼손을 소담하게 내려다보며 물었다.

"아!"

그는 그것을 나뭇가지들 사이로 던져버리며 말했다.

"네잎클로버인 줄 알았는데 그냥 잡초였습니다. 그런데 이미 흙이 묻어버린 손이라 버리는 타이밍을 놓쳐버려서."

그가 머쓱한 듯 작게 웃으며 말을 했다.

"여전하시네요."

나는 미지근한 스톨리치야나 보드카와 유키 구니라는 이름의 칵테일을 떠올리며 말했다.

"그보다 이곳엔 어쩐 일로 오셨어요?"

서로 먼저 묻고 싶던 질문을 그가 먼저 던졌다. 변명거리를 만들 시간을 한 턴 뺏긴 기분이다.

"잠시 여행 왔습니다."라는 말을 하며 나는 그렇게 보이지 않느냐는 제스처를 취해 보였다.

"그럼 가게는 아직 하시는 건가요?"

그가 왼손에 묻은 흙을 마저 털며 물었다.

"아니요. 정리했습니다."

통보와 세금은 단호할수록 좋다.

"가시던 길이?"

"같은 것 같습니다. 저도 이쪽으로 걷던 중이라."

내 손짓에 몸을 돌린 우리는 한 방향으로 향했다.

그렇게 할 말이 떨어진 손님과 바텐더는 얼마간 말없이 시골길을 따라 걸었다. 이 말을 하려다가 말고, 이걸 물어볼까 하다가 마는 사이, 길 끝에 다다랐다. 이름 없는 개 하나가 논길을 뛰는 것을 잠시 보고 있기도 했으며, 나방인지 나비인지 모르는 것이 몸에 붙을까 팔을 휘적였다.

"일정 괜찮으시면 맥주라도 한잔하실까요? 이것도 인연인데."

나는 계획에 없던 말을 했고, 하자마자 약간 후회를 했다. 내가 그에 대해 아는 것이라곤 몇 줄 적을 수도 없었지만, 타지에서 만난 반가움이 경계심과 불안감을 누르고 있었다. 그리고 이 자보다 내가 위험한 남자일 것이라는 믿음도 어느 정도 있었기에 가능한 전개이기도 했다.

"그럴까요? 근처에…."

그가 뒤엣말을 더 하려다가 멈춘 것쯤은 알 수 있었다.

"일단 가시죠. 근처에 봐둔 곳이 있습니다. 물론 이 동네에 하나뿐인 술집인 것 같긴 하지만."

농담기 가득한 얼굴로 해도가 말했다. 이 술자리가 오늘을 마무리하기엔 나쁘지 않을 것 같기도 싶다. 그를 따라 걷는 길은 그림자가 길쭉하게 늘어져 있다. 그래서인지 맥주 한잔하기 좋은 날씨라는 생각을 하며 걸었다. 적당한 평화로움과 적당한 위태로움이 느껴졌다. 똑같은 색을 내는 가로등을 네 개쯤 지나치기 전까지 말이다. 그곳에서 우리는 멈출 수밖에 없었다. 교복을 입은 여자 하나가 피를 흘리며 쓰러져 있었기 때문이다. 그의 옷과 가방은 솜씨 없는 좀도둑이 빈집을 뒤진 것처럼 마구잡이로 풀어 헤쳐져 있었고, 얼굴 옆으로 엎어진 케이크의 딸기가 몇 개 굴러가 있었다. 모른 척해야 한다. 하지만 모른 척할 수 없다. 어딘가 익숙한 얼굴이다. 다시 한번 내 신념이 흔들리기 시작했다.

*

오후 6시 11분. 가게 오픈을 한 지 십여 분이 갓 지난 지금, 철문을 열고 앞머리가 반듯한 남자가 들어왔다.

"영업, 하시나요?"

그는 한쪽 어깨로 백팩을 들쳐메고 조심스러운 어투로

한 음절씩 끊어가며 말을 했다.

"조금 어수선하긴 한데 괜찮으실까요."

완곡한 거절이었다.

"네 천천히 하셔도 됩니다. 다행이네요. 문을 열지 않은
줄 알았는데."

남자는 백팩을 옆에 내려놓으며 앉았다. 나는 그에게
메뉴판을 건네고 뒤를 돌아서며, 혹 못마땅한 표정을 그
가 읽은 것이면 어쩌지라는 생각을 했다. 그는 바 테이블
위에 올려놓은 물을 건들지도 않은 채로 내가 간판을 내
놓고, 타프 팬을 켜는 등의 일을 하는 동안 가만히 앉아
주문을 받아주기를 기다렸다.

"주문 도와드릴까요?"

앞치마를 고쳐매며 그에게 말을 걸었다.

"에스프레소 마키아토 한 잔 부탁드립니다."

나는 잠시 생각하다가 물었다.

"숏으로 드릴까요, 롱으로 드릴까요."

그러자 그가 말했다.

"롱으로 부탁드립니다. 그리고 흑설탕도 조금만 주세
요."

조금은 특이한 손님이네, 라고 생각하며, 찬장을 뒤졌
다. 머스코바도—라고 적힌 봉지 안에는 덩어리째 뭉쳐져

있는 흑설탕이 들어 있다. 한동안 사용하지 않았기 때문인지 썩 곁들이고 싶은 비주얼은 아니었다. 작은 숟가락 하나를 들어 그것들을 들쑤셨다. 그래도 받는 입장에서는 이 정도 수고로움을 거친 설탕쯤은 되어야 기분이 덜 나쁠 것이다.

에스프레소를 추출하는 동안 그가 갑자기 펜을 꺼내 무언가 적기 시작했다. 그래서인지 사용 기한이 지난 설탕을 쓰는 나를 꿰뚫어 보는 듯한 느낌이 들었다. 정말 「특이한」 손님이다.

그는 에스프레소 마키아토 한 잔을 단숨에 들이켜고는 상온에(꼭 '상온'인 것을 강조했다) 보관된 보드카를 주문했고, 나로서는 처음 들어보는 일본어 칵테일을 연달아 주문했다. 한 시간이 채 되지 않는 시간 동안 빈 잔이 쌓여갔고, 그와는 대조적으로 미지근한 물 잔과 마요네즈 소스를 바른 크래커 몇 개는 전혀 줄지 않았다. 그리고 그는 보기보다 골초였는지, 조금 과장해 말하자면 술을 한 모금 마시자마자 담배를 태우러 가는 것처럼 보였다. 여전히 그의 앞머리는 반듯했지만, 얼굴이 붉게 달아올라 있는 것이 보인다.

\*

잠깐 설거지를 하고 오니 물 잔이 비어 있다.

"얼음물을 한 잔 드릴까요?"

그의 반응이 궁금한 나는 미끼를 문 낚싯대를 끌어 올리는 사람처럼 들뜬 목소리로 물었다. 마지막으로 주었던 칵테일에는 분명 꼬냑이 많이 들어갔었기 때문이다. 그는 감사하다는 말을 두 번 하며 두 손으로 빈 잔을 말아 쥐어 나에게 건넸다. 예의에 지나치게 신경을 쓰는 느낌이다. 자세히는 모르지만 그는 과거에 일본에서 살았거나 일본과 관련된 일을 하고 있다. 아니, 적어도 일본어를 할 줄은 아는 것 같다. 그리고 한 가지 더 눈에 띄었던 건 술에 취한 그는 고개를 까딱거리는 습관이 있는 것 같아 보였다. 또한 물을 마실 때마저도 한 모금을 마시기 무섭게 담배 하나를 꺼내어 입에 물고 밖으로 나갔다. 패턴이라기보다는 루틴에 가까웠다. 얼음이 들어 있던 잔들은 비워지자마자 치워댔지만 잔 밑에 남은 물기가 테이블 위에 자국을 남기고 있었다.

"계산 먼저 부탁드립니다."

한동안 말이 없이 앉아 있던 그는 이번에도 두 손으로 카드를 건네며 말을 했다. 이 전까지는 온몸으로 술기운을 즐기고 있는 사람처럼 보였다. 목을 타고 오르는 열을 주저하지 않고 그대로 받아들이는 모습이 인상적이었다. 눈을 가만히 감고, 그 온도감을 음미하는 모습이 제법 인. 보통 이런 사람들은 가격을 확인하지 않고 결제를 하는 경우가 많다. 그 역시도 그랬다. 계산서를 손에 쥐여주었지만 보는 둥 마는 둥 살짝 해져서 실 같은 게 튀어나와 있는 반지갑으로 구겨 넣고, 카드 하나를 주었다. 보려고 본 것은 아니지만 칵테일 몇 잔 마시고 법인카드를 내는 사람은 아니었다. 결제가 완료되기를 기다리는 얼마 동안 우리는 얼룩말의 무늬는 흰색일까 검은색일까 고민하는 사람들처럼 쓸데없는 생각을 하는 표정을 짓고 있었다. 얼음물을 마시던 시점으로 추정됐던 시간 이후로 다시 술이 깨고 있었던 것인지, 그는 자신의 앞머리를 툭툭 흔들어 반듯하게 만들었다. 다음에 볼 때는 그 「일본」에 대한 이야기를 물어봐야겠다는 생각을 하며 영수증을 건넸다. 그는 그것을 무자비하게 구겨 공손하게 주었다. 편안히 앉기에는 높이가 낮은 스테인리스 의자에서 일어서며 "다음에 또—"라는 말을 했다. "마타네—"라고 말하는 것 같았지만, 실제로 그가 입 밖으로 내뱉은 말은 "다음에 또—"였다.

그가 가진 아우라에 현혹되는 느낌이었다. 난 나름의 일본을 머릿속으로 상상하며 그가 남기고 간 것들을 트레이에 옮겨 담았다. 마지막까지도 마요네즈 소스가 묻은 크래커는 손대지 않았다. 다음에는 내가 먼저 아는 체를 해야겠다.

밖으로 나가 보니 좀 전에의 그 손님은 나를 한번 힐끗 본다. 주머니를 뒤져 담배를 꺼내는 듯했다. 나 역시도 담배 생각이 났다.

"하나만 얻어 피워도 될까요?"라고 말하려다 그의 담뱃갑 안에 두 개밖에 남지 않은 것이 보였다. 바람을 쐬러 나온 사람처럼 차가 드문드문 지나가는 도로 쪽으로 눈을 올렸다. 그리고 다시 초조하게 타들어가는 그의 담배를 함께 지켜보다 각자의 길을 갔다. 가게로 향하는 나와 집이 아닌 집으로 향하는 그와의 거리는 조금씩 멀어진다. 우연스럽게도 우리는 서로의 뒷모습을 바라보았다. 눈이 마주치는 일은 일어나지 않았다. 유감스럽게도. 그는 뭐 하는 사람일까?

"말했잖아 K. 그는 새로운 조력자."

"또는 용의자가 될 수도 있는 인물."

"그건 바로잡아야지. 우리가 놓치는 부분이 있어서도 안 되는 것이고."

*

이 작은 시골에서 이 정도의 일이 일어나는 건 흔치 않은 것이라고 파출소 안의 형사가 말했다. 쓰러져 있던 여학생은 다행히 생명의 지장은 없었지만, 사고의 충격이 심했는지 몇 시간 동안 손을 떨며 눈물을 흘렸다. 형사는 「절차」라고 했지만 우리는 이름과 전화번호, 주소 등등을 적어야 했다.

얼마 지나지 않아 요란한 트랙터 소리가 바깥에서 나며, 도시였다면 "정정하다."라는 말을 들었을 노인 한 명이 파출소의 유리문을 밀치듯이 열고 들어왔다. 그의 첫마디는 "육시랄 놈들!"이었다. 그리고는 문자 그대로 이유를 막론하고, 우리의 멱살을 잡았다. 말리는 순경들도 대충 말린다고 느껴질 정도로 노인의 힘은 대단했다.

겨우 노인을 진정시키고, 쭈뼛거리며 파출소를 나왔다. 다급하게 들어간 것이 무색하게 가는 뒷모습을 봐주는 사람도 없다. 경비를 서고 있는 경찰 하나가 있었지만 이런 쪽에는 무신경한 느낌이다. 그 순경은 칠이 벗겨진 헬멧을 만지작 하며 딴청을 피우고 있다. 그때, 웬 잠자리 한 마리가 얼굴에 붙었다. 성의 없이 만들어놓은 허수아비 정도로 생각했나 보다. 결국은 지나가는 바람이었다고 시인해야 할 테지만, 또한 본인의 의지였다는 것을 알리듯 애꿎은 미물에게 팔을 휘둘렀다.

분명한 건 이것은 유쾌하지 못한 경험이었다는 것이다.

**

겨울이 이르게 온 줄 알았는데 아직 가을이 남았었나 보다. 주말 근무를 마친 데뷔는 B의 집으로 갔다.

"잠깐 걸을까?"

데뷔가 물었다.

"생각해둔 데라도 있어?"

침대에서 일어나진 않은 채로 B가 말했다.

"덕숭궁 돌담길 생각했는데 어때?"

B의 집에서는 택시로 삼십 분이 걸리는 곳이다.

"지금? 준비하는 데 한 시간은 걸릴 텐데 괜찮아?"

"쉬고 있지 뭐. 천천히 준비해도 돼. 아직 해지기 전이라."

데뷔는 가방을 내려놓으며 말했다. 침대에서 걸어 나온 B는 가벼운 입맞춤을 볼에 남기고 속옷과 수건을 챙겨서 욕실로 갔다. 돌담길은 작년에도 B와 간 적이 있다.

"그때도 이맘쯤이었던 것 같은데."

돌담길을 함께 걸은 연인은 반드시 이별하게 된다느니 같은 말들은 미신쯤으로 치부했던 우리는 봄과 여름에 이별을 했다가 번복했다. 꼭 그것 때문만은 아니었지만 어딘가 찜찜한 느낌은 지울 수 없었다. 그때마다 나는 언성이 높아졌고, B는 물건을 집어던졌다. 화를 이기지 못하고 B의 현관문을 주먹으로 내리쳐서 한 달간 골절이 됐었던 적이 있고, B가 던진 종이박스 모서리에 얼굴이 긁혀 피가 나기도 했다. 그렇게 겨울을 준비하지도 못한 채로 우리는 가을을 맞이했다. 장식이 없는 크리스마스트리처럼 중요한 뭔가를 애써 못 보는 체하면서 말이다.

"그래도 막상 나오니까 좋네."

한 손에 디카페인 라떼를 든 B가 말했다.

"겨울이잖아 이제. 나오고 싶어도 추워서 못 나올 것 같아서."

트렌치코트를 여미며 데뷔가 말했다.

"이번엔 이쪽 길로 걸어가 볼까? 작년에는 닫혀 있던 문인데."

B가 손짓을 하자 데뷔는 말없이 그녀의 쪽으로 몸을 돌렸다. 덕수궁, 시청, 광화문 그리고 경복궁으로까지 이어지는 길로 데뷔와 B는 한참을 걸었다. 장난을 치기도 하고, 지나가는 사람들의 이야기도 했으며, 저녁거리를 정하기도 했다.

"여기가 저번에 말한 곳?"

B가 줄을 서 있는 사람들의 끝에 서며 물었다.

"응 계단집. 아버지랑 왔던 곳이야."

데뷔는 앞사람의 수를 눈으로 세며 말했다.

"기다릴만한 것 같긴 한데 어떡할래?"

"한 삼십 분 정도 생각해야 될 듯한데 난 괜찮아."

"그래 그럼 기다리자."

정확히 삼십 분이 걸렸다.

학꽁치회와 소주를 시켰다. 미나리와 쌈장, 생강을 함께 싸 먹는 방식이었는데, 끝에 남는 향이 좋아서 술을 마시고 싶은 마음이 절로 드는 안주였다. 글라스에 가득 담기게 네 병을 마시고, 맥주를 한 잔 더 하자고 나왔지만 목구멍까지 술맛이 나서 거부감이 들었다.

그녀의 집으로 가기로 했다. 그곳으로 가는 택시에서 데뷔는 잠이 들었다.

눈앞이 선명해지자 칼을 든 채로 서 있는 내가 보인다. 보였다기보다는 주로 쓰는 왼손이 아닌 오른손에 칼이 쥐어져 있었고, 그걸 보고 있는 것은 명백히도 나였기 때문이다. 이것은 과도에 조금 못 미치는 크기였고, 날은 서 있지 않은 모양이다. 내가 휘두르는 칼을 그녀가 한 손으로 잡아챘지만 피가 흐르지 않았다. 나는 멈출 수 있다. 이 모든 것을 멈출 수 있었지만 그렇게 하지 않았다. 입꼬리가 잔뜩 올라가 있는 것이 느껴질 만큼 웃고 있었다. 이것은 놀이가 아니었지만, 즐거웠다. "마침내."라든가 "드디어." 따위의 말을 할 수 있는 순간이 다가왔기 때문이었다. 살생력이 없는 칼을 휘두르는 내가 좋은 건지, 이 상황에 놓인 내가 좋은 것인지 모르겠다. 우는 얼굴로 – 눈물이 나지 않고 입을 벌리고 있는 – 여자가 내 앞에 서 있는 것이었고, 의도하진 않은 것 같았지만 칼을 들고 있는 남자는 웃고 있었다.

"그만… 하자."

목구멍이 반쯤 막혀 있는 소리로 그녀가 말했다. 피로감이 역력해 보였다. 나는 무어라 말했지만 정확히 무슨 말을 하는지는 들리지 않았다. 이것 역시도 내가 입을 움직이는 듯한 느낌이 들자 그녀가 잠시 하던 말을 멈췄기 때문에 나는 어떤 말을 뱉었다는 것을 형체만 아는 느낌이었다.


"일어나. 아직이야? 데뷔…. 일어나 봐."

침대 옆 탁자 위에 켜놓은 불빛이 은은하게 B의 얼굴을 비추는 것을 보며 눈을 떴다. 잠시 꿈을 꾸고 있었던 걸까.

"꿈이 이상하네."

"꿈꿨어?"

"응. 좀 이상한 꿈이었어. 나는 칼을 든 채로 웃고 있었거든."

그것을 붙잡고 있던 것이 그녀였다는 말은 삼켰다.

"우리 칵테일 마시러 가기로 했잖아. 언제까지 자려고
그래? 벌써 12시가 넘었는데."

그녀가 볼멘소리를 했다. '소주 네 병이면 이제 기억도
없이 잠이 들어버리는구나.'라는 말을 속으로 떠올리며 자
리에서 일어났다. 커버도 깔지 않은 침대에서 재킷은 입고
바지는 벗은 채로 잠이 들었나 보다.

"금방 준비할게. 십 분이면 돼."

"머리 눌린 건 괜찮아?"

"밤이라 티도 않나."

나는 으쓱하며 화장실로 향했다.


채비를 마치고 나오자, B는 "택시가 이미 도착했어."를
말하며 손가방에 립스틱과 담배를 챙겼다.

"먼저 나가 있을게."

B는 신발을 꺾어 신은 채로 문을 어슷하게 닫았다.

그녀를 따라 나오자 꺼져 있던 센서 등이 켜졌다.

어딜 간 거지? 먼저 내려간 건가? 나는 엉거주춤한 자
세로 오른쪽 발을 첼시 부츠에 끼워 넣었다. 계단을 따라
내려가면서 연달아 센서 등이 켜졌고, 바람을 거스르며

우웅 하고 열리는 유리문을 나설 때까지도 그녀의 흔적을 찾을 수 없었다. 적막뿐인 골목에는 다급하게 그녀를 쫓아 낙엽을 밟고 가는 소리만 들렸다.

그때 갑자기 둔기로 얻어맞은 느낌이 강하게 들며 시야가 흐릿해졌다. 이어서 엄청난 통증이 머리를 짓눌렀다. 얼굴은 잘 보이지 않았지만 거구의 사내가 무릎으로 내 몸을 압박했고, 발버둥을 쳤지만 무의미했다. 파도 앞에 서 있는 사람처럼 무기력하고, 거스를 수 없는 힘이었다. 몸이 심하게 떨렸는데 공포심이었는지, 절망감이었는지는 알 수 없었다. 살려달라고 비는 것조차 그를 자극할 것 같았기 때문에 나는 더더욱 아무것도 할 수 없었다. 그런데 강도가 목적이었는지, 본인의 힘을 단순히 과시하고 싶었는지는 모르겠지만 거구의 사내는 무릎으로 내 몸을 누르고 있는 것 외에는 아무런 행동도 취하지 않았다. 그것이 이상하다고 생각하는 순간 거구의 사내는 온데간데없이 사라졌다. 마치 이곳에 존재하지 않았던 것처럼 말이다.

돌 부스러기와 먼지를 털며 자리에서 일어난 나는 그제야 B의 흔적을 찾고 있던 중이었다는 게 떠올랐다. 계단을 서너 개씩 오르며 다시 301호로 올라갔다. 도어록을 열려고 보니 도어록이 없다. 동그랗고, 가운데 열쇠 구멍에 녹이 슨 손잡이만 있을 뿐이다. 끼리릭 돌아가며 맥없이 문이 열렸다. 그러고 보니 센서 등이 켜지지 않았다.

혼자 있는 집에 혼자 들어오는 느낌이 싫다고 종종 말했던 그녀가 아무런 불도 켜놓지 않은 채로 나갈 리가 없는데 이상했다. 나는 신발을 벗지 않고, 안으로 들어왔다. 얼굴에 실 같은 게 걸리는 느낌이 들어 화들짝 놀라며 팔을 휘저었다. 거미줄인지 모를 것이 손가락에 감긴다. 불쾌했다. 걸을 때마다 부츠에 밟히는 유리 따위가 바스러지는 소리가 났다.

문 옆으로 있는 다이닝룸 쪽으로 플래시를 비춰보니 우마 서먼 사진 액자와 색깔이 화려했던 그림이 깨진 채로 바닥에 뒹굴고 있다. 발보다 아래에서 검은 물체가 재빠르게 지나갔다. 바퀴벌레보다 크고, 쥐보다는 작아 보였다. 둘 중 어느 것이었어도 싫었을 것이다.

"이게 무슨…."

인기척을 내면 안 될 것 같은 공간이었지만, 나도 모르게 입 밖으로 소리가 튀어나왔다. 겁을 먹는 것과는 조금 다른 종류의 괴기스러움을 목격한 탓이었다. 세상에는 여러 종류의 공포가 있다. 감옥에 갇힌 연쇄살인마가 더 이상 살인을 저지를 수 없을 때의 자기 자신을 마주한 순간 같은 공포가 있고, 절벽에서 발을 헛디디려다 멈추기 직전에의 공포가 있다. 번개가 치는 날에 우산 하나를 들고 빗길을 뚫고 갈 때의 공포가 있고, 내 아이가 세상에 태어날 때의 공포가 있다. 공포라는 감정은 여타 다른 것들과는 궤가 다르다. 절망이나 두려움, 이기심 같은 터치가 들어가는 것들과 견줄 수 없다. 인간이 감당할 수 없는 크기의 상황에 놓이거나 맞닥뜨리게 되면 현실을 부정하는 단계가 온다. 이건 사실이 아니다, 나는 지금 꿈을 꾸고 있는 것이다, 같은 식의 부정. 악수를 거절당하는 수준의 호의로는 맞설 수 없는 것이기 때문에, 사과를 복숭아로 만들려는 사람처럼 발버둥을 치게 된다. 나는 B와의 시간들을 부정하고 있으며, 내가 서 있는 이곳을 아득한 잠재의식 어딘가에 있는 잘못된 문을 열어버린 취급을 했다. 하지만 이러다 말겠지라는 나의 바람과 상상은 끝끝내 이루어지지 않았다. 주머니에서 서울행 버스 티켓을 발견하면서부터였다. 해도와 동이 틀 무렵까지 술을 마셨던 게 떠올랐고, 터미널로 간 것이 떠올랐다. 이곳은 내가 있어서는 안 되는 곳.

경악하고, 절망하고, 혐오하고, 도망쳤지만 한 번도 느끼지 않았던 감정이 있었다. 두려움. 나는 지금 두려움을 느끼고 있다.

*

이렇게 작은 시골에도 성당이 있구나 싶은 생각이 드는 것이 우습게 빨간 벽돌로 지어진 성당 하나가 꼿꼿하게 보리밭 사이에 길을 터고 서 있었다. 그 앞에 걸려 있는 태극기가 바람에 나부끼는 모습은 약간 우스꽝스러웠지만.

사각 프레임의 금테 안경을 쓰고 목까지 오는 검은 옷을 입고 있는 중년의 남자가 플라스틱 빗자루를 들고 나온다. 팔 안쪽에 끼우고 있던 하드커버 양장을 한쪽에 내려다 놓는다. 낙엽을 쓸려나 보다.

"신부님 되시죠?"

당연한 물음에 그는 고개를 인자하게 끄덕였다. 천천히, 리드미컬해 보이지 않게.

"이 길을 지나는 중이신가요?"

빗자루를 세워 잡은 신부가 말했다.

"그보다도 고해성사를, 하고 싶은데. 어떻게 하면 할 수 있을까요."

나도 모르게 진심이 튀어나와 버렸다.

"아. 잠시만 앉아계시면 다른 신부님을 불러드리겠습니다. 이미 저희는 얼굴을 봐버렸으니 하나님 앞에 진실한 모습으로 바로 서기 어려울 것입니다."

그는 주름이 많고, 마디마다 하얀 털이 난 손가락으로 원형 스테인드글라스 창문이 있는 건물을 가리켰다.

온통 옻칠이 된 나무로 된 공간에 말없이 앉아 있었더니 문득 한기가 들었다.

"주님의 말씀이 따뜻한 것이지 머문 자리까지 따뜻해지지는 않는가 보구만."

나는 스스로가 이 말이 꽤 재밌다고 생각하며, 스테인드글라스의 모양이 무엇이었을지 추측했다. 올리브 나무 위에 올라가 있는 새, 해와 달, 십자가. 잠시 묵념처럼 고개를 숙이고 있을 때, 크기가 딱 성경만 한 나무문 너머에서 노크하는 소리가 났다.

"실례하겠습니다. 자리에 계신가요?"

인자한 목소리의 신부와는 다른 날카롭고 조금 더 젊은 목소리의 남자가 말을 걸었다.

"고백하고 싶은 것이 있습니다."

그의 얼굴을 곰곰이 상상해 보며 말했다. 그는 아마도 50대 중반의 나이에 매일같이 면도를 하는 검은 머리의 남자일 것 같았다. 그것도 뒤늦게 사제가 된 남자 말이다.

"성부와… 성자와… 성령의 이름으로…. 아멘."

날카로운 톤에 비해 느릿하게 성호를 그은 신부가 말했다.

"아멘."

"죄를 고백하십시오."

"언제 성사를 봤는지 잘 기억이 나지 않습니다."

"…."

나는 그의 침묵을 신호로 받아들였다.

"사랑하는 사람이 죽었습니다. 젊고, 여유가 있는 사람이었습니다. 얼굴에는 생기가 가득했고, 미래를 약속하던 사이였습니다. 저는 그런 사람을 제 손으로 살해하고 말았습니다."

뒤의 말을 이어가려고 하는데 신부가 답을 했다.

"죄를 고백하는 대상은 제가 아니라 바로 하느님입니다. 하느님께서는 이미 우리의 모든 죄를 알고 계십니다. 고백하여 주십시오."

"후회를 하고 있습니다. 경찰에 쫓기듯 도망쳐 이곳까지 흘러들어오게 됐습니다. 뻔뻔하게 잠을 잘 자는 날이 있는가 하면, 축축한 숲을 정처 없이 방황하다가 깨는 날이 있기도 합니다. 그런 날은 베개가 몽땅 땀으로 젖습니다. 죄책감을 이기지 못하는 아침에는 목이 부을 때까지 음식을 게워낼 때도 있습니다. 나아갈 수 있는 방향을 알려주신다면 믿음과 참회로 그 길을 걸을 것입니다. 저는 지금 갈 곳을 잃었습니다."

"…."

"이밖에 알아내지 못한 죄도 모두 용서하여 주십시오."

"···."

"이상입니다."

"죄로부터 도망친 자는 죄로부터 끝내 자유로울 수 없습니다. 죄를 마주하고 서는 자는 죄의 굴레에 속박당할 것입니다. 죄를 받아들일 수 있는 자야말로 죄를 옭아맬 수 있습니다. 사제의 의견입니다."

나는 신부가 말하는 세 가지 유형의 죄인에 대해 나의 상황을 대입해 보기 시작했다.

"죄는 결국 자신에게 상처를 입히고 나약하게 하며, 하느님에 대한 관계, 이웃에 대한 관계를 해칩니다. 용서는 죄를 없애 주지만 죄의 결과로 생긴 모든 폐해를 고쳐 주지는 못합니다. 죄에서 벗어난 사람은 완전한 영적 건강을 회복해야 합니다. 그러므로 그 죄를 갚기 위해서는 무엇인가 더 실행하여야 합니다."

직감적으로 무거운 짐을 짊어져야 하게 될 수 있다는 걸 알 수 있었다.

"나의 이웃에게 행하여서는 안 될 것과 일어나서는 안 될 것이 연이어 행해지고, 일어났습니다. 바로잡을 수 있는 건 오직 이웃의 이웃에게 죄를 알리고 용서를 구하는 것뿐입니다. 그렇다면, 인자하신 천주 성부께서는 성자의 죽음과 부활로 세상을 당신과 화해시키시고 죄를 용서하시려고 성령을 보내주셨으니, 교회의 직무를 통하여 몸소 이 교우에게 용서와 평화를 주소서. 나도 성부와 성자와 성령의 이름으로 이 교우의 죄를 용서합니다. 아멘."

"아멘."

사죄경과 성호를 끝으로 사제의 기척은 사라졌다. 나는 크레딧이 올라가버린 극장에 앉아 있는 사람처럼, 응답 없는 나무문을 가만히 보며 몇 분간 앉아 있었다. 죄를 고백하고 나온 것치고는 여전히 울적하고, 갈증이 남았다. 신부의 말 몇 마디가 도움이 될 수 있을 리 만무하다는 생각 역시도 변하지 않았다. 내가 만약 버스에서 지갑을 훔친 정도의 범인이었다면? 어린아이를 유괴한 후의 죄책감을 떨구기 위해 찾아온 것이었다면? 다른 신부를 살해한 사람이었다면? 생각이 꼬리의 꼬리를 물고 퍼져나갔다. 그러다 문득, 안악 사건을 떠올렸다. 살인을 암묵적으로 동의하던 시대에 일어난 일이었기 때문이다. 죄에 옭아진 사람들만 가득했던 시대. 안명근이라는 이름의 사내가 있었다. 독실한 가톨릭 신자였던 그는 안중근의 사촌 동생이었다.

그가 유언처럼 남긴 고해성사는 역사의 많은 부분을 바꿔버렸다. "조선인들은 총독부에게 대항할 것이다. 그렇게 일본에 맞설 것이다." 그의 사제는 명동 성당의 프랑스인 신부 빌렘이었다. 빌렘은 고해성사의 내용을 편지로 적어 그곳의 주교였던 뮈텔에게 보냈다. 첩보를 손에 넣은 뮈텔은 그 길로 일본 총독부 경무총감 아카시 모토지로에게 찾아가 밀고했다. 결국, 요주의 인물이었던 안명근을 필두로 황해도 안악군의 독립운동가 160명이 검거됐다. 온갖 날조로 누명을 쓰게 된 그들은 종신형과 징역형, 제주도 유배 등에 의해 궤멸됐다. 안명근은 가톨릭 신부가 자신의 고해 내용을 밀고했으리라 의심하지 못했고, 그 대가는 참담했다. 그는 일본의 고문으로 한쪽 눈을 잃었고, 그렇게 감옥에서 숨을 거뒀다. 당시 그의 나이는 48세였다.

밖으로 나오니 플라스틱 빗자루를 들고 있던 신부조차도 보이지 않는다. 해는 어느새 넘어가버린 듯하다. 산등성이를 따라서 푸르스름한 색깔이 깔리기 시작했고, 지평선 너머에서는 둥그렇게 잘 익은 달이 파랗게 타는 빛을 내뿜고 있었다. 이상하리만치 조용한 시골길이라는 생각을 하며 성당의 간이 문을 밀고 나갔다. 이상하다고 생각했던 이유는 "개 짖는 소리가 나지 않는다."였다. 소리는 흔적을 의미했고, 흔적은 곧 기억을 뜻했다. 바꾸어 말하면 이곳은 아무도 기억하지 못하는 길이라는 것이다.

\*

팔이 저리고, 동공이 풀리고 있다. 아래로는 칠흑 같은 어둠이 있다. 아득히 먼 아래에서부터 올라와 있다는 느낌이 든다. 목적의식도 없는 것인지 자꾸만 위를 향하는 중이다. 저 끝처럼 보이는 곳에는 태양처럼 밝은 것이 빛나고 있다. 물론 나는 두 눈으로 실제 태양을 본 적은 없지만 알 수 있었다. 매달려 있는 건 사다리 같았다. 두 손이 꽉 쥐게 단단히 잡고 있었지만 그 속은 텅 빈 느낌을 주는 나무 사다리였다. 그때 심연과도 같은 아래에서 빠르게 뭔가가 올라오고 있는 것이 보였다. 지독하게 어두운색이었기 때문에 그 속도를 가늠하기는 어려웠지만 적어도 내가 이 사다리를 오르고 있는 것보다는 빠르게 움직이고 있었다. 마음이 급해진 나는 미끄러지지 않고 다음 손잡이를 잡아 나아가기 위해 애를 썼다. 어느새 빠르게 움직이던 그것이 아랫발 근처까지 다가오고 나서야 쇠 송곳이 촘촘하게 박혀 있는 철판이었다는 것을 알 수 있었다.

"이대로 가다가는 뚫려버리고 만다."

발이 먼저 딛는지 팔을 먼저 뻗고 있는지 모르게 태양처럼 밝은 것이 빛나는 쪽으로 다가갔다. 정확히는 바로 아래에서 맹렬히 내 몸을 추격하고 있는 것을 피해 필사적으로 달아나고 있다고 보는 것이 맞을 것이다. 치료 약이 없는 병에 걸린 사람이 돌팔이 의사에게 몸을 맡기는 것처럼 불확실한 가능성을 위한 무모하고, 간절한 짓이었다.

서서히 몸이 달아오르고 있다. 그것은 흥분, 7월, 자동차 엔진, 빨간색과는 다른 의미의 것이다.

쇠 송곳의 끄트머리에 발끝이 닿았다. 신고 있는 신발은 겨자색, 얇은 에스파드류였다. 피가 나는 것인지 온몸이 달아올라 흐르는 땀에 젖은 것인지 발이 축축했지만 이따위 것에 신경을 쓸 겨를은 없었다. 점점 가까워지는 태양 닮은 그것이 태양 그 자체라는 생각이 들 정도로 온몸은 타듯이 익어가는 느낌이 들었다. 찔려버리는가 타버리는가. 그 가운데에 정확히 서는 순간이 오자 세상은 꺼져버렸다.

\*

머리가 펄펄 끓는다. 아무래도 몸살이 난 것 같다. 냉장고를 열어 급하게 찬물을 찾았다. 플라스틱 뚜껑을 여는 것조차 힘이 든다. 목마름과는 다른 의미의 갈증이 느껴졌다. 색깔 속옷을 양말과 맞춰 입는 버릇이 있지만, 오늘은 예외다. 코코넛 워터를 한 잔 마시고, 아침 구보를 가거나 우유가 들어간 커피를 사는 것. 첫 담배는 점심 이후에 태우기, 아침을 먹은 후에는 낮잠을 자는 것 등등

아침에 일어나면 하는 많은 것들을 제쳐두고 밖으로 나왔다. 가을도 지나 겨울에 접어드는 날씨가 더 시리게 느껴졌다. 손에 잡히는 대로 현금을 챙겼는데 다시 보니 오천원짜리만 네 장을 챙겼다. 이제는 잊고 있던 고향 같은 기분마저 주는 시골길을 따라 마저 걸었다. 곳곳에 수확을 하지 못한 감 따위가 낙엽과 함께 나뒹굴고 있다. 물러 터지고, 트랙터에 짓밟힌 모양이다.

모스그린으로 「마켇」이라 쓰여 있는 곳에 도착했다. 입구에는 사과와 햇감자, 고구마 등등이 흙이 묻은 종이 상자에 담긴 채로 쌓여 있다. 안으로 들어가자 생물 고등어와 오징어젓갈 냄새가 났다. 아직 후각까지 망가지진 않았나 보다. 나는 고민 없이 스팸 한 캔과 신라면, 청양고추를 한 봉지 집었다.

"포인트요."

"없습니다. 그냥 담아주세요."

중년의 여성 직원은 대꾸 없이 비닐봉지를 건넸다. 알아서 담아 가라는 뜻이다.

"수고하세요."

그녀는 그마저도 무시해버렸다.

라면을 끓이니 매운 냄새가 주방에 가득 찼다. 아무래도 이걸 먹고 나면 한숨 자야 할 것 같다. 그렇게 하고 싶다기보다는 그렇게 하지 않으면 안 될 것 같다, 에 가깝다. 이곳은 점심 즈음이 되면 햇빛이 창을 뚫고 들어온다. 불투명한 필름을 붙여놨기 때문에 사실 들어온다고 보기는 조금 무리이긴 하다.

비 소식이 무색하게 밝은 낮은 눈 깜짝할 새에 지나가 버린 건지 바깥 하늘은 흐린 것 같다. 문을 살며시 열어 보니 금방이라도 비가 떨어질 것 같은 회색의 구름이 가득 찼다. 온기가 느껴지지 않는 주방이라는 건 화약 냄새가 나는 전쟁터와 별반 다르지 않다. 총성이 울리고, 사지가 굴러다니고, 보드카 냄새가 나는 곳 말이다. 전쟁터에 가본 적은 없지만, 왠지 그곳에서는 보드카 냄새가 날 것 같다고 생각해 본 적이 있다. 어쩌면 척후병의 삶을 살고 있는 지금이 전쟁터에 던져진 어리바리한 군인일지도 모르겠다. 총을 쏠 줄 모르고, 총성이 들리면 도망갈 구석을 먼저 살피는 사람. 아무렇게나 날아온 수류탄에 목숨을 잃는 정도의 운명을 가진 정도랄까. 우리는 음식에 앉는 날파리를 쫓아낼 때도 전력을 다하는 편이지만, 내가 쏘는 총알이 다른 사람의 가슴에 박히는 것에는 크게 개의치 않아 한다. 명분이라든가 이해관계라든가, 감정적인 소모 값 같은 것들이 복잡하게 얽혀 있기 때문이다. 다시 보니 라면이 불어버렸다. 이름을 읽을 수도 없는 지도상의 어느 한 마을에서 누군지도 모르는 적군의 총알에 의해 꽤 대단했던 삶이 끝나버리는 건 대단히 허무한 일일 것이다. 군인 한 명이 전쟁을 이길 수는 없지만, 히틀러는 세계를 흔들어 놓았다. 그가 국경을 넘는 순간에 그의 정체를 모르는 군인이 쏜 총알에 가슴을 뚫렸더라면 지금 우리가 살고 있는 세계의 질서는 또 다른 방향으로 바뀌었을 것이다. 역사에 「이프」는 없다. 그 「이프」라는 것은 이루지 못한 것에 대한 집념과 지나간 선택에 대한 후회 그리고 새로운 세상을 향한 기대감 같은 것들이다. 만약에 내가 B를 만나지 않았더라면. 하동군의 어느 시골이 아니라 베를린 외곽의 목조 주택이었더라면. 안명근이 가톨릭을 하지 않았더라면. 살인에도 유통기한이 있었더라면.

갑자기 보드카 마티니 한 잔이 마시고 싶다.

*

경철은 근무시간에 버릇처럼 들르는 곳이 있다. 이곳에서는 헤이즐넛 크림을 올려주는 커피를 판다.

"뜬금없이 비가 오네요. 날씨가 흐리긴 했었는데."

"저희도 어닝을 급하게 쳤어요. 원래 저녁에 온다고 했었던 것 같은데 아닌가요?"

"그러니까요. 우산도 없이 나왔는데."

"우산 하나 빌려드릴까요?"

"괜찮습니다. 바로 여기 앞인데요 뭐. 헤이즐넛 커피 한 잔 작은 걸로 가져갈게요."

"네, 잠시만 기다려 주세요."

수연은 잔머리가 매력적으로 보이는 이 카페의 직원이다. 경철은 그런 그녀를 반년째 짝사랑하고 있다. 오늘도 다른 말을 걸어볼까 고민했지만 별다른 수확은 없었다. 이혼을 두 번이나 한 자신을 그녀가 관심 있어 할 리 없다는 생각 때문이었다. 경철의 시선이 한곳으로 가며 빗방울이 맺히는 유리문을 열고 금테 안경을 쓴 남자가 들어오는 것이 보인다.

"오랜만입니다 경철… 경….."

"경위입니다. 이제."

"맞다. 경위! 잘 지내셨어요?"

"의무 근무만 아니었어도 도시로 갔을 것이라고 말하면 농담으로 들릴지 모르겠는데."

경철은 눈썹을 올리며 그렇지 않으냐는 표정을 지어 보였다.

"요즘 젊은 사람들 시골 안 오고 싶어 하죠. 다 이해합니다."

"신부님은 별일 없으셨어요?"

"저희도 항상 같죠. 이 작은 동네… 네. 별일 없었습니다."

금테 안경을 쓴 남자는 말끝을 흐렸다.

"저번에 청년 회장님께서 농약병을 박카스로 잘못 드시는 바람에 위세척하신다고 난리도 아니었는데 들으셨어요?"

"시내 병원까지 간 게 저희 성당 차량이었습니다. 해프닝으로 끝나서 다행이죠."

더 할 말이 없어진 경철은 이미 식어가고 있던 커피를 들고 문 쪽으로 향했다.

"그럼 다음에 또 뵙겠습니다, 신부님."

가만히 보고 있던 금테 안경을 쓴 남자, 세환은 경철의 어깨를 애매한 힘으로 잡으며 말했다.

"저… 경위님. 드릴 말씀이 있습니다."

*

이 집에는 바퀴벌레가 산다. 아니, 살았었다. 지금은. 11월도 중순이 지나가는 어느덧 겨울이라고 부르기에도 손색없는 날씨이다. 그러다 보니 그들도 그들의 영역을 나름대로 잘 지키며 긴장 없는 밤을 보내고 있기 때문이다. 정확히는 내가 그들의 보금자리를 침범하고 있다고 보는 게 맞지만 이 집의 월세와 관리비는 전적으로 나의 부담이기에 일단은 우리 집에 그들이 살고 있다고 하겠다. 생각해 보니까 밤마다 긴장을 하며 현관문을 열게 하고, 불이 들어오면 한두 마리씩은 꽁무니를 내빼면서 나를 놀래키는 주제에 단돈 3만 원도 내지 않는 게 괘씸하다. 그리고 또 어제는 나름대로 불쾌했던 경험을 했다. 반찬이라는 걸 원체 안 해 먹는 성격이지만, 식비도 조금씩은 아껴보자는 차원에서 비엔나소시지와 감자 몇 개를 샀다. 찬장을 열어 그릇 두 개를 꺼내려고 하는데 뭔가가 슥 하고 지나갔다. 마주치지는 못했지만 분명히 슥- 지나갔다. 마치 나를 놀리기라도 하듯이. 영화 '라따뚜이'의 레미가 그런 기분이었을 테고 구스또가 이런 기분이었을 것이다. 김이 펄펄 나는 뜨거운 물로 세 번이나 그 그릇을 씻었음에도 찝찝한 기분은 어떻게 하지 못한 채로 만족스럽지 않은 저녁을 먹었다. 아, 그러고 보니까 한 달 전에 계란 넣은 라면이 먹고 싶어서 샀었던 달걀이 끓을 정도로 상하기 직전인 것이 생각이 났다. 냉장고 안에서쯤이야 김치 냄새 따위나 흡수하고 있었을 것이 분명하지만 아무튼 느낌이 그렇다.

그 후로 얼마간 굶었다.

불가피한 이유 같은 게 있었던 건 아니고, 냉장고가 비었다고 생각해서였다. 전자레인지에 돌리고 나면 말랑해질 소시지 한 개, 매실진액 반 통, 쉰 총각김치 반 통 그리고 콩자반이 있다. 노파가 한동안 오지 않았던 것도 빈 냉장고가 되는 이유 중에 하나였다. 밥은 안쳤어야 했지만 허술하게 만들어 놓았던 빨간 뚜껑의 플라스틱 쌀통을 어젯밤 바퀴벌레 한 마리가 훑고 가는 걸 보고 나서부터 식욕이 떨어졌다.

남은 두 개의 컵라면 중 한 개로 허기를 달래기로 했다. 우동과 쌀국수가 한 개씩 남아 있었는데 그중에서도 쌀국수는 특히 내가 좋아하던 닭고기 맛 스프이므로 다음 번 특식을 위해 아껴두려고 한다. 내일은 아무래도 장을 보러 나갔다 오기는 해야 할 것 같다. 받아놓았던 김치도 떨어졌고 말이다. 그러고 보니 생수도 없다. 수분의 하루 권장 섭취량 같은 걸 어디서 본 것 같은데 아마도 지금의 나는 한참이나 부족한 상태일 것이 분명하다. 늘 목마름에 겨워한다. 샤워를 하다가 문득 이 물을 마셔버려도 큰 문제는 없지 않을까 하는 생각이 들 정도. 물을 또 끓여 마셔야 한다니. 알 수 없는 흰 가루들이 떨어져 있는 가스레인지 위를 후 불어버리고 밸브를 열었다. 내가 날려버린 게 꺼림칙한 부산물 같은 것만 아니었으면 좋겠다. 입 바람에 날린 그것들은 싱크대와 수납장 사이 빈 공간을 잘도 찾아서 들어가 버렸다. 그 사이로 눈을 맞추고 초점을 집중하는 일은 내키지 않는다. 가스 냄새 때문인지, 포장을 뜯고 있는 일회용 나무젓가락 때문인지 훈훈한 기분이 든다.

*

잠에 취한 채로 화장실 문을 열었는데 어린 바퀴벌레 두 마리가 벽을 타고 제 딴에는 빠르게 지나갔다. 변기에서 문 쪽을 향해 몸을 겨눌 때도 그들을 주시했지만 아무 일도 일어나진 않았다. 잘 보이지 않을 법한 ─ 예컨대 휴지걸이 ─ 뒤로 숨을 뿐이었다. 어차피 다른 두 마리로 대체될 뿐이라는 걸 알기 때문에 그냥 두었다. 두 마리가 네 마리로 늘어나는 걸 걱정할 정도로 산술적인 삶이었다면 애초에 이곳에 있질 못했을 것이다. 공존. 우리는 그런 게 필요하다. 적어도 이 집에서는 말이다.

그럼에도 불구하고 벽지를 타고 오르는 손가락 마디만한 것들에게는 아직 이타적인 감정 같은 건 못 느끼는 편이다. 비교적 자연스러운 반응일 테고… 스틱 한 봉지일 뿐이지만, 진하지 않은 아메리카노를 마시던 컵을 대충 헹구고 찬물을 담아 마실 때 이것을 연한 커피라고 부르지 쓴 물이라고 부르지는 않는다. 그렇기 때문에 이건 자비라고 부르는 게 맞다. 없는 게 아니라 아닌 것이다.

\*

1 4 13 22…. 좆같이도 안 맞는 로또 번호를 맞춰보며 좆 같다는 말을 하는 중이다. 꿈에서 오물을 잔뜩 뒤집어 쓰다가 은행에서 금괴를 훔치는 장면을 끝으로 깼었다. 더할 나위 없는 길몽이라는 말에 지갑에 있던 거금 이만 원을 썼다. 담배나 살 걸 그랬다. 의미 없는 숫자 몇 개가 나열돼 있는 분홍색 종이를 구기며 방문을 열었다. 악에 받친 얼굴이 이런 게 아닐까 싶은 게 거울에 비친다.

생에 처음 바카라에서 큰돈을 잃었을 때의 배신감 같은 게 느껴진다. 되지도 않는 확률을 계산하던 멍청한 순간들. 빨간펜, 파란 펜. 라인이 어떻고, 분수가 어떻고를 빼곡하게 적은 공식을 나불거리며 뽀찌나 뜯을 수 있지 않을까 퀭한 눈으로 주변을 어슬렁거리던 그들의 동공은 풀려 있었다. 물론 나도 그들 중에 하나였다. 카지노에서 헤어 나오기까지는 꼬박 삼 개월이 걸렸다. 딱히 어떤 계기가 있었던 건 아니고, 그냥 수중에 가진 돈이 다 떨어졌기 때문이다. 요리 유학을 위해 준비해 갔던 사만 불을 잃는 데까지 걸린 시간이었다. 쓸데없었다고 말하며 차가운 물로 세수를 하는데 이마 끝에 이질적인 게 만져진다. 며칠 잠을 좀 설쳤더니 그새 얼굴이 반응했나 보다. 무딘 성격과는 다르게 피부는 예민한 편이다. 듬성듬성 머리가 빠지는 것도 보인다. 이건 뭐 어떻게 할 수가 없다고 자위하며 「바르게 살기 위원회」라고 수놓아져 있는 분홍색 수건을 꺼냈다. 이례적으로 초겨울에 비가 왔던 탓인지 덜 마른 이것에서 나는 쾌쾌한 냄새가 유난히 기분이 나쁘다. 말려 있는 것들을 하나씩 꺼내서 확인해 보고는 주저 없이 세탁기로 던져 넣었다. 빠짐없이. 오늘은 흰 옷가지를 돌리는 날이었지만 내가 정해놓은 규칙 따위는 깨버리면 그만이다. 청록색, 주황색, 누런 흰색, 분홍색 그리고 분홍색이 한데 섞인다.

온기가 없는 다용도실 앞 장판에 누워 졸졸대며 세탁기에 물이 채워지는 소리를 듣고 있다. 초등학교 2학년쯤 돼 보이는 앳된 목소리의 꼬마 둘이서 뛰어가며 요란하게 소리를 지르는 게 오후의 평화를 뚫고 들어온다. 그리고 별생각 없이 열어놓았던 창문 틈을 비집고 한기가 스멀스멀 춤을 춘다. 잠시나마 겨울이라는 계절감이 느껴지는 시간이다. 절기의 구분 같은 게 모호해져 버린 지 오래다. 경칩, 하지, 백로, 입춘. 이 중에 아는 게 있는가. 더 생각나는 건? 나는 없다. 보일러를 틀어놓긴 했지만 집이 후진 탓에 위로는 공기가 차게 돈다. 팬티 차림에 카디건을 입은 모습으로 앉아 있다.

꽂혀 있는 책이 보인다. 그것들의 색깔이 다양하다. 읽지는 않지만 지적 허영심을 채워주기 위해 사는 것이 점점 늘어가는 것 같다. 그게 나의 자격지심을 가려주지는 못하지만. 밖은 어느새 눈이 온다. 이렇게 눈이 내렸던 게 얼마 만인가 싶을 정도로 많이 오는 중이다.

"아마 불편하겠지."라는 말로 빈 지갑뿐이 없는 주머니를 떠올리며 외출을 더 자제하기로 했다. 나가면 돈이지. 그렇다고 딱히 할 일이 있는 것도 아니다. 멍하니 앉아서 11인치 화면이나 보는 게 유일한 일과이기 때문이다. 다행스러운 건 이런 모습은 아무에게도 보여주지 않아도 된다. 안식. 대충 그런 감정이다. 그리고 보니 오늘은 아침 8시가 넘어서 기억을 잃듯이 잠이 들었었다. 지금은 오후 1시가 조금 넘었으니 다섯 시간 정도를 잔 것이다. 일도 없는데 밤과 낮은 바뀌는 중이고 점점 그 주기가 짧아지고 있는 걸 느낀다.

생활 반경 끝에 있는 곳에 가기 위해 방을 나섰다. 새벽에 흠칫하며 약을 뿌려놓았던 탓에 배를 뒤집어 까고 죽어 있는 바퀴벌레가 싱크대 앞과 화장실 옆에 한 마리씩 있다. 조금 혐오스러워서 저녁 즈음 치우기로 했다. 이것에 대한 혐오는 언제부터 생긴 걸까? 어떤 대상에 대한 사고를 시작할 나이에 학습 같은 걸 했던 기억은 없다. "저건 해가 되는 거야. 멀리해야 해." 아니면 "죽여버려야 해." 같은 말을 들은 적이 있던가? 그러고 보니 그렇다. 위협이 되고 사회와 융화되지 않는다는 건 누가 판단하는 걸까? 대중적인 선함을 가지고 있는 절대다수일까? 저들에게 우리는 공공선이라고 할 수 있는가? 그도 그걸 알고 있는데 동의할까? 그것까진 모르겠다. 하찮은 시체 두 개에 쓸데없는 고민을 했다.

이 화장실은 나프탈렌 냄새가 난다. 그걸 아는 사람이라면 싫어할 만한 악취다. 사실 그렇지 않은 이들도 별로 좋아할 만한 향을 가지고 있는 건 아니다. 대번에 알만한 불쾌감을 심어준다. 멋모르고 데려왔던 장수풍뎅이가 유충을 낳았고, 어디선가 느껴지는 시선에 고개를 돌려보니 누런 애벌레 하나가 몸을 배배 꼬며 나를 보고 있을 때 소스라치게 놀라며 자리에서 벌떡 일어났던 그때의 불쾌감 같은 걸 심어준다. 재치 있는 누군가가 이 상황을 보았다면 어떤 말을 했을까?

변기 가장자리로 튄 노란 자국이 오늘따라 유난히 거슬린다. 샤워기를 들어 물을 뿌렸다. 물방울이 요란하게 물길을 따라서 바닥으로 떨어지는 걸 보다가 문득 눈에 들어온 노란 박스테이프. 욕실 거치대로 놔두었던 플라스틱 선반에 금이 가 있는 걸 며칠 전에 봤었다. 편의점에서 테이프 하나를 사다가 투박하게 천장과 벽에 감싸며 붙여놓았는데 바퀴벌레 몇 마리가 죽어 있다. 예상은 했지만 이곳도 안전지대는 아니었다. 새벽녘 화장실에 앉아 볼일을 보고 있는 나를 먼발치에서 지켜보고 있었을 그것들을 상상하니 소름이 돋는다.

언제 씻었는지 기억이 나지 않아 찜찜한 느낌이 들던 물컵을 세 번 씻었다. 그리고 생강을 잘라서 그릇 위에 올렸다. 잡내 제거에 탁월하기 때문이다.

냉동 만두가 다 떨어져 간다. 가끔은 엄마가 해주는 밥이 먹고 싶다. 감자조림, 김치, 된장찌개, 계란후라이, 멸치볶음, 장아찌 이런 거 말이다. 밖에 조그맣게 공사하는 소리가 들린다. 뭔가 사람 사는 냄새가 나는 것 같아 좋다. 누군가가 만들어내는 소음은 이곳은 아무도 없는 곳이 아니라는 느낌을 나에게 주었다. 아무 생각 없이 사는 게 정말 행복한 거구나, 라고 느낄 때가 있다. 늘 걱정 없이 살고 싶다. 식당가서 메뉴를 고를 때 가격에 구애를 안 받는다던가 말이다. 작은 고양이 한 마리 키우고 싶지만 지금 형편으로는 감당하기 벅찬 수준이라는 걸 잘 알고 있기에 씁쓸한 마음이 든다. 내 행복은 이 세상 어디에 있는 걸까? 내가 만약 남들처럼 살고 취업했으면 어떻게 됐을까. 아버지에게 머리 숙이고 살았더라면 어떻게 됐을까. 생각해 보면 난 어렸을 때부터 취미 수준 이상으로 잘하는 게 없었던 것도 같다. 그냥 흘러가는 대로 살면 어떻게 될까? 앞집 단독주택에 40대 정도 돼 보이는 부부가 산다. 개 한 마리를 키우는데 진심으로 행복해 보인다. 혼자인 것이 무섭고 두렵지만 혼자인 것에 익숙해져가야 한다는 생각이 드는 요즘. 내 행복은 고등학교 말미와 20대 초반에 끝난 것도 같다. 요새 들어 옛날 생각이 나곤 하는데 가족들이 날 얼마나 사랑했는지 느껴진다. 가끔은 자다가 아무 생각 없이 죽으면 어떻게 될까, 라는 생각이 들 때가 있다. 내가 지금 여기서 죽어도 당분간은 아무도 모를 것이다. 집주인은 한 달이 지나서야 알 테고. 그때쯤이면 난 어디에 가 있을까.

*

어둠. 아니다. 계절. 아니다. 고독. 아니다. 회의. 아니다. 불신. 아니다. 이런 감정 따위가 아니고, 물질적인 무언가도 아니다. 장작불 정도는 모래를 덮어버리거나 물을 끼얹어 버리면 그만이다. 눈으로 보이는 빛을 꺼트리는 건 그리 어려운 일이 아니다. 음산한 기운마저 감도는 해안가

절벽 옆 모래사장에 앉아 있다. 라벨이 없는 위스키와 다 타버린 시가를 한 손에 들고.

"데인저–"라고 쓰여 있는 빨간 테이프가 앞을 가로막고 있는 것이 보인다. 바다 갈매기 우는 소리는 부서지는 파도 소리에 묻힌다. 전자파가 없는 도시에 있는 기분이다. 파도가 부서지던 곳에 머물던 시선은 어느새 지평선 끝까지를 향하고 있다. 흐릿한 형체가 보이지만, 무엇인지 알 방법은 없다. 알고 싶지 않은 것 같기도 하다.

턱을 괴고 있다 보니 졸음이 쏟아진다. 사실 나는 잠들어 있던 걸까? 이 모든 상황이 우습게 느껴진다. 왜냐하면 모래사장과, 위스키병과 시가, "데인저–"가 쓰여 있는 테이프 그리고 파도까지도 푸시아핑크색 빛이 나고 있기 때문이다. 그러고 보니 이것은 꿈이었던 것인지 모르겠다. 내가 아는 달빛은 노란색, 크림색, 화이트 리넨색, 쿨 그레이 색. 하지만 지금은 달빛 역시도 푸시아핑크색이었다.

버릴 것은 과감히 버려야 한다. 눈이 녹은 겨울이 겨울로서의 의미를 잃어버리는 것처럼 쓸모 있지 않은 돌멩이를 들고 가는 누군가를 맞이한다. 이것이 진정 나의 삶을 멈출지도 모른다는 이기심이 들 때가 있다. 상관하지 않을 수 없었다. 찬장을 열어 노란 뚜껑이 있는 플라스틱병 하나를 꺼냈다. 말려놓았던 유리잔에 그것을 부어버렸다. 휘발성이 강한 것인지, 별다른 냄새가 나지는 않는다. 무색, 무취, 무미였다.

신장이 뒤틀리고, 호흡이 가빠진다. 고통에 몸이 저절로 고꾸라졌다. 꽉 쥔 주먹 안에 들고 있던 유리잔을 바닥으로 놓치는 바람에 우악스럽게 깨지는 소리가 났다. 그것이 내가 기억하는 마지막 소리다. 다른 사람의 입을 거치지 않은 마지막 소리.

그 찬장에 앞쪽에 있는 서랍 안에는 날짜가 지난 기차표, 열쇠고리가 달려 있는 열쇠, 청록색 신용카드, 잉크가 떨어진 만년필이 있었다.

금테 안경을 쓴 남자와 궂은 얼굴의 30대 남자, 형광 조끼를 입은 순경 그리고 청년회장이 빠르게 발걸음을 재촉한다. 그들이 함께 있는 일은 흔치 않다. 하지만, 흔치 않은 일이 일어났다. 순간적으로 발을 헛디딘 금테 안경을 쓴 남자의 품에서 하드커버 양장 책이 바닥으로 떨어졌다. 펼쳐진 것에는 「묵시록」이라는 글자가 쓰여 있다.

*

데뷔는 쾅! 하며 부술 듯이 뭔가를 때리는 소리에 잠에서 깼다. 바깥에서 문을 두드리는 소리가 굉장하다. 그렇게 한참을 질문도, 대답도 하지 못하는 채로 천장을 보던 그는 옆에 있는 사람만이 간신히 들을 수 있는 목소리로 말했다.

　나는 누구지?

# 푸시아핑크 찾기

**초판 1쇄**   2023년 4월 21일

**지은이**   선주경
**발행인**   김재홍
**디자인**   박효은
**교정·교열**   김혜린
**마케팅**   이연실

**발행처**   도서출판 지식공감
**브랜드**   문학공감
**등록번호**   제2019-000164호
**주소**   서울특별시 영등포구 경인로82길 3-4 센터플러스 1117호 (문래동1가)
**전화**   02-3141-2700
**팩스**   02-322-3089
**홈페이지**   www.bookdaum.com
**이메일**   jisikwon@naver.com

**가격**   17,000원
**ISBN**   979-11-5622-787-8  03810

문학공감은 도서출판 지식공감의 인문교양 단행본 브랜드입니다.